朝鮮森林植物篇

中井猛之進著

躑躅科　ERICACEAE

鼠李科　RHAMNACEAE

木犀科　OLEACEAE

（8～10輯収録）

第3巻

朝鮮森林植物編

8輯

躑躅科　ERICACEAE

目次　Contents

躑躅科

ERICACEAE

(一) 主要ナル引用書類

本文欄內ニ記ス引用書名ハ畧記スルヲ以テ次ニ其中主要書名ヲ詳記ス

著者名	書名
A. Gray	(1) Synoptical Flora of North America Vol. II. part. 1 (1886).
	(2) Memoire of American Academie of arts and Science, New series III. (1846).
	(3) Chloris boreali-Americana (1846).
	(4) New Manual (1908).
G. Bentham et J. D. Hooker	(1) Genera Plantarum II. (1876).
	(2) Handbook of the British Flora ed. V. (1887).
O. Drude	(Engler et Prantl) Die natürlichen Pflanzenfamilien IV. Teil. Abteilung 1. (1897).
N. L. Britton and A. Brown	An illustrated flora of the Northern United States, Canada and the British Possessions II. (1897).
A. P. de Candolle	Théorie élémentaire de la botanique, ou exposition des principes de la classification naturelle et de l'art de décrire et d'étudier les végétaux (1813).
Al. de Candolle	Prodromus systematis naturalis regni vegetabilis VII. (1838).
M. Adanson	Familles des plantes II. (1763).
C. C. Babington	Manual of British Botany, containing the flowering plants and ferns, arranged according to the natural orders (1843).
G. Don	A general History of the dich-

	lamydeous plants comprising complete descriptions of the different orders etc. III. (1834).
S. T. Dunn et W. J. Tutcher	Flora of Kwangtung and Hongkong. (Bulletin of Miscellaneous Information, additional series X). (1912).
L. Diels	Die Flora von Central-China. (Botanische Jahrbüchen für Systematik, Pflanzengeschichte und Pflanzengeographie XXIX. Band). (1900).
E. Busch	Flora Sibiriæ et orientis extremi (1915).
S. Endlicher	Genera Plantarum (1836-1840).
J. C. Loudon	Arboretum et Fruticetum Britannicum. Vol. II. (1838).
C. K. Schneider	Illustriertes Handbuch der Laubholzkunde Band II. (1911).
A. Rehder et *E. H. Wilson*	Plantæ Wilsonianæ part III. Ericaceæ (1913).
F. B. Forbes et *W. B. Hemsley*	Enumeration of all the Plants known from China proper, Formosa, Hainan, the Corea, the Luchu Archipelago and the Island of Hongkong (In the Journal of the Linnæan Society, Botany Vol. XXVI.) (1889).
Takenoshin Nakai	Flora Koreana pars II. (1911).
C. J. Maximowicz	(1) Ericaceæ Japonicæ. (Mélanges Biologiques Tome VIII.) (1872).
	(2) Rhododendreæ Asiæ orientalis, (Memoires de l'Académie Imperiale des Sciences de St.-Pétersbourg VIIe Série. Tome XVI *n°* 9.) (1870).

A. Franchet et *Lud. Savatier*	Enumeratio Plantarum in Japonia sponte crescentium hucusque rite cognitarum Vol. I. (1875). Vol. II. (1879).
F. A. Guil. Miquel	Prolusio Floræ Japonicæ (1866-1867).
J. Palibin	Conspectus Floræ Koreæ II. (1900).
A. Franchet	Plantæ Davidianæ I. (1883).
P. F. Fedde	Repertorium specierum novarum regni vegetabilis V. (1908). XII. (1913).
C. P. Thunberg	Flora Japonica (1784).
G. D. J. Koch	Synopsis Floræ Germanicæ et Helveticæ (1837).
C. F. Ledebour	Flora Rossica Vol. II. (1844-1846).
Fr. Schmidt	Reisen in Amur-Lande und auf der Insel Sachalin (Mémoires L'Academie Impériale des Sciences de St. Pétersbourg, VIIe Série Tome XII $n°$ 2). (1868).
F. J. Ruprecht	Die ersten botanischen Nachrichten über das Amurland II. Abt. (Mélanges Biologiques Tome II.) (1857).
S. Korschinsky	Plantas Amurenses in itinere anni 1891 collectas enumerat novasque species describit (Acta Horti Petropolitani Vol. XII. $n°$ 8.) (1892).
K. Moench	Methodus plantas horti botanici et agri Marburgensis a staminum situ describendi. (1794).
La Marck	La Flora française ou description

	succincte de toutes les plantes, qui croissent naturellement en France III. (1778).
J. E. Gilibert	Flora lithuanica inchoata, seu enumeratio plantarum, quas circa Grodnam collegit et determinavit I. (1781).
C. H. Persoon	Synopsis Plantarum, seu Enchiridium Botanicum, complectens Enumerationem systematicam specierum hucusque cognitarum. Pars Prima (1805).
W. J. Hooker	Flora boreali-americana, or the Botany of the northern parts of British America. II. (1840).
A. W. Roth	Tentamen Floræ germanicæ I. (1788).
Bunzo Hayata	Materials for a Flora of Formosa (1911).
J. Lindley	An introduction to the natural system of botany (1830).
C. Linnaeus	Species plantarum (1753).
R. A. Salisbury	The Paradiscus Londinensis (1806).
E. Koehne	Dendrologie. (1893).
C. Grenier et *D. A. Godron*	Flore de France, ou Description des plantes qui croissent naturellement en France et en Corse II. (1850).
J. D. Hooker	The student's Flora of the British Islands ed. II. (1878).
J. J. Roemer et *J. A. Schultes*	Equitis systema vegetabilium secundum classes, ordines, genera, species IV. (1819).
H. F. Link	Enumeratis plantarum Hort. regii

	botanici Berolinensis altera. Pars II. (1821).
H. G. L. Reichenbach	Flora exotica I. (1834).
J. Gaertner	De fructibus et seminibus planta- rum I. (1788).
E. R. Trautvetter und A. A. Meyer	Florula ochotensis (1856).
E. Regel et *S. H. Tiling*	Florula Ajanensis (1859).
P. S. Pallas	(1) Reise durch verschiedne Provinzen des russischen Reiches III. (1776).
	(2) Flora rossica I. (1784).
E. Regel	Tentamen Floræ Ussuriensis, (Memoires de l'academie imperiale des sciences de St.-Pétersbourg, VIIᵉ série. Tome IV. no 4) (1861).
O. Kunze	Revisio Generis Plantarum II. (1891).

(二)　朝鮮躑躅科植物研究ノ歷史

　朝鮮ノ躑躅科植物研究ノ歷史ヲ涉レバ、西暦 1870 年ニ始マル。露國ノ *C. J. Maximowicz* 氏ハ同年 Bulletin de l'academie imperiale des Sciences de St.—Pétersbourg Tome XV ニ「くろふねつつじ」(Rhodo-dendron Schlippenbachii) ヲ新種トシテ記載シ、其産地トシテ滿州並ニ朝鮮ヲ擧グ。同年氏ハ更ニ Mémoires de l'Academie Imperiale des Sciences de St.-Pétersbourg VIIᵉ série Tome XVI. *n°* 9 ニ Rhododen-dreæ Asiæ orientalis ノ題下ニ當時東亞ニ知ラレシ躑躅科植物ノ凡テヲ網羅シ之レヲ氏ノ意見ニテ分類セリ。其中ニ朝鮮産トシテ Rhododendron Schlippenbachii ト Rhododendron indicum, *L.* v. Simsii, *Maxim.* トヲ載ス。前者ハ「くろふねつつじ」ナレドモ後者ハ「てうせんやまつつじ」即チ學名ヲ Rhododendron poukhanense, *Lévl.* ト稱スルモノナリ。當時ハ Rhododendron indicum ナルモノヲ誤解シ躑躅ノ學名ハ大ニ混亂セリ。抑モ Rhododendron indicum ナル學名ヲ *C. Linnaeus* 氏ガ與ヘシ植物ハ印度ノ植物ニ非ズシテ實ニ日本産ノ「さつき」ナリキ。而シテ Rhododendron indicum ト同植物ト目サレシ Rhododendron Simsii, *Pl.* ハ支那ノ植物ニシテ「てうせんやまつつじ」ヨリ葉廣ク、花形ヲ異ニスル別種ナ

リ。 從ツテ Rhododendron indicum v. Simsii ナルガ如キ學名ハ全然無味ノモノトナル。

1889 年ニ至リ英國ノ *Francis Blackwell Forbes* ト *William Botting Hemsley,* ノ兩氏ハ The Journal of the Linnæan Society 第二十六卷ニ支那植物誌ヲ揭ゲ其中ニ朝鮮産トシテ

Vaccinium ciliatum, *Thunb.* なつはぜ

Rhododendron dauricum, *Linn.*

Rhododendron ledifolium, *G. Don.*

Rhododendron Schlippenbachii, *Maxim.* くろふねつつじ

ノ四種ヲ記セドモ Rhododendron dauricum ニ當テアルハ Rhododendron mucronulatum, *Turcz.* からげんかいつつじノ誤ニシテ Rhododendron ledifolium トセルハ Rhododendron poukhanense てうせんやまつつじノ誤ナリ。

1900 年ニハ露國ノ *J. Palibin* 氏ハ Conspectus Floræ Koreæ ノ第二卷ヲ Acta Horti Petropolitani 第十八卷ニ載セ其中ニ躑躅科植物トシテ

Vaccinium ciliatum, *Thunb.* なつはぜ

Vaccinium hirtum, *Thunb.* β. Smallii, *A. Gray.* おほばすのき

Rhododendron dauricum, *L.* β. mucronulatum, *Maxim.* からげんかいつつじ

Rhododendron indicum, *Sw.* β. Simsii, *Maxim.*

Rhododendron Schlippenbachii, *Maxim.* くろふねつつじ

Pyrola rotundifolia, *L.* β. incarnata, *DC.* べにばないちやくさう

Chimaphila japonica, *Miq.* こうめがささう

ノ七種ヲ擧グ。 其中からげんかいつつじハ Rhododendron mucronulatum, *Turcz.* トスベキモノ Rhododendron indicum *Sw.* β. Simsii, *Maxim.* ハ Rhododendron poukhanense, *Lévl.* ニ改ムベク、最後ノ Pyrola ト Chimaphila トハ別科 Pyrolaceæ ニ移スベキモノナリ。 おほばすのきトセシハ Vaccinium Buergeri, *Miq.* うすのきノ誤ナリ。

1907 年露國ノ *V. Komarov* 氏ハ Flora Manshuriæ 第三卷ヲ著ハシ其中ニ、朝鮮北部ニ産スル躑躅科植物トシテ

Ledum palustre, *L.*

Rhododendron chrysanthum, *Pall.* きばなしやくなげ

Rhododendron Schlippenbachii, *Maxim.* くろふねつつじ

Rhododendron brachycarpum, *Don.* しろばなしやくなげ

Vaccinium uliginosum, *L.* くろまめのき

Vaccinium Vitis-Idæa, *L.* こけもも

Oxycoccus microcarpus, *Turcz.* てうせんこけもも

ノ七種ヲ載ス。 其中 Ledum palustre, *L.* ハ Ledum palustre v. dilat-atum, *Wahl.* ナルベク Oxycoccus microcarpus. *Turcz.* ハ Oxycoccus pusillus, *Nakai* ニ改ムベキナリ、蓋シ Oxycoccus microcarpus ナル學名ヲ *Turczaninow* 氏ガ用キシハ 1833 年ニシテ、標本ニ附名セシモノナルコトハ 1848 年ニ至リ始メテ *Ruprecht* 氏ノ發表セシ所ナルモ、Dunal 氏ガ同植物ニ Oxycoccus palustris β. pusillus, *Dunal* ト附名シテ發表セシハ 1838 年ナリ、故ニ發表ノ前後ニテ其價値ヲ認メラル、今日 pusil-us ナル種名ヲ採用シテ Oxycoccus pusillus, *Nakai* トスベキ筈ナリ。

1908 年余ハ前營林廠技師 今川唯市氏採收 ノ標本ヲ檢定シ東京植物學雜誌第二十二卷ニ Plantæ Imagawanæ ノ題下ニ其各種ヲ列舉セシガ、其中ニ躑躅科植物トシテ

Ledum palustre, *L.* β. dilatatum, *Wahl.*

Rhododendron chrysanthum, *Pall.*

Rhododendron davuricum, *L.* v. mucronulatum, *Maxim.*

Phyllodoce taxifolia, *Salisb.*

Vaccinium uliginosum, *L.*

ノ五種ヲ舉グ。 其中 Rhododendron davuricum, *L.* v. mucronulatum *Maxim.* 既述ノ如ク Rhododendron mucronulatum, *Turcz.* ニ改ムベク、Phyllodoce taxifolia, *Salisb.* ハ Phyllodoce cærulea, *Babing.* ノ異名ナリ。

同年佛國ノ *H. Léveillé* 氏ハ *Fedde* 氏ノ Repertorium novarum specierum regni vegetabilis 第五卷ニ朝鮮産つつじノ一新種トシテ

Rhododendron poukhanense, *Lévl.* てうせんやまつつじ

ヲ記セリ、當時てうせんやまつつじノ學名トシテハ皆 Rhododendron in-dicum, *L.* v. Simsii, *Maxim.* ヲ用キタ疑ハザリシナリ。 然ルニ *Léveillé* 氏ハてうせんやまつつじノ春期ノモノニテ葉ノ比較的擴大 ナルー標本ヲ見テ直チニ Rhododendron indicum, *L.* v. Simsii, *Max.* ト別種トシ、且又新種トセシナリ。 此名ガ後ニ眞ノてうせんやまつつじノ學名トナラントハ何人モ當時想定スルモノナカリキ。

1909 年ニ余ハ武田久吉氏ト共ニ市川三喜氏ノ濟州島採品ヲ檢シ Plantæ ex Tschedshu ノ題下ニ東京植物學雜誌第二十三卷ニ物セシ中ニ躑躅科植物トシテ

Vaccinium japonicum, *Miq.* あくしば

ノ一種ヲ記セリ。 抑モあくしばハ花ノ基部ニ關節ナク、且花冠ノ裂片ハ鑷
合狀ノ排列ヲナシ Vaccinium 屬ノ他ノ諸種ガ花ノ基部ニ關節ヲ有シ(但シ
北米ノ Batodendron ヲ除キテ別屬トス)、且花冠ノ裂片ガ覆瓦狀ニ排列
スルトハ大ニ異リ。 又其花形ハ一見 Oxycoccus ノモノニ似、牧野氏ノ如
キハ之レヲ Oxycoccus 屬ニ移シテ Oxycoccus japonicus ト改名シ、獨ノ
Schneider 氏ハ Oxycoccus ヲ Vaccininm ノ一節トシ其節中ニ牧野氏ト
同意味ニテ加ヘ居レドモ、Oxycoccus ノ花冠ノ裂片ハ二個ハ内方ニ二個ハ
外方ニアリテ覆瓦狀ニ排列スルコト恰モ Vaccinium 屬ノ他ノモノガ、花
部四數トナルトキニ見ルガ如ク其開花期ニハあくしばノ花ノ如ク外卷セズ
唯外方ニ反ルノミ、Bentham, Hooker 兩氏ハ葉ノ落ツルコト、鋸齒アル
コト、花梗ノ基部ニ鱗片アルコトニ依リ Vaccinium 屬ニ移スベキモノ
ナルコトヲ言ヘドモ、Vaccinium 屬中ニモ常綠ノモノハ多數アリ又鋸齒ナ
キモノモアリ、Oxycoccus 中ニモ O. pusillus ノ如キハ不顯著ナガラ鋸
齒アリ、又花梗ノ基部ノ鱗片モ Vaccinium Vitis-Idæa, L. こけももニハ
存在スルヲ以テ何レモ屬ノ特徵トシテ區別スル理由トナラズ。 但シ兩氏ガ
用キシ Oxycoccoides ナル節名ハ之レヲ採用シ得ベク、從ツテあくしばノ
學名ハ Oxycoccoides japonicus, Nakai ト改ムベキナリ。 北米ニ尙ホ近
似ノ一種アリ。 大形ノ果實ヲツケ Vaccinium erythrocarpum, Michx.
ト云フ。 此モノモ亦 Oxycoccoides erythrocarpus, Nakai ニ改ムベキ
モノトス。

1911 年余ハ理科大學紀要第三十一卷トシテ Flora Koreana 第二卷ヲ
物セリ、其中ニアル朝鮮躑躅科植物ハ

Vaccinium Vitis-Idæa, L.	こけもも
Vaccinium bracteatum, Thunb.	しやしやんば
Vaccinium Buergeri, Miq.	うすのき
Vaccinium hirtum, Thunb. β. Smallii, A Gray.	おほばすのき
Vaccinium ciliatum, Thunb.	なつはせ
Oxycoccus japonicus, Makino	あくしば
Oxycoccus microcarpus, Turcz.	てうせんこけもも
Ledum palustre, L. v. dilatatum, Wahl.	おほいそつつじ
Phyllodoce cærulea, Babingt.	えぞのつがざくら
Rhododendron chrysanthum, Pall.	きばなしやくなげ
Rhododendron brachycarpum, Don.	しろばなしやくなげ
Rhododendron Schlippenbachii, Max.	くろふねつつじ
Rhododendron davuricum, L.	えぞむらさきつつじ

Rhododendron mucronulatum, *Turcz.* からげんかいつつじ

   „   „ v. albiflorum, *Nakai* 白花げんかいつつじ

Rhododendron indicum, *Sw. β. Simsii, Maxim.* てうせんやまつつじ

ノ十五種一變種ナリ。 右ノ中 Vaccinium hirtum v. Smallii ハ Vaccinium Buergeri ニ合スベク、Oxycoccus japonicus ハ Oxycoccoides japonicus ニ、Oxycoccus microcarpus ハ Oxycoccus pusillus ニ、Ledum palustre v. dilatatum ハ Ledum palustre v. maximum ニ Rhododendron indicum v. Simsii ハ Rhododendron poukhanense ニ改正スベキモノトス。

同年獨ノ *Schneider* 氏ハ Illustriertes Handbuch der Laubholzkunde 中躑躅科ヲ含ム部ヲ著ハシ、其中ニ朝鮮産トシテ

 Ledum palustre, *L.*

 Rhododendron parvifolium, *Adams.* さかいつつじ

 Rhododendron crythanthum, *Pall.* きばなしやくなげ

 Rhododendron Schlippenbachii, *Maxim.* くろふねつつじ

 Rhollodoce cærulea, *Bab.* えぞのつがざくら

ノ五種ヲ記ス。 其中 Ledum palustre, *L.* ハ恐ラク其變種 var. dilatatum ナルベシ。

 1912 年ニハ余ハ米人 *Raelf G. Mills* 氏ノ採品ヲ檢シ、Plantæ Millsianæ Koreanæ ト題シ、東京植物學雜誌ヲカリテ其各種ヲ列記セリ。 其中ニアル躑躅科植物ハ

 Rhododendron davuricum, *L.*   ときはげんかい

ノ一種ナリ。

 1913 年佛國ノ *H. Léveillé* 氏ハ又々朝鮮産ノ新植物トシテ *Fedde* 氏ノ Repertorium 中ニ

 Rhododendron Taquetii, *Lévl.*

 Rhododendron hallaisanense, *Lévl.*

 Vaccinium Taquetii, *Lévl.*

 Vaccinium Fauriei, *Lévl.*

ノ四種ヲ記述セリ。 然レドモ皆新種ニ非ズシテ Rhododendron Taquetii ハ濟州島山上ニアリテ風ノ爲メニ吹カレ枝ノ密ニ出デシからげんかいつつじ Rhododendron mucronulatum, *Turcz.* ナリ。 Rhododendron hallaisanense ハ濟州島漢拏山中腹ニ生ズルてうせんやまつつじ Rhododendron poukhanense 其モノナリ。 實ニ彼ハ同一植物ニ二ツノ新種ヲ作リシナリ。 Vaccinium Taquetii ハ濟州島ニ産スルしやしやんぼ Vaccinium bracteatum ニシテ Vaccinium Fauriei ハくろまめのき Vaccinium uliginosum ナリ。

同年余ハ Notulæ ad plantas Japoniæ et Coreæ IX ト題シ、東京植物學雜誌第二十七卷ニ日鮮ノ新植物ヲ記セシ中ニ、どうだんつつじ Enkianthus perulatus ガ朝鮮ニ自生スルコトヲ言ヘリ。 之レ故内山富次郎氏 (東京帝國大學雇員)ノ栽培品ヲ基トセシモノニテ、氏ハ之レヲ南韓山ニ採リシト主張セリ、然レドモ夫ハ大ニ疑ナキ能ハズ。 余ハ明治三十九年朝鮮植物研究ヲ始メシ當時氏ヨリ、其朝鮮産ナルコトヲ聞キ、毫モ疑フ所ナカリキ。 大正二年始メテ其花ヲ附ケタレバ余ハ之レヲ公表セリ。 當時どうだんつつじノ自生ハ吾人日本植物學者ニ知ラレズ、又露國ノ J. Palibin 氏ハ世界ノどうだんつつじ屬ノ植物誌ヲ記セシ中ニハ秩父武甲山ニアリト云ヘリ。 然レドモ秩父武甲山ニナキコトハ既知ノ事實ナレバ Palibin 氏ノ誤ナルハ勿論ナリ。 故ニ余ハ内山氏ヲ信ジタル結果朝鮮コソ其自生地ナリト斷定セリ、然ルニ其後南韓山ニ採收ヲ試ル人毎ニ聞キ、且朝鮮ノ他ノ地方ヲ見シ結果、大ニ疑ヲ挾ム餘地ヲ生ゼリ。 且又どうだんつつじハ土佐ノ山中ニ多數ニ自生アルヲ發見サレ、德川時代花戸ガとさみづきヲ江戸ニ將來セシト共ニ土佐ヨリ江戸ニ渡リシモノナルコトヲ想定セラルヽニ至リ一層其疑ヲ深フセリ近時又濃尾ノ諸山ニモ多ク其自生スルコトヲ知リ愈々どうだんつつじハ舊日本ノ産ナルコトヲ確メヌ。 然レドモ余ハ尙ホ自ヲ南韓山ニ至ルノ機會ヲ得ズ、又内山氏ガ至リシ當時卽チ明治三十五年ト今日トハ南韓山ノ植物ニモ大ナル變化アルベク、或ハ懼ル疑ハ逐ニ永久ノ疑トシテ葬ラルヽニ至ルナキカ、兎モ角斯ノ如キ疑ハシキ植物ハ暫ク之レヲ朝鮮産植物ヨリ除外スルヲ當トシ本編ニ加ヘヌ事トセリ。

1914 年朝鮮總督府ハ余ノ提出セシ濟州島植物調査報告書ト莞島植物調査報告書トヲ梓ニ附セリ、其中ニアル躑躅科植物ハ前者ニ

Rhododendron davuricum, *L.*	えぞむらさきつつじ
Rhododendron mucronulatum, *Turcz.*	からげんかいつつじ
„ „ v. Taquetii, *Nakai.*	
Rhododendron Simsii, *Pl.*	てうせんやまつつじ
Rhododendron Weyrichii, *Maxim.*	ほんつつじ
Vaccinium bracteatum, *Thunb.*	しやしやんぼ
Vaccinium ciliatum, *Thunb.*	なつはぜ
Vaccinium japonicum, *Miq.*	あくしば
Vaccinium uliginosum, *L.*	くろまめのき

ノ八種一變種ニシテ、後者ニ

Rhododendron mucronulatum, *Turcz.*　　からげんかいつつじ

Rhododendron Simsii, *Pl.*　　てうせんやまつつじ

Rhododendron Schlippenbachii, *Maxim.*　　くろふねつつじ

Vaccinium ciliatum, v. glaucinum, *Nakai.*　　うらじろなつはせ

ノ四種アリ。右ノ中 Rhododendron mucronulatum v. Taquetii ハ Rhododendron mucronulatum 其者ニシテ、Rhododendron Simsii ハ Rhododendron poukhanense ナリ。

1915 年ニハ朝鮮總督府ハ余ノ提出セシ智異山植物調査報告書ヲ上梓セリ。其中ニアル躑觸科植物ハ

Rhododendron brachycarpum, *Don.*　　しろばなしやくなげ

Rhododendron mucronulatum, *Turcz.*　　げんかいつつじ

Rhododendron poukhanense, *Lévl.*　　てうせんやまつつじ

Rhododendron Schlippenbachii, *Max.*　　くろふねつつじ

Rhododendron Tschonoskii, *Max.*　　しろばなこめつつじ

Vaccinium Buergeri, *Miq.*　　うすのき

Vaccinium ciliatum, *Thunb.*　　なつはせ

ノ七種ナリ。

1916 年ニハ朝鮮彙報特別號ニ余ノ提出セシ鷺峯植物調査報告書出ヅ。其中アル躑躅科植物ハ

Arctons alpinus, *Neidz.* v. ruber, *Rehd.*
et *Wils.*　　あかみのくまこけもも

Ledum palustre, *L.*　　いそつつじ

Rhododendron crythanthum, *Pall.*　　きばなしやくなげ

Rhododendron confertissimum, *Nakai.*　　もうせんつつじ

Rhododendron dauricum, *Pall.*　　えぞむらさきつつじ

Vaccinium uliginosum, *L.*　　くろまめのき

Vaccinium Vitis-Idæa, *L.*　　こけもも

ノ七種ナリ、其中 Ledum palustre, *L.* ハ Ledum palustre v. dilatatum, *Wahlb.* ちしまいそつつじナリ。

同年 *Bailley* 氏ノ Standard Cyclopedia of American Horticulture 第五卷ノ刊行アリ其中ニ *A. Rehder* 氏ハ朝鮮產ノ躑躅科植物トシテ

Rhododendron mucronulatum, *Turcz.*　　げんかいつつじ

Rhododendron poukhanense, *Lévl.*　　てうせんやまつつじ

二種ヲ擧グ。

本年余ハ Notulæ ad plantas Japoniæ et Coreæ XIV ト題シ、東京植

物學雜誌第三十一卷ニ日鮮ノ新植物ヲ記述セシ中ニ

Ledum palustre, *L.* v. dilatatum, *Wahl.*　　　　ちしまいそつつじ

　　,,　　　　,,　　　　v. maximum, *Nakai.*　　　おほいそつつじ

　　,,　　　　,,　　　　v. angustum, *Busch.*　　　ほそばいつつじ

　　,,　　　　,,　　　　v. subulatum, *Nakai.*　　　なが゛ばいそつつじ

ガ朝鮮ニアルヲ報ゼリ。

　以上ノ諸研究ヲ綜合スレバ朝鮮ノ躑躅科植物ハ次ノ二十種六變種トナ
ル。

Arctons alpinus, *Niedz.* v. ruber, *Rehd.*
　et *Wils.*　　　　　　　　　　　　　　あかみのくまこけもも

Ledum palustre, *L.* v. dilatatum, *Wahlb.*　ちしまいそつつじ

　　　　　　　v. maximum, *Nakai.*　　　おほいそつつじ

　　　　　　　v. angustum, *Busch.*　　　ほそばいそつつじ

　　　　　　　v. subulatum, *Nakai.*　　　なが゛ばいそつつじ

Oxycoccoides japonicus, *Nakai.*　　　　あくしば

Oxycoccus pusillus, *Nakai.*　　　　　　てうせんこけもも

Phyllodoce cærulea, *Babingt.*　　　　　えぞのつがざくら

Rhododendron brachycarpum, *Don.*　　しろばなしやくなげ

Rhododendron chrysanthum, *Linné.*　　ぎばなしやくなげ

Rhododendron confertissimum, *Nakai.*　もうせんつつじ

Rhododendron davuricum, *L.*　　　　えぞむらさきつつじ

Rhododendron mucronulatum, *Turcz.*　からげんかいつつじ

　var. albiflorum, *Nakai.*　　　　　　白花げんかいつつじ

Rhododendron parvilolium, *Adams.*　　さかいつつじ

Rhododendron poukhanense, *Lévl.*　　てうせんやまつつじ

Rhododendron Schlippenbachii, *Max.*　くろふねつつじ

Rhododendron Tschonoskii, *Max.*　　しろばなこめつつじ

Rhododendron Weyrichii, *Max.*　　　ほんつつじ

Vaccinium bracteatum, *Thunb.*　　　しやしやんぼ

Vaccinium Buergeri, *Miq.*　　　　　うすのき

Vaccinium ciliatum, *Thunb.*　　　　なつばせ

　var. glaucinum, *Nakai.*　　　　　うらじろなつばせ

Vaccinium uliginosum, *L.*　　　　　くろまめのき

Vaccinium Vitis-Idæa, *L.*　　　　　こけもも

此外ニ尙ホ未發表ノモノニテ新ニ加フベキハ

Ledum palustre, *Linné* var. diversipilo-
sum, *Nakai*.　　　　　　　　　いそつつじ

Rhododendron Redowskianum. *Max*.　　くもまつつじ

Rhododendron micranthum. *Turcz*.　　ほざきつつじ

Rhododendron　mucronulatum,　*Turcz*.
v. ciliatum, *Nakai*.　　　　　　　げんかいつつじ

Rhododendron poukhanense, *Lévl*.
v. plenum, *Nakai*.　　　　　　　八重てうせんやまつつじ

ノ二種三變種ナリ。　故ニ朝鮮ノ躑躅科植物ハ合シテ二十二種九變種トナ
レリ。

（三）　朝鮮躑躅科植物ノ分布

1.　いそつつじ屬 Ledum.

　　本屬植物ハ北地性ノモノニシテ、狼林山系並ニ長白山彙ニハちしまいそつつじとほそばいそつつじトヲ產シ、白頭山地方ニハおほいそつつじ、ほそばいつつじ、ながばいそつつじノ三種ヲ產ス。　特ニおほいそつつじとほそばいそつつじトハ朝鮮からまつ林下ニアリテ大ナル群叢ヲナス。又咸北茂山郡楡坪方面ニハいそつつじアリ。

2.　つがざくら屬 Phyllodoce.

　　えぞのつがざくらノ一種アルノミ、白頭山、胞胎山、長白連山等ニアリテ群生ス。

3.　つつじ屬 Rhododendron.

　　本屬植物ハ朝鮮ニアリテハ躑躅科中最モ種類ニ富ム。

　　きばなしやくなげハ鷲峯連山狼林山上長白連山、白頭山並ニ其附近ノ如キニアリテ高山草本帶又ハ高山灌木帶ニ叢生ス。　平安北道飛來峯上ニモアリ。　之レ恐ラク本植物ノ朝鮮ニ於ケル最西ノ產地ナルベシ。

　　しろばなしやくなげハ分布稍廣ク、金剛山、智異山等中部並ニ南部ノ高山ニ多ク生ズ、欝陵島ニアリテハ最モ普通ニシテ、海岸近クニアリテハつばきノ下ニモ生ジ、山頂ニハちしまざさ等ト共ニ生ゼリ。

　　さかいつつじハ北地性ノモノニシテ白頭山地方並ニ咸北咸南ノ高地ニ生ズ。

　　ほざきつつじハ全羅北道ノ山ニノミ生ズ。

　　もうせんつつじハ高山植物ニシテ、狼林山、鷲峯連山、長白連山並ニ白頭山ニアリテハ何レモ二千米突以上ニアリテ毛氈ヲ敷ケルガ如ク叢生ス。　朝鮮ハ本種ノ最南ノ產地ナリ。

えぞむらさきつつじハ平北、咸南、咸北ノ山ニハ多ク生ジ、げんかい
つつじニ似テ常緑且葉ノ先丸シ。 本種ガ遠ク濟州島ノ山ニモ生ズルハ異
トスベシ。 但シ極メテ稀ナリ。

からげんかいつつじハくろふねつつじト共ニ最モ廣ク分布スルつつじ
ニシテ、欝陵島ト高山草本帯トヲ除ク外ハ全道ニ亘リテ分布シ、特ニ金
剛山上、漢拏山上ノ如キハ見事ナル群叢ヲナス。 白花品アレドモ稀ナ
リ。 葉ニ毛アルげんかいつつじハ中部以南ニ多ク特ニ南部ニ多シ。 但
シ。 金剛山ニアリテハ無毛品ヨリ反テ多キガ如シ。

くろまつつじハ白頭山上、胞胎山上、長白山（冠帽山）ニもうせんつつじ
ト共ニ生ズ。 朝鮮ハ此種ノ最南ノ分布地ナリ。

くろふねつつじハ分布廣ク、濟州島、欝陵島並ニ北地ノ高山ヲ除ク外
ハ概ネ産セザルナリ、殊ニ金剛山ニ於ケル群林ハ驚クベキモノアリ。 江
原ノ北部咸南ノ南部ニアリテハかしは、てうせんにはふじト共ニ丘陵ノ
雜木ナリ。 平北飛來峯上海拔 1470 米突ノ邊ニモ群生シ又咸北雄基ノ
北、松眞山ニ至ル迄モ生ズ。

ほんつつじハ南地性ノモノニシテ濟州島ノ中腹以下ニノミ生ズ。
しろばなこめつつじハ余之レヲ智異山上ニ發見セリ。 本種ハ本島ノ高山
ニノミ生ズル種ニシテ飛ンデ智異山ニアルハ分布上注目ニ値ス。

てうせんやまつつじハ又分布廣ク中部ヨリ南ハ濟州島ノ中腹以下ニモ
及ブ。

4. くまこけもも屬 Arctous.

本屬ニハあかみのくまこけももアルノミ。 余ハ之レヲ鷲峯並ニ白頭山
附近無頭峯上ニ發見セリ。

5. あくしば屬 Oxycoccoides.

本屬ニハあくしばノ一種アルノミ。 濟州島ノ森林中ニノミ生ジ常ニ群
生ス。

6. つるこけもも屬 Oxycoccus.

てうせんこけももノ一種アルノミ。 咸北ノ高山性沼地ニ生ズ。

7. なつはぜ屬 Vaccinium.

しやしやんぼハ濟州島ニ最モ多ク山麓地方ノ溪谷ニ沿ヒテ多生ス。 又
半島ニアリテハ木浦附近ニモアリ。

なつはぜハ朝鮮智異山麓地方ヨリ全南ノ南端並ニ濟州島ニ分布ス。 其
一變種ニ葉裏白キうらじろなつはぜアリ。 莞島並ニ玉島ニ生ズ。

こけももハ北地ニ多ク、白頭山地方、狼林山系、鷲峯連山、長白連山等咸

南、咸北ノ高山ニハ概ネ産セザルハナシ。本種ガ半島ノ中部ニアリテハ
金剛山ノ最高峯毘盧峯頂ニノミアルハ興味アル事實ナリ。

くろまめのきハ北地ニ多ク、特ニ白頭山附近ニアリテハ大ナル群落ヲ
ナス。中部ニアリテハ金剛山ノ最高峯毘盧峯上ニ生ジ、又遠ク飛ンデ濟
州島漢拏山頂ニ生ズ。而シテ僅カニ最高角釜嶽ニ對スル標高 2000 米突
ノ山ノ東側數十尺ノ間ニノミアリ。

うすのきハ中部ニ最モ多ク、京城附近北韓山上、光陵等ニモアリ。金
剛山ノ如キハ至ル所ニ生ジ、土民ハ山櫻桃ト呼ンデ其實ヲ食フ、北ハ平
北ノ飛來峯、白碧山等ヨリ南ハ智異山上ニモ及ブ。

(四) 朝鮮躑躅科植物ノ効用

1. 食用品。

あかみのくまこけもも、あくしば、てうせんこけもも、こけもも、く
ろまめのき、うすのき、なつはぜ、しやしやんぼ等ノ果實ハ皆食用トナ
ル。就中咸北ノくろまめのき、金剛山ノうすのきノ如キハ多ク群生シ果
實成熟期ニハ集メテ果汁ヲ取リ得ベク現ニ咸北ニアリテハくろまめのき
ヨリ果汁ヲトリ、夏期ノ飲料トス。

2. 材用品。

濟州島産ノほんつつじニ往々床柱ニ用ヰ得ベキモノアル外ハ大木ナキ
故材トシテ用ヰ難シ。但シくろふねつつじ、しろばなしやくなげ等ハ杖
ニ作リ得ベシ。其他ハ稍大形ノモノニテ薪トナスノ外ナシ。

3. 觀賞用品。

つつじ類ハしろばなこめつつじ、もうせんつつじ、くもまつつじヲ除
ク外ハ概ネ觀賞用トナル。就中くろふねつつじハ朝鮮産觀賞植物中有數
ノモノニシテ、りゆうきう、さつき、きりしま等ノ如ク挿木ニテ繁殖セ
シメ得ズ。其花ノ優美ナルト、繁殖ノ困難ナルトニ依リ價高シ、朝鮮ニ
ハ中部ニハ特ニ群生スルヲ以テ之ヲ適當ニ經營シ歐米ニ輸出スルニ至レ
バ蔑ルベカラザル財源トナルベシ。其他げんかいつつじ、八重てうせん
やまつつじ、濟州島産ノほんつつじ等ハ何レモ賞觀ノ價値アリ。早春げ
んかいつつじトてうせんれんげうト紅黄相交ヘテ艶ヲ競フハ朝鮮獨特ノ
美觀ニシテ之ヲ移シテ内地又ハ歐米ニ分タバ賞讚ヲ得ルコト必然ナリ。
本邦人ガヤ、モスレバ盆栽ノミヲ貴ビ骨董的利益ヲ博セントシしろばな
しやくなげノ如キ栽培困難ニシテ比較的美シカラヌモノニ勞ト金トヲ費
スハ愚モ亦極レリ。

4. 香料用植物。

いそつつじ類ハ其莖葉ニ芳香アリ、先年樺太ニテ之ヲ採リシモノアリ
シガ何人カ有毒ナリト唱ヘシ爲メ後ニハ聽命ニテ採收ヲ禁止セリ。 いそ
つつじ類ハモトヨリ其儘ニテハ有毒ナレドモ之ヲ蒸溜シテ 採ル芳香性ノ
油ニハ有毒成分ハ混ズルモノニ非ズ。 故ニ白頭山地方ノ如ク多ク群生ス
ル所ニアリテハ採リテ以テ香油ヲ作リ得ベシ。

(五) 朝鮮躑躅科植物ノ分類ト各種ノ圖説

躑 躅 科

Ericaceæ

(甲)科ノ特徴

灌木又ハ小喬木又ハ半灌木分岐多シ。 葉ハ互生。 落葉又ハ常緑(二年又
ハ三年)。 有柄又ハ無柄。 鋸齒アルモノト全緑ノモノトアリ。 托葉ナシ。
花ハ繖房花序、總狀花序又ハ複總狀花序ヲナシ又ハ個々獨立ニ生ズ。 腋生
又ハ頂生。 二數乃至八數ヨリ成ル。 萼ハ下位又ハ上位、椀狀又ハ皿狀又
ハ半球形又ハ倒圓錐狀ニシテ萼片二個乃至八個、又ハ全ク萼片ニ分岐ス。
花冠ハ鐘狀、壺狀又ハ管狀又ハ漏斗狀ニシテ裂片ハ短ク或ハ長ク、鑷合狀
又ハ覆瓦狀ニ排列ス。 又ハ 全然花瓣ニ分ル。 雄蕊ハ八個乃至十六個、花
糸ハ細シ、葯ハ二室、無毛又ハ有毛先端ハ屢々長ク伸長ス。 上部ハ孔又ハ
長キ裂口ニテ開ク。 花柱ハ單一、子房ハ二乃至十室、上位又ハ下位、胚珠
ハ多數、中軸胎坐ニ附着シ倒生又ハ斜ニ半倒生、果實ハ蒴ニテ上方又ハ下
方ヨリ裂開スルカ又ハ漿果ニシテ黒色又ハ紅色。 種子ハ多數又ハ少數小ニ
シテ屢々翼狀物ヲ具フ。 胚乳アリ。 胚ハ直ニシテ屈曲セズ。

世界ニ六十八屬ト約千四百種 アリテ、寒帶、温帶、熱帶 ヲ通ジテ産ス。
其中朝鮮ニテ從來發見セルハ次ニ示ス所ノ七屬二十二種ナリ。

近來躑躅類ノ輸入盛ニシテさつき (Rhododendron indicum). きりし
ま (R. obtusum). くるめ (R. kiusianum). れんげつつじ (R. japoni-
cum). もちつつじ (R. leucanthum) 等並ニ其諸品種多ク內地ヨリ移入
サレタレドモモト朝鮮産ニ非ザル故除ク。

Ericaceæ, *D. Don* in Edinb. Phil. Journ. XVII (1834) p. 152. *G.
Don* Gard. Dict. III. (1834) p. 785. *Endl.* Gen. Pl. (1836-1840) p.
750. *Loudon* Arboretum et Fruticetum Britan. II (1838) p. 1076.
A. Gray Syn. Fl. N. America II. i. (1886) p. 14. *Baill.* Dict. II

(1886) p. 542. *O. Drude* in *Engl. Prantl* Nat. Pfl. IV. i. (1897) p 15. *Schneid.* Illus. Handb. II (1911) p. 466.

Vacciniæ, *Dunal* in *DC*. Prodr. VII (1838) p. 552.

Ericaceæ, *DC*. Prodr. VII. p. 580.

Ericaceæ, Rhodoraceæ et Vacciniæ, *DC*, Theorie elem. (1813) p. 216.

Ericaceæ p.p. et Vacciniaceæ, *Lindl.* Introd. edit. II. p. 220 et 221. *Benth.* et *Hook.* Gen. Pl. II. (1873) p. 564 et 577. *Britton* and *Brown* Fl. North. States and Canada II. (1897) p. 556 et 573.

Frutex v. arborea v. suffrutex ramosus. Folia alterna decidua v. persistentia petiolata subsessilia, serrata v. integra, exstipullata. Flores corymbosi v. racemosi v. solitarii v. fere racemoso-paniculati, erecti v. penduli 2-8 meri. Calyx inferum v. superum cupularis v. hemisphæricus v. pelviformis v. rudimentalis, lobis obsoletis v. distinctis 2-8, interdum sepala libera. Corolla companulata, urceolata v. tubulosa v. hypocrateriformis, lobis brevibus imbricatis v. valvatis v. elongatis reflexis v. revolutis v. petala libera. Stamina hypogyna 8-16. Filamenta subulata v. lineria. Autheræ biloculares glabræ v. ciliatæ apice sæpe productæ, pore rotundato v. elongato apertæ. Stylus simplex. Ovarium 2-10 loculare, inferum v. superum. Ovula 1-30 anatropa v. oblique amphitropa. Capsula a basi v. ab apice dehiscens v. bacca coccinea, atra v. cyano-coccinea. Semina in loculis 1-30 parva, sæpe alato-producta albuminosa. Embryo rectus.—68 genera et circ. 1400 species in regionibus frigid., temp. et trop. incolæ. Inter eas 7 genera et 22 species in Corea adhuc detectæ.

Nuperrima species hortulanæ Rhododendri e Japonia multum (e. g. var hort. Rhod. obtusi, R. indici, R. japonici, R. leucanthi etc.) importatæ sed e hoc epusuculo exclusæ. Præsens Enkianthi perulati in Corea atque dubius est, ita etiam eum exclusi.

(乙) 屬 名 檢 索 表

$2\begin{cases}$ 離瓣、果實ハ蒴、下方ヨリ裂開ス、實子ニ翼アリ......いそつつじ屬

合瓣...3$\end{cases}$

$3\begin{cases}$ 果實ハ漿果、花冠ハ輻狀相稱.................くまこけもも屬

果實ハ蒴、裂開ス...4$\end{cases}$

$4\begin{cases}$ 花冠ハ左右相稱往々殆ンド輻狀相稱ヲナス、其場合ニハ上方ニ班點ア

リ。種子ハ扁平...つつじ屬

花冠ハ輻狀相稱、種子ハ球形又ハ稜角アリ.........つがざくら屬$\end{cases}$

$5\begin{cases}$ 花ハ花梗ト關節セズ、四數ヨリ成ル。花冠ノ裂片ハ細ク鑷合狀ニ排列

シ、開花期ニハ外卷ス。直立ノ灌木、葉ハ落葉性ニシテ鋸齒アリ、

花梗ノ基部ニハ二個ノ小苞アリ.......................あくしば屬

花ハ花梗ト關節ス。四又ハ五數ヨリ成ル。花冠ノ裂片ハ覆瓦狀ニ排

列ス...6$\end{cases}$

$6\begin{cases}$ 花冠ハ四裂シ、裂片ハ細ク外ニ反ル、莖ハ概ネ匍匐シ針金樣ナリ。葉

ハ全緣又ハ不顯著ノ鋸齒アリ、常綠、花梗ハ基部ニ鱗片狀ノ苞葉ア

リ...つるこけもも屬

花冠ハ四乃至五個ノ分叉アリ。鐘狀、壺狀又ハ管狀、莖ハ直立又ハ傾

上ス、葉ハ全緣又ハ鋸齒アリ、常綠又ハ落葉性、花梗ハ基部ニ鱗片

狀ノ苞葉アルト、ナキトアリ.....................なつはぜ屬$\end{cases}$

Conspectus generum

$1\begin{cases}$ Ovarium superum 2

Ovarium inferum. Fructus baccatus......................5$\end{cases}$

$2\begin{cases}$ Polypetala. Capsula e basi dehiscens, Semina abata.......

.....................................Ledum, L,

Gamopetala. ....3$\end{cases}$

$3\begin{cases}$ Fructus baccatus. Corolla actinomorpha......Arctous, $Niedz$·

Capsula dehiscens ....4$\end{cases}$

$4\begin{cases}$ Corolla zygomorpha v. fere actinomorpha. Semina utrinque

compressa ....Rhododendron, Don

Corolla actinomorpha. Semina sphaerica v. triquetra........

...................................Phyllodoce, $Salisb$.$\end{cases}$

$5\begin{cases}$ Flores basi inarticulati tetrameri. Corolla lobis valvatis

angustis revolutis. Fructus erectus. Folia decidua serru-

lata. Pedunculi basi bibracteati ......Oxycoccoides, $Nakai$

Flores basi articulati 4--5 meri. Corolla lobis imbricatis....6$\end{cases}$

Corolla 4-fida, lobis angustis reflexis. Caulis procumbens v. repens filiformis. Folia integra sempervirentia. Pedunculi basi squamosi medio bracteati.........Oxycoccus, *Tournef.*

6 Corolla 4-5 loba, campanulata, urceolata v. tubulosa. Caulis erectus v. ascendéns. Folia serrulata v. integra decidua v. sempervirentia. Pedunculi basi nudi v. squamosi, medio v. supra medium bracteati ....Vaccinium, L.

（丙）　各屬各種ノ記載並ニ圖解

本科ノ屬ノ區分法ハ學者ニ依リ同ジカラズ。然レドモ自然ハ明カニ其區別ヲ示シツヽアリ。最近最モ進歩セル區分法ト雖モ尚ホ余一個トシテ首肯シ難キ點多シ。特ニ東洋ノ植物ニハ自ラ他ト異ナル點多ケレバ屬ノ記相文其他ニモ亦歐文ヲ副ヘテ其見解ヲ明ニセリ。

第一屬　いそつつじ屬

灌木、分岐アリ、葉ハ互生全緣屢々下面ニ褐色ノ毛密生ス、常綠ニシテ托葉ナシ。花ハ直立シ殆ンド繖形ヲナセル繖房花序ヲナシ枝ノ先端ニアリ、花梗ハ下方ニ苞アリ。苞ハ早落性。萼ハ小ニシテ、萼齒五個、永存性。花瓣五個倒卵形又ハ橢圓形、蕾ニアリテハ覆瓦狀ニ排列ス。雄蕊ハ十個稀ニ五個又ハ退化減數ス。花絲ハ細シ、葯ハ殆ンド丸ク先端ハ孔ニテ開ク、子房ハ五室、花柱ハ細ク單一。胚珠ハ子房ノ各室ニ多數アリ。果實ハ橢圓形ニシテ下垂シ、基部ヨリ五ツニ割ル。種子ハ小且細シ。

世界ニ三種アリ。歐洲北部、亞細亞北部並ニ北米ニ産ス。其中一種朝鮮ニアリ。

Gn. 1. *Ledum,* (*Matth.*) *Linn.* Sp. Pl. (1753) pl. 391. *DC.* Prodr. VII. p. 730. *G. Don* Gard. Dict. III (1834) p. 851. *Loudon* Arb. et Frut. Brit. II (1838) p. 1155. *Endl.* Gen. Pl. p. 759 n. 4344. *Benth. et Hook.* Gen. Pl. p. 599. *O. Drude* in *Engl. Prantl* Nat. Pfl. IV. i. p. 34. *Schneid.* Handb. II. p. 468. *Rehd.* in Stand. Cycl. IV. (1916) p. 1833.

Chamærhododendros, (*Lobelius*) *Tournef.* Instit. Rei Herb. I. (1700) p. 604 III. t. 373.

Dulia, *Adanson* Fam. Pl. II. (1763) p. 165.

Frutex ramosus. Folia alterna integra sæpe subtus ferrugineo-

tomentosa sempervirentia exstipullata. Flores erecti umbellato-
corymbosi terminales. Pedicelli basi bracteati. Bracteæ caducæ.
Calyx parvus 5-dentatus persistens. Petala 5 obovata v. oblonga
in alabastro imbricata. Stamina 10 rarius 5 v. abortu oligomera.
Filamenta filiformia v. anguste-subulata. Antheræ subglobosæ
apice pore apertæ. Ovarium 5-loculare. Styli filiformes. Ovula
in loculis numerosa. Capsula oblonga pendula a basi septicide 5-
valvata. Semina numerosa minima angusta.

Species tres in regionibus frigidis Asiæ bor., Europa bor. et
Americæ sept. crescent. Inter eas unica in Corea nascit.

1. ちしまいそつつじ

(第 一 圖)

灌木、根ハ地中ヲ匐ヒ之ヨリ莖ヲ生ズ、故ニ莖ハ多數簇生ス。高サハ
四五寸乃至二尺許、莖ハ直立スレドモ降雪ノ地ニハ橫臥スルモアリ。先端
ハ分岐ス、本年出デシ若枝ニハ銷色ノ褐毛密生ス。葉ハ下方ニ垂レ表面ハ
無毛ナレドモ皺アリ。下面ハ密ニ銷色ノ褐毛密生シ且ツ脂點多ク爲メニ葉
ハにほひひばニ類セル一種ノ芳香アリ。通例披針形ニシテ、葉柄短カシ。
葉身ノ兩端ハトガリ長サハ大形ノモノニテハ四珊幅ハ七糎ニ達ス。花ハ前
年出デシ枝ノ先端ヨリ出デ多數相依リテ繖房花序ヲシ、下方ニ苞アレドモ
開花ト共ニ順次凋落ス。花梗ハ細ク疎毛生ジ且脂點並ニ短毛密生ス。萼ハ
小ニシテ萼齒ハ不顯著ニシテ邊緣ニ細毛アリ。花ハ直立シテ開キ直徑七乃
至十糎許、花瓣ハ五個ニシテ橢圓形又ハ倒卵形、白色ナリ。雄蕋ハ花瓣ヨ
リ短カク又ハ殆ンド同長ニシテ十個アリ、葯ハ先端孔ニテ開ク。花柱ハ長
サ三乃至四糎細ク永存性。蒴ハ長サ三半糎乃至四糎下方ヨリ裂開シ花梗ノ
屈曲ニ依リ下垂ス。

咸鏡南道鷲峯、白德嶺、山羊江口間ノ風穴附近、咸北ノ雪嶺、冠帽山等
ニ發見ス。

（分布）

一種高サ三尺許、莖太ク枝ハ前年出デシモノモ褐毛ニ富ミ、葉ハ長サ七
珊幅十四糎ニ達シ花ハ徑十八乃至二十糎、果實ハ長サ五糎許ナルアリ。お
ほいそつつじ（第二圖）ト云フ。

咸南甲山郡普惠面保興里、白頭山地方ノ落葉松樹林下等ニ生ズ。朝鮮特
產ナルガ如シ。

一種莖ノ高サ一二尺、枝細ク本年出デシモノノミニ褐毛密生シ、葉ハ狹

長ニシテ幅三糎ヲ出デズ、長サ二珊許、花ハ小ニシテ徑六乃至七糎許、果
實ハ長サ三糎許ナルアリ。ほそばいそつつじ（第三圖）ト云フ。白頭山地
方ニアリテハ白山茶トシテ鮮人間ニ飲料ニ用キラル。抑モいそつつじ類ハ
歐洲ニアリテモ北米ニアリテモ茶ニ代用セラル、事アリ。Labrador tea
ト稱スルハ是ナリ、有毒ナレドモ多量ニ用キザレバ害ナシ。

白頭山地方、胞胎山、長白山彙等ニ多生ス。

（分布）東部西比利亞、黑龍江省、カムチヤツカ。

一種ほそばつつじニ似テ葉ノ長サ三珊六ニ及ブモノアリ、ほそばいそつ
つじト並ビ生ズルモ葉ノ長キト稍疎ニ出ヅルトニテ一見區別シ得、なかば
いそつつじ（第四圖）ト云フ

白頭山地方並ニ咸北朱南面金谷ノ産、朝鮮特産ナルガ如シ。

又一種葉ハちしまいそつつじニ似テ葉裏ニハ褐毛ノ外白キ微毛密生スル
アリ、いそつつじト云ヒ、咸北茂山郡楡坪ノ産。

（分布）本島、北海道、樺太。

1. **Ledum palustre**, L.

Sp. Pl. (1753) p. 371.

var. **dilatatum,** *Wahlb.* Fl. Lapp. (1812) p. 103. *Ledeb.* Fl. Ross.
II. (1846) p. 923. *A. Gray* Syn. Fl. II. i. (1886) p. 43. *Max.*
Rhod. Asiæ Orient. p. 49. p. p. *Kom.* Fl. Mansh. III. p. 201. *Sch-
neid.* Handb. II (1911) p. 469 fig 312 k. *Busch* Fl. Sib. et Orient.
(1915) p. 5 p. p.? *Nakai* in Tokyo Bot. Mag. XXXI (1917) p. 102.
Rehd. Stand. Cycl. IV. (1916) p. 1830.

L. dilatatum, *Wahlb. Middendorf.* Ochot. n. 225. *Rupr.* in Mél,
Biol. II. p. 550.

Frutex cum radice rhizomatoide repente exquo caulis evolutus
cæspitosus usque 0.6 metralis. Caulis erectus apice ramosus.
Rami hornotini fusco-tomentosi. Folia deflexa supra glabra et
rugosa infra dense fusco-tomentosa reginoso-punctata et odorata
lineari-lanceolata subsessilia utrinque acuta usque 4cm. longa 7mm.
lata. Inflorescentia umbellato-corymbosa polyantha bracteata,
pedicellis gracilibus hirtellis et reginoso-punctatis simulque pilis
adpressissimis vestitis. Calyx parvus lobis obscuris ciliato-margina-
tis. Flores erecti diametro circ. 7-10mm. Petala 5 elliptica v.
obovata alba. Stamina petalis breviora v. fere æquilonga 10.

Antheræ apice poris apertæ. Styli 3-4mm. longi filiformes persistentes. Capsula 3.5-4 mm. longa a basi dehiscentia pendula.

Nom. Jap. Chishima-iso-tsutsuji.

Hab. in Korea sept.

Distr. Yeso, Kuriles, Ussuri, Sibiria baic., America bor. et Europa bor.

var. **maximum**, *Nakai* in Tokyo Bot. Mag. XXXI (1917) p. 103.

L. palustre v. dilatatum, *Nakai* Fl. Kor. II. p. 73 ?*Busch* Fl. Sib. et Orient. (1915) p. 5 p.p.

Caulis robustus. Rami annotini sæpe fusco-tomentosi. Folia usque 7cm. longa 14 mm. lata infra fusco-tomentosa. Flores diametro 18-20 mm. albi. Capsula 5 mm. longa stylis longiora.

Nom. Jap. Oh-iso-tsutsuji.

Hab. in Korea sept.

var. **angustum**, *Busch* l. c. p. 8. *Nakai* in Tokyo Bot, Mag. XXXI (1917) p. 103.

Caulis cæspitosus erectus 1-2 pedalis. Rami graciliores quam var. præcedens, hornotini fusco-tomentosi. Folia subulata margine revoluta infra fusco-tomentosa. Flores parva diametro 6-7 mm. Capsula parva 3 mm. longa.

Nom. Jap. Hosoba-iso-tsutsuji.

Nom. vern. Pjak-san-sa.

Hab. in Korea sept.

Distr. Sibiria orient., Amur et Kamtschatica.

var. **subulatum**, *Nakai* in Tokyo Bot. Mag. XXXI (1917) p. 103. In speciminibus exsiccatis a præcedente difficile secernitur, sed in viva cæspitas solitarias facit et folia longe longiora sat distinctissima. Folia usque 36 mm. longa 3 mm. lata margine revoluta. Capsula 3.5 mm. longa.

Nom. Jap. Nagaba-iso-tsutsuji.

Hab. in Korea sept.

var. **diversipilosum**, *Nakai* in Tokyo Bot. Mag. XXXI (1917) p. 102.

L. palustre var. dilatatum, (non *Wahlenberg*) *Franchet* et *Savatier* Enum. Pl. Jap. I. p. 293. *Maximowicz* Rhod. Asiæ. Orient. p.

49. p.p. *Boissieu* in Bull. Herb. Boiss. (1897) p. 915. *Schneider* Illus. Handb. Laubholzk. II. p. 469 p. p.

Folia subtus pilis albis brevissimis dense vestita, simulque secus venas et costas fusco-hirsuta v. tomentosa, v. tantum secus costas hirsuta.

Nom. Jap. Iso-tsutsuji.

Hab. in Korea sept. rarius.

Distr. Sachalin, Yeso et Hondo bor..

第二屬 つ が ざ く ら 屬

小灌木、葉ハ細ク密生シ邊緣外反シ且小鋸齒アリ。 花ハ前年出デシ枝ノ先端ニ生ジ數個宛アリ。花梗長シ、萼ハ五裂シ裂片ハトガル。花冠ハ壺狀又ハ開ケシ鐘狀五齒又ハ五裂片ヲ具フ。雄蕋ハ十個花冠ヨリ短カシ。花糸ハ毛ナリ。葯ハ楕圓形ニシテ先端ハ丸キ孔又ハ斜ノ孔ニテ開ク。花柱細ク子房ト關節ス。子房ハ五室、果實ハ胞間裂開ス。種子ハ卵形又ハ三角形。

世界ニ六種アリ。歐亞ノ北部並ニ北米ノ北部又ハ高山ニ生ズ。其中朝鮮ニ次ノ一種アリ。

Gn. 2. **Phyllodoce**, *Salisb.*

Paradiscus Londinensis (1806) p. 36. *George Don* Gen. Syst. III. p. 833. *DC.* Prodr. VII p. 712. *Loudon* Arb. et Frut. Brit. II p. 1115 *Maxim.* Rhod. p. 5. *Benth.* et *Hook.* Gen. Pl. II. p. 595. *Drude* in Nat. Pfl. IV. i. p. 40. *Britton* and *Brown* Fl. II. p. 565. *Schneid.* Handb. II. p. 517. *A Rehd.* Stand. Cycl. V. (1916) p. 2607.

Andromeda, *L.* Sp. Pl. p. 563 p. p.

Bryanthes sect. Phyllodoce, *A Gray* Syn. Fl. II. i. p. 37.

Menziesia sect. Phyllodoce, *Endl.* Gen. Pl. p. 755.

Frutex humilis. Folia sparsa linearia obtusa serrulata margine revoluta sempervirentia. Flores in apice rami annotini terminales fasciculati. Pedicelli elongati. Calyx 5-partitus lacinis acuminatis. Corolla urceolato-ovoidea v. aparte campanulata 5-dentata v. lobata. Stamina 10 inclusa. Filamenta glabra. Antheræ oblongæ apice pore rotundato v. obliquo apertæ. Styli graciles cum ovario articulati. Ovarium 5-loculare. Capsula septicide-dehiscens. Semina ovoidea v. triquetra.

Species sex in regionibus borealibus et alpinis Eurasiæ et Americæ septentrionalis. Inter eas unica in Corea crescit.

2. えぞのつがざくら

(第 五 圖)

根ハ木質、莖ハ横臥シ密ニ分岐シ、枝ハ傾上シ高サ十珊許。葉ハ互生密ニ生ジ長サ三乃至八糎、外反シ、外反スル角並ニ邊緣ニ鋸齒アリ。幅一糎許綠色ニシテ永存性ナリ。花ハ數個宛前年ノ枝ノ先端ヨリ出ヅ。下垂シテ開ク。花梗ハ柄アル腺毛ヲ生ジ下方ニ苞ヲ具フ。萼ハ五裂シ長サ四乃至五糎、萼ノ裂片ハ狹披針形ニシテトガリ腺毛ヲ具フ。花冠ハ卵形ヲ帶ビタル壺形ニシテ朝鮮産ノモノハ帶紫紅色又ハ淡菫紅色ナリ。花柱ハ細ク殆ンド永存ス。果實ハ丸ク先端ヨリ胞間裂開ス。種子ハ黃色長サ一糎許。

白頭山並ニ其附近及ビ長白山中冠帽連山ニアリテ毛氈ヲ敷ケルガ如ク繁茂ス。

（分布） 歐洲（スコツトランド。ピレニース連山。スカンヂナヴィア）。グリーンランド。北米（ラブラドー。クエベック。ニューハンプシャイアー。アラスカ）カムチヤツカ北海道。滿州北部。

2. **Phyllodoce cærulea,** (L.) *Babington*

Manual of Brit. Bot. (1843) p. 194. *Gren.* et *Godr.* Fl. Fr. II (1850) p. 434. *Britton & Brown* Fl. II. (1897) p. 565. *Hook.* fil. Fl. Brit. Isl. ed. II. p. 247. *Makino* in Tokyo Bot. Mag. XIX. p. 132. *Nakai* Fl. Kor. II. p. 73. *Schneid.* Handb. II. p. 518 fig. 339. n-q. *Busch* Fl. Sib. (1915). p. 46 cum fig. *A. Rehd.* in Stand. Cycl. p. 2607.

Andromeda cærulea, *L.* Sp. Pl. (1753) p. 393. Fl. Lapp. t. 1. f. 5.

Menziesia cærulea, *Swartz.* in Trans. Linn. Soc. X (1810) p. 877. *Benth* er *Hook.* Handb. Brit. Fl. ed. V. (1887) p. 283.

Bryanthus cæruleus, *Dipp.* Handb. I. (1889) p. 385.

Menziesia taxifolia, *Wood.* First Lessons (1856) p. 185.

Bryanthus taxifolius, *A Gray* Proceed. Am. Acad. IV. (1868) p. 368. Syn. Fl. II. i. (1886) p. 37.

Phyllodoce taxifolia, *Salisb*. Parad. Lond. t. 36, *DC*. Prodr. VII. p. 713. *G. Don* Gard. Dict. III. (1834) p. 833. *Loudon* Arb. et Frut. II. p. 1115 *Ledeb* Fl. Ross. II. ii p. 916. *Maxim*. Rhod. p. 6. *Drude* in Nat. Pflanzenf. IV. i. p. 40.

Radix lignosa. Caulis procumbens dense ramosus et ramis ascendentibus, circ. 10 cm. altus. Folia sparsa densa 3-8 mm. longa revoluta et in angulis revolventibus serrulata, margine integra v. serrulata, uninervia 1 mm. lata viridia persistentia. Flores fasciculati gemini in apice rami annotini terminales. Pedunculi elongati stipitato-glandulosi basi bracteati. Calyx 5-partitus 4-5 mm. longus, lacinis lineari-lanceolatis attenuatis stipitato-glandulosis. Corolla ovoideo-urceolata in plantis Coreanis rubescens v. purpureo-rubescens. Styli elongati subpersistentes. Capsula subglobosa apice septicide 5-fida. Semina flavescentia oblonga fere 1 mm. longa.

Nom. Jap. Yezo-no-tsuga-zakura.

Hab. in Korea sept.

Distr. Europa, Greenland, America bor., Kamtschatica, Yeso et Manshuria.

第三屬 つ つ じ 屬

小灌木、灌木又ハ小喬木、無毛又ハ有毛又ハ鱗片ヲ有ス、葉ハ互生常綠又ハ落葉性、全緣、花芽ハ葉芽ト獨立ニ生ジ又ハ混芽トナル。花ハ獨生、繖房花序、又ハ總狀花序ヲナス。萼ハ五叉又ハ五裂シ又ハ小ニシテ殆ンド裂片ナク又ハ裂片大ニシテ葉狀ヲナス。花冠ハ鐘狀又ハ筒狀又ハ漏斗狀通例左右相稱ナリ。若シ輻狀相稱ヲナストキハ上部ニ班點アリ。裂片ハ五個乃至十個蕾ニアリテハ覆瓦狀ニ排列ス。雄蕋ハ八個乃至十八個稀ニ五個、長サ不同ニシテ下向又ハ上向シ往々放散狀ニ出ヅ、花糸ハ無毛又ハ有毛、藥ハ橢圓形又ハ球形先端ハ丸キ孔ニテ開ク。子房ハ五個乃至二十個宛ヨリ成ル。花柱ハ長ク又ハ短シ。柱頭ハ丸ク又ハ平タク五個又ハ二十個ニ區劃サル。胚珠ハ各室ニ多數生ズ。果實ハ蒴、先端ヨリ裂開シ、通例木質ナリ。橢圓形又ハ卵形又ハ殆ンド球形、種子ハ小ニシテ兩端ニ翼狀ニ伸長ス。

世界ニ二百五十種許アリ、其中朝鮮ニ十二種ヲ産シ之レヲ其所屬ノ節ニ
分テバ大凡次ノ如シ。

1 { 葉ハ丸キ腺ニテ被ハレ其腺ハ後扁平トナリ鱗狀ヲナス〇故ニ葉ハ鱗片
ニテ被ハル、芽ニアリテハ内旋ス 2

葉ハ腺ナク又鱗片ナリ、無毛又ハ有毛 3

2 { 花ハ花芽中ニ一個宛生ズ、花芽ハ枝ノ先端ニアリテ一個乃至五個。葉
芽ハ花芽ヨリハ下方ヨリ生ズ .... げんかいつつじ節
（えぞむらさきつつじ。げんかいつつじ）

花ハ花芽中ニ二三個以上生ズ、又ハ總狀ヲナス。花芽ハ一個頂生ニシ
テ葉芽ハ其下ヨリ生ズ .... ほざきつつじ節
（ほざきつつじ。さかいつつじ。もうせんつつじ）

3 { 花ハ獨生又ハ總狀ヲナシ苞ハ葉狀ナリ。花芽ハ頂生、葉ノ邊緣ニハ
微毛生ズ。葉ハ芽ニアリテハ内旋ス .... えぞつつじ節
（くもまつつじ）

葉狀ノ苞ナシ。花ハ花芽又ハ混芽中ヨリ生ジ、芽ハ早落性又ハ永存性
ノ鱗片ニテ被ハル。葉ハ芽ニアリテハ外旋ス 4

4 { 葉ハ常綠厚ク表面ハ滑ナルカ又ハ皺アリ。花芽ハ獨立ニ枝ノ先端ヨ
リ生ジ多數ノ大ナル鱗ニテ被ハル、葉芽ハ花芽ノ下ヨリ生ズ ....
.... しやくなげ節
（しろばなしやくなげ。きばなしやくなげ）

葉ハ落葉性又ハ常綠決シテ厚カラズ、花ハ混芽中ニ生ズ 5

5 { 混芽中ニハ更ニ鱗片ヲ被ハル花芽ト葉芽トアリ ...... ほんつつじ節
（くろふねつつじ。ほんつつじ）

混芽ハ單ニ花ト鱗片ナキ芽トヲ具フ .... やまつつじ節
（しろばなこめつつじ。てうせんやまつつじ）

Gn. 3. **Rhododendron,** (*L.* non *Diosc.* nec. *Dod.*) *George Don.*

Gen. Syst. III. (1834) p. 843 excl. Rhod. Chamæcisto. *Loudon*
Arb. et Frut. II p. 1130 excl. Rhod. Chamæsisto. *Maxim.* Rhod. p.
13. *Benth.* et *Hook.* Gen. Pl. II. p. 599. *Schneid.* Illus. Handb. II.
p. 470. *A Rehd* in *Baill.* Stand. Cycl. V. (1916) p. 2930.

Rhododendron *Pl.* emend. *Drude* in *Engl. Prantl* Nat. Pflanzenf.
IV. i. p. 35.

Osmothamnus, *DC.* Prodr. VII. p. 715.

Azalea, (L.) *Desv.* Journ. Bot. III. p. 35. *Roem.* et *Schult.* Syst.

IV. p. 728. *Link* Enum. I. p. 209. *Lindl.* Nat. Syst. p. 221. *Britton* and *Brown* Fl. II. p. 558. *Endl.* Gen. Pl. p. 758.

Anthodendron, *Reichb.* Fl. exc. I. p. 416. *DC.* l. c. p. 715.

Rhodora, *Duham* in L. Gen. Pl. n. 567. *DC.* l. c. p. 719.

Rhododendron, *L.* Gen. Pl. n. 548. *Gærtn.* Fr. et Sem. I. p. 304 t. 63. *DC.* l. c. p. 719 excl. Rhod. Chamæcisto. *Endl.* Gen. Pl. p. 759. *Britton* and *Brown* Fl. II. p. 560.

Hymenanthes, *Bl.* Bijdr. XV. p. 826.

Fruticulus, frutex v. arborea glaber pubescens v. lepidotus. Folia alterna persistentia v. decidua integra. Gemmæ floriferæ v. foliiferæ v. mixtæ. Flores solitarii corymbosi v. racemosi. Calyx 5-fidus v. partitus persistens interdum foliaceus. Corolla varia campanulata, infundibuliformis, rotata v. hypocrateriformis, vulgo zygomorpha, interdum fere actinomorpha tum dorso maculata, 5–10 loba, lobis imbricatis. Stamina 8–18 rarius 5 vulgo inæqualia et declinata v. ascendentia, interdum patentia. Filamenta glabra v. pilosa v. barbata. Antheræ oblongæ v. rotundatæ apice poris apertæ. Ovarium 5–20 loculare. Styli elongati v. breves. Stigma capitatum 5–20 lobatum. Ovula in loculis ovarii numerosa. Capsula ab apice dehiscentia lignosa oblonga v. ovata. Semina utrinque alato-producta parva.—circ. 250 species in regionibus frigidis, temperatis et tropicis boreali-hemisphæricæ, quarum 12 in Corea sponte nascent. Eæ in sequentibus sectionibus dividuntur.

1 { Folia glandulis sphæricis demum lepidotis obtecta, æstivatione involuta 2
Folia nunquam lepidota glabra v. pilosa 3

2 { Flores in gemmis proprii solitarii. Gemmæ floriferæ terminales v. subterminales 1–5. Gemmæ innovationis gemmis floriferis inferiores et distinctæ .... Rhodorastrum
Flores in gemmis proprii gemini v. racemosi. Gemmæ floriferæ terminales solitarii gemmis innovationis superiores et distinctæ .... Osmothamnus

3 ⎰ Bracteæ foliaceæ. Gemmæ floriferæ terminales quibus racemus v. flos solitarius cum bracteis foliaceis evolutæ. Sempervirens. Folia margine ciliata, æstivatione involuta......

.... Therorhodion

Bracteæ foliaceæ nullæ. Flores squamis gemmarum caducis v. persistentibus primo clausi. Folia æstivatione revoluta

.... 4

4 ⎰ Folia persistentia coriacea supra lucida v. rugosa. Gemmæ floriferæ terminales gemmis innovationis distinctæ ....

.... Eurhododendron

Folia decidua v. persistentia non coriacea. Gemmæ mixtæ

.... 5

5 ⎰ Gemmæ gemmas floris et innovationis perulatas portant, ita primo gemmæ mixtæ. Folia pilosa v. glanduloso-pilosa.....

.... Azalea

Gemmæ flores et innovationes nudos portant et flores innovationibus interiores. Folia setoso-paleacea........Tsusia

第一節　ほ さ き つ つ じ 節

Sect. 1. **Osmothamnus,** (*DC.*) *Maxim.*

Rhod. Asiæ orient. p. 15.

Gn. Osmothamnus, *DC.* Prodr. VII. p. 715.

Sect. Ponticum, *G. Don* Gen. Syst. III. p. 843. p. p.

Sect. Lepipherum, *G. Don* l. c. p. 845.

Sect. Pogonanthum, *G. Don* l. c. p. 845. *DC.* Prodr. VII. p. 725

Sect. Eurhododendron, *DC.* Prodr. l. c. p. 721. p. p.

Unterg. Eurhododendron. § 2. Osmothamnus, *Drude* in *Engl. Prantl.* Nat. Pfl. IV. i. p. 36.

Rhododendron proprium, *Th. Nutt.* in Kew Bot. Misc. V. p. 353. p. p.

Subg. Lepidorhodium, *Koehne* Dendr. (1893) p. 449 p. p. *Schneid.* Illus. Handb. II. p. 471. p. p.

Series Osmothamnus, *Benth.* et *Hook.* Gen. Pl. II. p. 601.

Folia primo glandulis punctata demum lepidota decidua v. persistentia, æstivatione involuta. Gemmæ floriferæ gemmis innovationis distinctæ, oligo-polyandræ.

3. さ か い つ つ じ

(第 六 圖)

朝鮮産ノモノニテハ高サ三尺ニ達ス。莖ハ簇生シ且多ク分枝ス、葉ハ橢圓形長サ 0.7 乃至 1.5 珊、幅 3 乃至 6 粍、葉柄短カク兩面ニハ白キ鱗片密ニ被フ、常綠ナリ。花芽ハ枝ノ先端ニ出デ卵形ヲナス。萼ハ短カク萼齒ハ丸ク且小ナリ。花ハ二三個宛生シ殆ンド繖形ヲナシ、花梗ハ短カシ。花冠ハ薔薇色ニシテ五裂片ヲ具ヘヨク開キ毛ナシ。雄蕊十個抽出ス、花糸ハ基部ニ毛多シ。花柱ハ雄蕊ヨリ長シ、蒴ハ卵形先端ヨリ裂開シ先端ニ永存性ノ花柱ヲ有ス。咸鏡南北道ノ高地ニ生ズ。

（分布） 西比利亞東部。支那北部。北滿州。黑龍江省。樺太。カムチヤツカ。ウナラスカ群島。

3. Rhododendron parvifolium, *Adams*

in Mém. Soc. natur. Mosc. IX (1835) p. 237. *Turcz.* Cat. Baic. Dah. (1838) n. 743. *Ledeb.* Fl. Ross. II. ii. p. 921. *Trautv.* et *Mey.* Fl. Ochot. p. 63. *Regel* et *Til.* Fl. Ajan. p. 110. *Maxim.* Rhod. p. 17. *Schneid.* Illus. Handb. II. p. 476. f. 317. *Miyabe* et *Miyake* Fl. Sachal. (1915) p. 309. n. 384. *Busch* Fl. Sib. (1915) p. 23 cum fig.

R. parviflorum, *Ait. Fr. Schmidt* Sachal. p. 158 n. 297.

R. palustre, *Turcz.* in litt. 1834 apud *DC.* Prodr. VII. (1838) p. 724.

Azalea lapponica, (non *L.*) *Pall.* Fl. Ross. II. p. 52. t. 70 f. 1. A. B.

In nostris plantis circ. 1 metralis cæspitosa et ramosissima· Folia oblonga 0.7–1.5 cm. longa 3–6 mm. lata breviter petiolata utrinque squamis primo fere albis demum fere fuscis toto obtecta, utrinque acuta v. apice minute mucronata persistentia. Gemmæ floriferæ terminales ovoideæ. Flores gemini fere umbellati breviter pedicellati. Calyx obtuse lobatus parvus. Corolla rosea 5-loba

subzygomorpha aperta glabra. Stamina 10 exerta stylis breviora.
Filamenta basi hirtella. Capsula ovoidea apice dehiscens stylis
elongatis persistentibus coronata.

Nom. Jap. Sakai-tsutsuji.

Hab. in alpinis Koreæ sept.

Distr. Sibiria orient., China bor., Manshuria bor., Amur, Sacha-lin, Kamtschatica et insula Unalasca.

4. ほ さ き つ つ じ

(第 七 圖)

灌木、若枝ハ廓大鏡下ニ照セバ微毛生ズ。前年ノ枝ハ帶紅褐色ナリ。常
綠、葉ハ橢圓形又ハ倒卵橢圓形、葉柄ノ長サ 2 乃至 5 糎、其上側ハ短毛
密生スレドモ下面ニハ鱗片アリ、葉身ハ表面綠色ニシテ白キ點アレドモ下
面ハ銷色ノ鱗片アリ。中肋ハ葉ノ表面ニテハ不顯著ニシテ基部ニ近ク微毛
アリ、下面ニテハ突起シ且鱗片ニテ被ハル、花ハ短縮セル總狀花序ヲナス、
苞ハ廣卵形ニシテ帶紅褐色ナリ。各花ハ復小苞二個宛ヲ具フ、花梗ノ長
サ 6 乃至 8 糎ニシテ白キ腺點アリ。萼ハ極小ニシテ淺ク腺點アリ。萼齒
ハ三角形ニシテ長サ一糎邊緣ニ毛アリ。花冠ハ白色筒部ノ長サ 1.5 乃至
2 糎、裂片ハ橢圓形ニシテ長サ 3 乃至 3.5 糎、幅 2 糎、而シテ下方ノ裂
片ハ外反ス。雄蕊ハ十個僅カニ抽出ス。花糸ハ細ク白色無毛。葯ハ橢圓形
白色長サ 1 糎、花柱ハ僅カニ屈曲シ長サ 3 糎半以下ニテ廓大鏡下ニテ認
メ得ル微毛アリ。子房ニハ腺點アリ。

忠淸北道ノ山ニ生ズ。

(分布) 支那ノ中部。北部。南滿州。

4. **Rhododendron micranthum,** *Turcz.*

in Bull. Soc. Nat. Mosc. VII (1837) p. 155. *DC.* Prodr. VII. p.
727. *Maxim.* Rhod. p. 13. t. 4. f. 1–10. *Fr.* Pl. Dav. I. p. 197.
Forbes et *Hemsl.* in Journ. Linn. Soc. XXVI. p. 27. *Schneid.* Illus.
Handb. II. p. 475 f. 316 g. *Hemsl.* et *Wils.* in Kew. Bull. (1910).
p. 117. *Rehd.* et *Wils.* Pl. Wils. III. p. 513.

R. Rosthornii, *Diels* in *Engl.* Bot. Jahrb. XXIX p. 509.

R. Pritzelianum, *Diels* l. c. p. 510.

Frutex.　Rami juveniles sub lente minute albo-ciliati, annotini rubescentes.　Folia sempervirentia oblonga v. obovato-oblonga, pedicellis 2–5 mm. longis supra adpressissime dense ciliatis infra lepidotis.　Lamina supra viridis albo-punctata, infra ferrugineo-lepidota.　Costa supra inconspicua circa basin ciliata, infra elevata et lepidota.　Racemus terminalis.　Bracteæ late ovatæ rubescenti-fuscæ.　Quique flores basi bracteolis filiformibus 1.5 mm. longis binis suffulti.　Pedicelli 7–8 mm. longi albo-glandulosi, glandulis vesiculosis.　Calyx inconspicuus pelviformis vesiculoso-glandulosus, lobis triangularibus 1 mm. longis margine barbatis vesiculoso-glandulosis.　Corolla alba, tubo 1.5–2 mm. longo, lobis 3–3 5 mm. longis ellipticis 2 mm. latis inferioribus reflexis.　Stamina 10 leviter exerta,　Filamenta filiformia alba glabra.　Antheræ oblongæ v. oblongo-ellipticæ albæ 1 mm. longæ.　Styli leviter curvati 3 mm. longi infra medium sub lente minute ciliolati.　Ovarium vesiculoso-glandulosum.　Fructus in nostris ignoti.

Nom.　Jap. Hojaki-tsutsuji,

Hab.　in montibus Coreæ mediæ.

Distr.　China media et bor. nec non Manshuria.

5.　も う せ ん つ つ じ

(第 八 圖)

　低キ灌木ニシテ密生シ恰モ毛氈ヲ敷ケルガ如シ故ニもうせんつつじト命名ス。莖ハ匍匐シ分岐多ク所々ヨリ根ヲ出ス、高サハ 3 乃至 4 珊許。常緑ニシテ葉ノ長サ 3 乃至 15 糎、幅 1 乃至 6 糎、橢圓形又ハ披針形ヲ帶ビタル橢圓形又ハ倒披針形ヲ帶ビタル橢圓形、先端ハトガル。若葉ハ銀色ノ鱗片ニテ被ハルレドモ老成スルニツレ褐色トナル、葉柄短カシ。枝ハ鱗片ニ被ハレ廓大鏡下ニテハ微毛ヲ認メ得。花芽ハ前年ノ枝ノ先端ニ生ズ。花ハ比較的長キ花梗ヲ具ヘ花梗ハ鱗片 ニテ被ハレ且長サ 10 乃至 12 糎アリ。萼ハ淺ク短カク萼片ハ廣卵形又ハ橢圓形、鱗片ニテ被ハレ邊緣ニ毛アリ。花冠ハ長サ 12 乃至 15 糎、帶紫薔薇色中央以下迄分裂シ、裂片ハ橢圓形ニシテ反轉ス。雄蕊七個乃至十個ニシテ花冠トホゞ同長、花糸ハ基部ニ近ク毛多シ、葯ハ橢圓形。花柱ハ長ク抽出シ下方ニ向フ。柱頭ハ五部

ニ分ル。子房ハ腺アリ卵形、果實ハ卵形ニシテ褐色ノ鱗片ニテ被ハレ長サ
3 乃至 4 粍。

鷲峯、白頭山並ニ長白山ノ標高 2000 米突以上ノ高所ニ多生ス。

（分布） 黑龍江省及ビ西比利亞東部ニ分布ス。

5 Rhododendron confertissimum, *Nakai*

in Veg. m't Waigalbon (1916) p. 36. nom. nud.

R. parvifolium, *Adams* var. alpinum, *Glehn* Wit. (1876) p. 66.
Busch Fl. Sib. et Orient. extr. p. 23 cum fig.

Densissime confertim crescit et terram perfecte obtectum. Caulis
procumbens ramosissimus 3–20 cm. altus. Folia sempervirentia 3–
15 mm. longa 1–6 mm. lata elliptica v. lanceolato-elliptica v.
oblanceolato-elliptica mucronata v. acuta, juniora argenteo-lepidota,
sed adulta infra ferruginea breviter petiolata. Rami lepidoti et
sub lente minute ciliolati. Gemmæ floris terminales. Flores pedi-
cellis lepidotis 10–12 mm. longis, calyce pelviforme, lobis late ovatis
v. ellipticis lepidotis margine barbatis, corolla 12–15 mm. longa
purpureo-rosea infra medium divisa, lobis oblongis reflexis, stamini-
bus 7–10 corolla fere æquilongis, filamentis circa basin barbatis,
antheris late ellipticis, stylis longe exertis deflexis apice ascendenti-
bus, stigmate 5-fido papilloso, ovario glanduloso ovato. Fructus
ovatus ferrugineo-lepidotus 3–4 mm. longus.

Nom. Jap. Mosen-tsutsuji.

Hab. in alpinis Koreæ sept. 2000 m. et supra.

Planta endemica!

第二節 げんかいつつじ 節

Sect. 2. **Rhodorastrum,** *Maxim.*

Rhod. Asiæ orient. p. 43. *Rehd.* et *Wils.* Pl. Wils. III. p. 515.

Eurhododendron, *DC.* Prodr, VII. p. 721 p. p. *Ledeb.* Fl. Ross.
II. p. 921. p. p.

Lepidorrhodium, *Koehne* Dendr. (1893) p. 449. p. p. *Schneid.*
Illus. Handb II. p. 471. p. p.

Series 6. Rhodorastrum, *Benth.* et *Hook.* Gen. Pl. II. p. 601.

Unterg. Rhodorastrum, *Drude* in *Engl. Prantl* Nat. Pflanzf. IV.
i. p. 37,

Folia lepidota persistentia v. decidua. æstivatione involuta. Corolla late campanulata. Stamina 10. Gemmæ floriferæ in apice rami confertæ unifloræ et gemmis innovationis distinctæ et superiores. ....Species Coreana 2.

6. えぞむらさきつつじ

（第 九 圖）

分岐多キ灌木高サ. 1 乃至 2 米突、皮ハ帶褐灰色。葉ハ少クモ其一部ハ常綠性ニシテ比較的疎ニ鱗片ニテ被ハレ無毛ナリ。被針形ヲ帶ベル楕圓形、先端ハ丸キカ又ハ僅カニトガル、基部ハ長クトガリ葉柄ノ長サ 0.5 乃至 1.0 珊、花ハ短カキ花梗ヲ具ヘ爲メニ花時ハ花芽ノ鱗片內ニ包マル。萼ハ小ニシテ丸キ淺キ五裂片アリ。花冠ハ廣ク開キ帶紫薔薇色直徑 3 乃至 4 珊、裂片ハ廣卵形又ハ圓形ニシテ邊緣波狀ニ屈曲ス。外面ハ筒部脈間ニ微毛アレドモ內面ニハ毛ナシ。雄蕋十個。花糸ハ基部ニ多毛アリ。葯ハ廣橢圓形、花柱ハ花糸ヨリ長シ。蒴ハ長サ約 1 珊ノ花梗ヲ具ヘ先端ヨリ五裂ス。

平安北道、咸鏡南北道ノ山ニ群生シ丸キト稍厚ミアルトニ依リ一見げんかいつつじト區別シ得、濟州島ニモ稀ニ生ズ。

（分布） 北蒙古。北支那。滿州。黑龍江省。北海道。

6. Rhododendron dauricum, *L.*

Sp. Pl. (1753) p. 392. *Pall.* Fl. Ross. I. p. 47. t. 32. *DC.* Prodr. VII. p. 725. *G. Don.* Gen. Syst. III. (1834) p. 845. *Loudon* Arb. et Frut. II. (1838) p. 1138. *Ledeb.* Fl. Ross. II. p. 921. *Maxim.* Prim. Fl. Amur. p. 189. p. p. Rhod. Asiæ orient. p. 43 excl. var. B. *Regel* Tent. Fl. Uss. n. 102. *Schmidt* Amg. n. 265. Bot Mag. t. 636. *Benth.* et *Hook.* Gen. Pl. II. p. 601. *Korsch.* Act. Hort. Petrop. XII. p. 366. *Fr.* Pl. Dav. I. p. 102. *Drude* in *Engl. Prantl* Nat. Pflanzenf. IV. i. p. 37. *Nakai* Fl. Kor. II. p. 75. *Busch.* Fl. Sib. (1915) p. 29. p. p. cum fig. excl. *B.* et *Γ*).

R. davuricum var. mucronulatum, *Busch* l. c. tab. 63.

清州島漢拏山上ノからげんかいつつじ (R. mucronulatum) ノ群落。
黒ク見ユルハてうせんしらべ (Abies koreana, *Wilson*) ナリ。

Frutex ramosus usque 2 metralis. Cortex fusco-cinereus. Folia saltem e parte persistentia sparsim lepidota glabra lanceolato-oblonga apice obtusa v. acuta, basi acuminata, petiolis 0.5–1.0 cm. longis lepidotis. Flores breviter pedicellati, pedicellis in perulis occultantibus. Calyx parvus obtusissime 5–lobatus. Corolla aperta purpureo-rosea diametro 3–4 cm., lobis late ovatis v. rotundatis margine crenatis, extus inter venas pilosa, intus glabra. Stamina 10. Filamenta basi barbata. Antheræ late ellipticæ. Styli stamina superantes. Capsula pedicellis fere 1 cm. elongata apice 5-septa.

Nom. Jap. Ezo-murasaki-tsutsuji.

Hab. in Corea sept. copiose et in monte insulæ Quelpært, ubi sed rarum.

Distr.　Mongolia bor., China bor., Manshuria et Amur, nec non Yeso.

7.　からげんかいつつじ　チンタライ（京畿）

第 十 圖

灌木高サ 2 乃至 3 米突ニ達スルモノアリ分岐多シ、皮ハ帶灰褐色、落葉又ハ一部落葉セザルコトモアリ。披針形又ハ倒披針形ニシテ兩端ニ著シクトガルカ又ハ銳クトガリ、兩面ニ疎ニ鱗片アリ。葉柄アリ。花ハ葉ニ先チテ出デ一花芽中ニ一個宛生ジ、花芽ハ先年出デシ枝ノ先端ニ 1 個乃至 5 個宛生ズ。花梗短カシ。蕚ハ小ニシテ五齒アリ。花冠ハ徑 3 乃至 4.5 珊許廣ク開キ帶紫薇薔色。裂片ハ廣ク邊緣波狀ヲナス。碓蕋ハ 10 個。花絲ニ毛アリ、葯ハ丸シ、花柱ハ雄蕋ヨリ長シ。蒴ハ細長ク往々屈曲ス。濟州島 (1000 米突以上)。群島並ニ（欝陵島ヲ除キテ）全道ノ山ニ生ズ。

（分布）　支那北部。ダフリア。滿州。

一種白花品アリ。しろばなげんかいつつじト云フ。稀品ナリ。

又一種葉ニ疎毛多ク生ジ葉ガ老成スルモ尚ホ毛アルモノナリ、之レヲげんかいつつじト云フ（第十一圖）。中部以南ニ多シ。

（分布）　對馬。九州。本島ノ西部。

7.　Rhododendron mucronulatum, *Turcz.*

in Bull. Soc. Nat. Mosc. (1837) p. 155. *DC.* Prodr. VIII. p. 727. *Walp.* Ann. II. p. 1120. Bot. Mag. t. 8304. *Nakai* Fl. Kor. II. p. 75. *Schneid.* Handb. II. p. 472.

R. davuricum, (non *L.*) *Maxim.* Prim. Fl. Amur. p. 189. p. p. *Forbes* et *Hemsl.* in Journ. Linn. Soc. XXVI. p. 22. p. p.

R. davuricum β. mucronulatum, *Maxim.* Rhod. p. 44. *Busch* Fl. Sibir. Orient. p. 31. p. p.

R. Taquetii, *Lévl.* in *Fedde* Rep. XII (1913). p. 101.

えぞむらさきつつじ (Rhododendron dauricum) ノ群落。
平安北道碧潼郡碧潼
（大正三作六月撮影）

Frutex usque 2–3 metralis ramosus. Cortex cinereo-fuscus.
Folia decidua v. interdum e parte persistentia lanceolata v.
oblanceolata utrinque acuminata v. mucronato-acuminata sparsim
lepidota petiolata. Flores præcoces in gemmis solitarii et in apice
rami 1–5 breviter pedicellati. Calyx parvus 5–lobus. Corolla
diametro 3–4.5 cm. aperta purpureo-rosea, lobis latis crenatis.

Stamina 10. Filamenta basi barbata. Antheræ rotundatæ. Styli stamina superantia. Capsula elongata recta v. curva.

Nom. Jap. Kara-genkai-tsutsuji.

Nom. Cor. Chin-ta-rai.

Hab. in montibus insulæ Quelpært et peninsulæ Coreanæ.

Distr. Dahuria, China bor. et Manshuria.

var. **albiflorum,** *Nakai* Fl. Kor. II. p. 76.

Nom. Jap. Shirobana-genkai-tsutsuji.

Hab. in Corea rarum.ʼ

var. **ciliatum,** *Nakai.*

Folia adulta setoso-hirtella. Flores purpureo-rosei.

Nom. Jap. Genkai-tsutsuji.

Hab. in Corea media et austr. nec non insula Quelpært.

Distr. Insula Tsushima, Kiusiu et Hondo occid.

第三節　え ぞ つ つ じ 節

葉ハ永存性ニシテ邊縁ニ毛アリ、花ハ前年ノ枝ノ先端ニ生ジ一個乃至二三個宛總狀花序ヲナシ、苞ハ葉狀ヲナス。朝鮮ニ一種ヲ産ス。此節ニ屬スルハえぞつつじ (Rhododendron kamtschaticum) ト朝鮮ニモアルくもまつつじ (Rhododendron Redowskianum) ノ二種ナリ。何レモ葉狀ノ苞ヲ有スル總狀花序ヲナス。然ルニ *Maximowicz. Schneider. Bentham. Hooker* ノ諸氏ハ皆其花軸ヲ枝トシ爲メニ花ハ葉腋ヨリ生ズルトセリ。之レ大ニ誤レリ。氏等ガ枝トアル所ハ花軸ニシテ枝ノ如ク形成層ヲ有セズ。秋ニハ果實ト共ニ枯レ果ツルナリ。故ニ余ハ茲ニ之レヲ總狀花序ニ改ム、從テ諸家ノつつじ屬ノ記載ニ「稀ニ腋生ノ花アリ」トアルハ除クベキモノトス。

Sect. 3. **Therorhodion,** *Maxim.*

Rhod. Asiæ orient. p. 47. *A. Gray* Syn. Fl. II. i. p. 39. *Drude* in *Engl. Prantl* Nat. Pflanzenf. IV. i. p. 37. *Schneid.* Illus. Handb. II. p. 507.

Sect. Chamæcistus, (non *Gray*) *Don* Gen. Syst. III. p. 845 p. p. *DC.* Prodr. II. p. 725 p. p. *Loudon* Arb. et Frut. Brit. II. p. 1139 p. p.

Series Therorhodion, *Benth.* et *Hook.* Gen. Pl. II. p. 602.

Folia persistentia margine setoso-ciliata, aestivatione involuta. Flores in apice rami annotini terminales racemosi v. solitarii. Bracteæ foliaceæ..................................Species Coreana 1.

8. く も ま つ つ じ
(第 十 二 圖)

極小ノ灌木ニシテ分岐多ク簇生シ、莖ノ高サ僅カニ十珊許。葉ハ永存性ニシテ倒卵形又ハ倒披針形、殆ンド無柄又ハ全ク無柄ナリ。先端ハトガリ邊緣ニハ腺毛生ズ、而シテ葉ハ枝ノ先端ニ集合シテ生ズ。花ハ前年出デシ枝ノ先端ニ總狀花序ヲナシ、花軸ニハ長キ腺毛ト短カキ毛ト混生ス。苞ハ葉狀ニシテ花梗ト共ニ枯ル。萼ハ五裂シ裂片ハ長ク先端丸ク細毛生ジ、通例紅味ヲ帶ビ邊緣ニハ腺毛生ジ長サ 5 乃至 6 糎、又往々葉狀ヲナスアリ。花冠ハ薔薇色ヲナシ深ク五裂シ、裂片ハ楕圓形ニシテ邊緣波狀ナリ。雄蕋ハ十個ニシテ基部ニ毛アリ、花柱ハ中部以下ニ毛アリ。果實ハ卵形ニシテ毛アリ。

白頭山胞胎山、冠帽山、雪嶺ノ標高 2000 米突ニ上ニ生ズ。

（分布） スタノボイ。ブレヤ。ヤブロノイノ各連山。

8. Rhododendron Redowskianum, *Maxim.*

Prim. Fl. Amur. p. 189 in nota. et Rhod. Asiæ orient. p. 48 tab. II. f. 21–25. *Fr. Schmidt* Amg. n. 266. *Schneid,* Illus. Handb. II. p. 508 fig. 333 f–h. *Busch* Fl. Sib. et Orient. (1915) p. 38.

R. Chamæcistus, *Cham. Schl.* in Linnæa. I. p. 513.

Fruticuli nani ramosi dense cæspitosi usque 10 cm. alti. Folia sempervirentia oblanceolata v. obovata sessilia v. subsessilia mucronata margine ciliato-glandulosa, in apice rami conferta fere 1 cm. longa. Flores e gemmis terminalibus evoluti racemosi v. solitarii. Pedunculi pilis brevissimis et elengatis glandulosis vestiti. Bracteæ foliaceæ ita bracteæ in basi pedunculi positi folia esse videntur. Calyx 5-partitus, lobis lanceolatis obtusis v. obtusiusculis minute ciliatis rubescentibus margine glandulosis 5–6 mm. longis interdum foliaceis. Corolla purpureo-rosea zygomorpha profunde

5–lobata, lobis oblongis margine undulatis.　Stamina 10 basi barbata.　Styli infra medium pubescentes.　Capsula ovoidea ciliata.

Nom. Jap.　Kumoma-tsutsuji.

Hab.　in alpinis Paik-tu-san, Hotaisan, Solryong etc.

Distr.　in alpinis Stanovoi, Bureja et Jablonowoj.

第四節　し や く な げ 節

Sect. 4. **Eurhododendron,** (*DC.*) *A. Gray* Syn. Fl. II. i. p. 41. *Schneid*. Illus. Handb. II. p. 481.

Sect. Booram, *G. Don* Gen. Syst. III. p. 814.

Sect. Hymenanthes, *DC.* Prodr. VII. p. 721.

Gn. Hymenanthes, *Bl.* Bijidr. XV. p. 862.

Sect. Buramia, *DC.* Prodr. VII. p. 320.

Sect. Eurhododendron, *DC.* Prodr. VII. p. 721. p. p.　*Maxim.* Rhod. p. 19. p. p.　*Benth. et Hook.* Gen. Pl. II. p. 600 p. p.

Sect. Ponticum, *G. Don* l. c. p. 843.　*Loudon* l. c. p. 1131.

Sect. Lepipherum, *G. Don* l. c. p. 845.

Unterg. Eurhododendron, *Drude* in Nat. Pflanzenf. IV. i. p. 35.

Gn. Rhododendron, *L.* Sp. Pl. (1753) p. 392.　*Britton* and *Brown* Fl. II. p. 560.

Folia persistentia coriacea glabra æstivatione revoluta.　Gemmæ floriferæ terminales.　Flores corymbosi densiflori.　Corolla 5–9 loba. Stamina 10–18 v. abortive oligomera ………Species Coreana 2.

9. き ば な し ゃ く な げ

(第 十 三 圖)

莖ハ横臥シ太シ。　分岐多ク年ト年トノ間ニ當ル節ノ所ニハ永存性ノ鱗片アリ。葉ハ永存性ニシテ厚ク橢圓形又ハ倒披針形無毛ニシテ表面ニ皺アリ。下面ハ色淡ク邊緣ハ外方ニ卷キ先端ハトガル。葉柄ハ太ク圓ク横ニ皺アリ。花芽ハ頂生ニシテ鱗片ハ外方ノモノハ殘リ內方ノモノハ薄ク且脫落ス。花ハ繖房花序ヲナス。花梗ニハ褐色ノ毛アリ。朝鮮產ノモノニテハ長サ 1.5 乃至 2 珊許。蕚ハ極メテ短カク蕚齒モ亦短小ナリ。花冠ハ帶黃白色ニシテ直徑三珊、裂片ハ丸シ。雄蕋ハ十個、花糸ハ基部ニ多毛アリ。果

梗ハ長ク長キハ五珊ニ達スルアリ而シテ銷褐色ノ毛アリ。果實ハ橢圓形ニ
シテ銷色ノ毛アリテ先端ニ永存性ノ長キ花柱ヲ再フ。

狠林山脈。飛來峯。白頭山。長白山等。咸南北。平北等ノ高山ニ生ズ。

（分布）　北海道。本島ノ高山。樺太。千島。カムチヤツカ。黑龍江省。
烏薊利。東部西比利亞。

9. **Rhododendron chrysanthum,** *Linné*

Systema Veg. (1774) p. 405. *G. Don* Gen. Syst. III. (1834) p.
844 f. 141. *Loudon* Arboretum et Frutic. Brit. II. (1838) p. 1135.
Joseph Roques Phytographie Médicale I. (1821) p. 291. Pl. 84.

R. chrysanthum, *Pallas* Reisen durch verschiedne Provinz. III.
(1776) p. 729. t. N. f. 1-2 et Flora Ross. (1784) p. 44. tab. 30.
Houttuyn Pflanzensystem III. (1778) p. 559. t. XXIV. *W. Wood-
ville* Medical Botany III. (1793) p. 403. t. 149. *Chaumeton, Cham.
beret* et *Poiret* Flore Médicale VI. (1818) p. 47. Pl. 301. *DC.*
Prodr. VII. p. 722. *Ledeb.* Fl. Ross. II. p. 920. *Maximowicz.* Prim.
Fl. Amur. p. 189 et Rhod. Asiæ orient. p. 20. *Fr. Schmidt* Fl.
Amg.-Bur. p. 55. n. 264 et Fl. Sach. p. 155 n. 296. *Komarov* Fl.
Mansh. III. p. 205. *Nakai* Fl. Kor. II. p. 74. *Schneider* Illus.
Handb. II. p. 481. *Miyabe* et *Miyake* Fl. Sachal. p. 310. n. 385.
Busch Fl. Sib. et Orient. (1915) p. 15. *Millais* Rhod. (1917) p. 143.

Frutex prostratus v. prostrato-ascendens ramosus in nodis squa-
mis persistentibus obtectus. Folia persistentia coriacea oblonga v.
oblanceolata glabra supra impresso-rugosa infra pallidiora, margine
revoluta, apice acuta, basi attenuata v. acuta. Petioli horizontali-
rugosi et incrassati. Gemmæ floris terminalis. Perulæ persistentes,
interiores teneræ et deciduæ pilosæ, exterioribus angustiores et
longiores. Flores corymbosi. Pedicelli rufescenti-barbati, intinlaps
Coreanis breves 1.5-2 cm. longi. Calyx brevissimus, lobis brevissi-
mis obscuris. Corolla lutescens diametro 3 cm., lobis obtusis.
Stamina 10. Filamenta basi barbata. Pedicelli fructiferi elongati
usque 5 cm. longi ferrugineo-barbati. Capsula oblonga ferrugineo-
ciliata apice stylis elongatis persistentibus coronata.

Nom. Jap. Kibana-shakunage.

Hab. in alpinis Coreæ sept.

Distr. Hondo, Yeso, Sachalin, Kuriles, Kamtschatica, Amur, Ussuri et Sibiria orient.

10. しろばなしゃくなげ

マンビヨンチヨウ（慶尙、欝陵）トウルチユンナム（江原）

（第 十 四 圖）

灌木高キハ四米突ニ達スルアリ。皮ハ褐色又ハ帶灰褐花不規則ニ剝グ。枝ハ太ク其年ニ生ゼシモノハ綠色ナリ。葉柄ハ太シ、葉身ハ橢圓形又ハ長橢圓形ニシテ厚ク、表面ハ光澤アリテ深綠色ナレドモ裏面ハ星狀毛密ニ生ジ最初白キモ後帶褐色トナル、側脈ハ十本乃至十五本。若葉ニテハ側脈ガ著シク凹ム爲メ且其上ニ微毛アル爲メ葉ハ雛アル如シ。花芽ハ前年ノ枝ノ先端ニ生ジ卵形、鱗片ハ多數相重リテ之レヲ包ム。花ハ長キ花梗ヲ有ス。花梗ニハ疎ニ毛アリ。蕚ハ短カク五齒アリ。花冠ハ白色又ハ肉色上內面ニハ綠色ノ斑點アリ。蒴ハ長橢圓形長サ二珊以上アリ。

欝陵島。智異山。金剛山等ニ多生ス。

（分布） 本島。北海道。

10. **Rhododendron brachycarpum** *D. Don*

mss, in herb. *Lamb.* apud *G. Don* Gen. Syst. III. (1834) p.8 43. *DC.* Prodr. VII. p. 723. *A. Gray* Bot. Jap. p. 400. *Maxim.* Rhod. Asiæ orient. p. 22. *Fran.* et *Sav.* Enum. Pl. Jap. I. p. 288. *Kom.* Fl. Mansh. III. p. 207. *Nakai* Fl. Kor. II. p. 74. *Schneid.* Illus. Handb. II. p. 493.

Frutex usque 3-4 metralis. Cortex fuscus v. cinereo-fuscus irregulariter fissus. Rami robusti, hornotini virides. Petioli incrassati robusti. Folia apice ramorum approximata coriacea elliptica v. elongato-elliptica interdum fere rotundata margine revoluta apice obtusa apiculata, supra viridissima, infra primo alba demum subfuscentia, venis lateralibus manifestis utrinque 10-15 saltem juniora impressa, ita folia primo rugosa esse videntur. Gemmæ floriferæ ovoideæ, squamis imbricatis visciludis extus pilosis, cuspidatis. Corymbus 8-16 floris ambitu depresso-ovoidea. Pedicelli 2-2.5 cm.

longi pilis crispulis fuscis v. albis pilosi. Calyx brevissimus obsolete 5-dentatus. Corolla hypocrateriformis 5-lobata 3-3.5 cm. longa 4-5 cm. lata, lobis ovato-hemisphæricis v. ovatis apice subemarginatis margine undulatis, primo lilacina demum fere alba v. ab initio alba, tubo sub lobos supremos viride-punctulato, Stamina 10 heteromorpha corolla breviora. Filamenta basi barbata. Antheræ apice pore apertæ primo albæ v. flavidæ demum fuscentes. Styli curvato-ascendentes apice 5-lobati margine annulati. Ovarium elliptico-ovatum v. oblongum pilosum. Fructus anguste oblongus 2 cm. longus v. longior, pedicellis 2-3 cm. longis, stylis persistentibus coronatus.

Nom. Jap. Shirobana-shakunage v. Byakunage.

Nom. Corea. Man-byong-cho v. Tl-chun-nam.

Hab. in montibus Coreæ mediæ et austr., nec non insula Ooryongto.

Distr. Hondo et Yeso.

第六節　ほ　ん　つ　つ　じ　節

葉ハ有毛又ハ腺毛アリ、落葉スルモノ多シ。花芽ト葉芽トハ混ジテ更ニ一個ノ大ナル芽ヲナス。

Sect. 5. **Azalea,** (L.) *Maxim.*

Rhod. Asiæ. orient. p. 24. *Benth.* et *Hook.* Gen. Pl. II. p. 601. *Drude* in *Engl. Prantl.* Nat. Pflanzenf. IV. i. p. 37. p. p. *Schneid.* Illus. Handb. II. p. 494.

Gn. Azalea, *L.* Sp. Pl. (1753) p. 214. *Desv.* in Journ. Bot. III. (1813) p. 35. *Link.* Enum. Pl. I. p. 209.

Sect. Pentanthera, *Don* Syst. III. p. 846.

Sect. Tsutsuzi, *Don* Syst. III. p. 845. p. p.

Folia pilosa v. glanduloso-pilosa vulgo decidua æstivatione revoluta. Gemmæ gemmas floris et innovationis perulatas juxte portant.—Species Coreana 2.

11. く ろ ふ ね つ つ じ

（第 十 五 圖）

灌木、大ナルモノハ高サ四米突ニ達スルモノアリ。皮ハ褐色又ハ褐灰色、葉ハ最初外卷シ枝ノ先端ニ輪生シ、廣倒卵形、擴大ニシテ、葉柄短カク、先端ハ丸キカ又ハ僅カニトガリ、基部ハ楔形ナリ。長サ五乃至十珊、幅ハ三乃至六珊許、側脈ハ兩側ニ五本乃至九本。表面ハ綠色ニシテ疎ニ短毛生ジ、下面ハ色淡ク又ハ稍白色ヲ呈スルコトサヘアリ且葉脈ニ微毛生ズ、邊緣ハ全緣ナレドモ微毛生ズ。花芽ハ葉芽ト共ニ相依リテ共同ノ混芽ヲナス。花ハ葉ニ先ツカ又ハ殆ンド同時ニ出デ一混芽中ニ二個乃至四個アリ。花梗ハ腺毛ヲ有シ長サ一乃至一珊半。萼ハ五裂シ、裂片ハ倒卵形又ハ圓形、邊緣ニ微毛生ジ長サ二乃至八糎。花冠ハ展開セル鐘狀ニシテ裂片ハ長倒卵形又ハ橢圓形、花冠ノ色ハ淡桃色又ハ殆ンド白ク上內面ニ綠點アリ。雄蕊十個其中五個ハ長シ、短カキハ花冠ノ半位ノ長サアルニ過ギズ。花絲ノ基部ニ毛アリ、花柱ハ雄蕊ノ長キモノヨリ少シク長ク中央以下ニ微毛生ズ。果實ハ長卵形又ハ卵形長サ一乃至一珊半。

北部ノ高山。濟州島、欝陵島トヲ除ク外殆ンド全道ノ山野ニ生ジ中部以南ニアリテ高所ニ多シ。

（分布）　滿州。

11. Rhododendron Schlippenbachii, *Maxim.*

in Bull. Acad. St. Pétersb. XV (1870) p. 226 et Mél. Biol. VII. p. 333 et Rhod. Asiæ orient. p. 29. tab. II. fig. 7-13. *Herder* in Pl. Radd. IV. i. p. 65. *Fran.* et *Sav.* Enum. Pl. Jap. I. p. 289. *Forbes* et *Hemsl.* in Journ. Linn. Soc. XXVI. p. 30. *Palib.* Consp. Fl. Kor. II. p. 4. *Kom.* Fl. Mansh. III. p. 206. *Nakai* Fl. Kor. II. p. 75. *Schneid.* Illus. Handb. II. p. 494 fig. 327. a-b. *Busch* Fl. Sib. (1915) p. 27 cum fig.

Frutex usque 3-4 metralis. Cortex fuscus v. fusco-cinereus. Folia primo revoluta apice ramorum verticillato-conferta, late obovata magna subsessilia, apice obtusa v. apiculata, basi cuneata 5-10 cm. longa 3-6 cm. lata, nervis lateralibus primariis utrinque 5-9 supra viridissima sparsim adpresse-pilosa, infra pallida v. glaucina, secus venas pilosa, margine integra et ciliata. Gemmæ

floriferæ sæpe innovationes juxte portant. Flores præcoces v. sub-
cætanei in eadem gemma 2-4. Pedicelli glandulosi 1-1.5 cm. longi.
Calyx 5-partitus, lobis obovatis v. rotundatis margine ciliatis 2-8
mm. longis. Corolla aperte campanulata, lobis obovato-oblongis v.
oblongis, carnea dorso maculata. Stamina 10 pentadynama, longiora
corolla æquilonga, breviora duplo breviora. Filamenta basi barbata.
Styli stamina longiora leviter superantes infra medium pilosi. Fr-
uctus ovoideo-elliptica 1-1.5 cm. longus.

Nom. Jap. Kurofune-tsutsuji.

Hab. in montibus Coreanæ peninsulæ et archipelago Coreano.

Distr. Manshuria.

12. ほ ん つ つ じ

シンダルウキ 一名 シンドリヨコ（濟州島）

（第 十 六 圖）

灌木高キハ五米突ニ達ス、幹ハ直徑二十珊ニ達スルアリ、皮ハ褐色ナリ、
葉ハ枝ノ先端ニ三個宛生ジ廣菱形ヲ帶ベル卵形、最初ハ外卷シ且褐毛生ズ
レドモ後無毛トナル。表面ハ綠色、裏面ハ淡白色又ハ淡綠色全緣ニシテ兩
端トガルカ又ハ基脚丸シ。花芽ハ大ニシテ常ニ芽ヲ混ズ、花梗ハ短ク且褐
毛生ズ。萼ハ極メテ短ク萼齒ハ丸シ。花ハ朱紅色直徑四珊。雄蕋十個其中
五本ハ長シ。花絲ニ毛ナシ。花柱ハ長ク毛ナシ。蒴ハ長楕圓形ニシテ褐毛
生ズ。

濟州島漢拏山ニ生ズ。

（分布） 九州。四國。

12. **Rhododendron Weyrichii,** *Maxim.*

Rhod. Asiæ orient. p. 26 tab. II. fig. 1-6. *Fran.* et *Sav.* Enum.
Pl. Jap. I. p. 288. *Schneid.* Illus. Handb. II. p. 495 in nota.

Azalea Weyrichii, *O. Kuntze* Rev. Pl. II. (1891) p. 387.

Frutex usque 4-5 metralis, trunco diametro 20 cm. Cortex fus-
cus. Folia apice ramorum terna petiolata late rhombeo-ovata primo
revoluta et fusco-ciliata demum glabra, supra viridia, infra glau-
cina v. pallida, integra utrinque acuta v. basi obtusa. Gemmæ

floris conspicuæ fere semper innovationes juxte portant. Flores pedicellis brevibus fuscis tomentosis. Calyx brevissimus obscure 5-dentatus fusco-villosus. Flores rubri magni diametro 4 cm. Stamina 10 pentadynama. Filamenta glaberrima. Styli exerti glaberrimi. Capsula elongato-oblonga fusco-setosa.

Nom. Jap.　Hon-tsutsuji.

Nom. Quelp.　Shin-daru-wi v. Shin-do-ryo-ko.

Hab.　in monte Hallasan Quelpært.

Distr.　Kiusiu et Shikoku.

第六節　や　ま　つ　つ　じ　節

葉ニハ幅廣キ毛アリ。落葉叉ハ常緑性。混芽ヨリ花開ク。卽チ芽ノ鱗片ノ外側ノモノヽ間ヨリ芽出デ内部ニ花アリ。

Sect. 6.　**Tsusia,** *Planchon*

in Rev. Hort. (1854) p. 46. *Benth*. et *Hook*. Gen. Pl. II. p. 601. *Schneid*. Illus. Handb. II. p. 502.

Unterg. Azalea Sect. Tsusia, *Drude* in *Engl. Prantl*. Nat. Pflanzenf. IV. i. p. 37.

Gn. Azalea, *DC*. Prodr. II. p. 715 p. p.

Subgn. Azalea sect. Tsutsusi, *Rehd*. et *Wils*. Pl. Wils. III. p. 547.

Sect. Tsutsutsi, *G. Don* Gen. Syst. III. p. 845 p. p.

Folia setoso-paleacea decidua v. persistentia. Gemmæ flores et innovationes nudos juxte portant.—Species Coreana 2.

13.　し　ろ　ば　な　こ　め　つ　つ　じ

（第　十　七　圖）

小灌木ニシテ分岐多ク朝鮮産ノモノニテハ高サ四十珊ニ達ス。葉ハ枝ノ先端ニ集合シ小ニシテ長サ半珊乃至二珊、幅四乃至十糎。表面ニハ稍長キ毛アリテ裏面ニハ幅廣キ毛アリ。概形ハ楕圓形又ハ倒卵形ニシテ兩端ニ向ヒトガル。花ハ小ニシテ朝鮮産ノモノハ皆四數ヨリ成ル。花梗ハ白キ毛生ジ長サ三糎。蕚ハ小ニシテ且短ク四裂シ白毛生ズ。花冠ハ白ク筒ハ二乃至三糎。花ノ直徑ハ七乃至八糎。雄蕋ハ四個其中二個ハ長シ。花絲ニ毛アリ

花柱ハ毛ナク雄蕊ト同長、子房ニハ褐毛生ジ卵形ナリ　蒴ハ卵形。
　智異山上ノ岩角ニ生ズ。
　（分布）　本島

13. Rhododendron Tschonoskii, *Maxim.*

in Mél. Biol. VII. (1870) p. 339 et Rhod. Asiæ orient. p. 42. *Fran.*
et *Sav.* Enum. Pl. Jap. I. p. 293. *Schneid.* Illus. Handb. II. p. 507.
　Azalea Tschonoskii, *O. Kuntze* Rev. Gen. Pl. III. (1891) p. 387.
　Frutex ramosissimus in plantis Coreanis usque 40 cm. altus.
Folia apice ramorum subverticillato-conferta parva 0.5-2 cm. longa
4-10 mm. lata, supra hirtella, infra setulosa obovata v. oblonga
utrinque acuta v. acuminata.　Flores parvi in nostris semper
tetrameri (var. tetramerum, *Makino*).　Pedicelli albo-ciliati 3 mm.
longi.　Calyx parvus brevissimus 4-fidus albo-ciliatus.　Corolla
alba tubo 2-3 mm. longo, diametro 7-8 mm.　Stamina 4 didynama
exerta.　Filamenta pilosa.　Styli glabri filamentis æquilongi.
Ovarium fusco-villosum ovatum.　Capsula ovoidea.
　Nom. Jap.　Shirobana-Kome-Tsutsuji.
　Hab.　in rupibus montis Chirisan Coreæ austr.
　Distr.　Hondo.

14. てうせんやまつつじ

ヂョルチユク（京畿）ツーキョンホア（全南）

（第 十 八 圖）

　灌木高サ一乃至二米突ニ達ス、若枝ニハ剛毛アリ。春季出ヅル葉ハ倒卵形
又ハ倒披針形ニシテ秋季ノ葉ハ倒披針形又ハ狭倒披針形 ニシテ兩面ニ褐色
ノ剛毛アリ、先端ハトガル。花梗ハ長サ約一珊、萼ハ五裂シ橢圓形又ハ長橢
圓形ニシテ 先端丸ク剛毛アリ。　長サ 二乃至八糎、往々異常ニ伸長シ長サ
二珊幅八糎ニ達スルモノアリ。花冠ハ薔薇色直徑六珊ニ及ブモノアリ。裂
片ハ卵形又ハ長卵形ニシテ邊緣屈曲シ背面内面共ニ毛ナク、上内面ニ深紫
紅色ノ斑點アリ、雄蕊ハ七個乃至十個不同ノ大サナリ。花糸ハ中部以下ニ
小突起アリ。花柱ハ雄蕊ヨリ長ク中部以下ニ毛アルモノト無毛ノモノトア
リ。子房ニハ密毛生ズ。果實ハ卵形ニシテ剛毛生ジ長サ八乃至十糎。
濟州島漢拏山ノ中腹並ニ半島ノ中部以南ニ多生ス。

（分布） 本島ノ中部、西部。

一種八重咲ノモノアリ やえてうせんやまつつじト云フ。所々ノ 山 ニ自生シ、余ハ京畿道水原ノ山、金羅南道ノ谷城ノ山等ニテ得タリ。

14. Rhododendron poukhanense, *Lévl.*

in *Fedde* Rep. (1908) p. 100. *Nakai* Fl. Kor. II. p. 76. et Report Veg. M't Chirisan (1915) p. 41.

R. ledifolium, (non *Don*) *Forbes* et *Hemsl.* in Journ. Linn. Soc. XXVI (1889) p. 27.

R. coreanum, *Rehd.* in Mitt. Deutsch. Dendr. Gesellschaft n° 22 (1913) p. 259.

R. hallaisanense, *Lévl.* in *Fedde* Rep. (1913) p. 101.

R. indicum, *Sw.* var. Simsii, *Maxim.* Rhod. Asiæ orient. p. 38. *Palib.* Consp. Fl. Kor. II. p. 4. *Nakai* Fl. Kor. II. p. 76.

Frutex usque 1-2 m. Rami hornotini setulosi. Folia vernalia obovata v. oblanceolata, auctumnalia oblanceolata v. lineari-oblanceolata utrinque fusco-setulosa apice attenuata v. mucronata, basi attenuata. Pedicelli fere 1 cm. longi. Calyx 5-partitus, lobis oblongis v. ellipticis obtusis setulosis 2-8 mm. longis interdum anomalis et 2 cm. longis 8 mm. latis. Corolla purpureo-rosea diametro 5-6 cm., lobis ovatis v. ovato-oblongis undulatis dorso intense purpureo-maculatis. Stamina 7-10 inæqualia exerta. Filamenta infra medium. papillosa. Styli stamina superantia infra medium hirtella v. glaberrima varimm dense setosum. Capsula ovoidea setosa 8-10 mm. longa

Nom. Jap.　Chosen-yama-tsutsuji.

Nom. Cor.　Tu-kyong-hoa v. Jyol-chuku.

Hab.　Quelpært et Corea media et austr.

Distr.　Hondo occid. et media.

var. **plenum**, *Nakai*.

Stamina corollacea.

Nom. Jap.　Yae-Chosen-tsutsuji v. Yae-Chosen-yama-tsutsuji.

Hab.　in montibus Coreæ,

第四屬 く ま こ け も も 屬

倭小ノ灌木ニシテ分岐多ク葉ハ枝ノ先端ニ集合シテ生ジ一年生ナリ。 秋期ニ至レバ其儘枯レ落葉セズ。托葉ナク單葉ナリ。花ハ二三個宛出ヅルカ又ハ短カキ總狀花序ヲナス。蕚ハ四乃至五裂ス。花冠ハ壺狀ヲナシ四乃至五齒アリ。雄蕋ハ個乃至十個花冠ヨリ短カシ。葯ハ背面ニ突起アリ。子房ハ四室乃至五室、胚珠ハ各室ニ一個、果實ハ漿果黑色又ハ紅色。世界ニ一種アルノミ。其中一變種朝鮮ニ產ス。

Gn. 4. **Arctous,** *Niedenzu*

in *Engl.* Bot. Jabrb. XI (1889) p. 180. *Drude* in *Engl. Prantl* Nat. Pflanzenf. IV. i. p. 49. *Schneid.* Illus. Handb. II. p. 545, *Rehd.* et *Wils.* Pl. Wils. III. p. 556. *Rehd.* in *Baill* Stand. Cycl. I. (1914) p. 386.

Arctostaphylos sect. Arctous, *A. Gray* Syn. Fl. II. i. p. 27.

Mairania, (non *Neck.*) *Britt.* et *Brown* Fl. II. p. 572.

Suffrutex nana ramosissima. Folia apice ramorum conferta annua et emarcida non decidua simplicia serrulata. Flores breviter racemosi v. gemini. Calyx 4-5 partitus. Corolla urceolato-ovoidea 4-5 dentata. Stamina 8-10 inclusa. Antheræ dorso appendiculatæ. Ovarium 4-5 loculatum. Ovula in loculis 1. Drupa globosa nigra v. rubra.

Species unica in alpinis Asiæ et Americæ bor.

15. あかみのくまこけもも

（第 十 九 圖）

莖ハ地下ヲ長ク匐ヒ地上ニ出デタル部ハ概ネ地衣又ハ蘚類ノ間ニアリテ分岐ス。枝ノ先端ハ葉ノ基部ニテ包マル。葉ハ倒披針形又ハ倒卵形ニシテ毛ナク表面ニ皺アリ裏面ハ淡白ク、基部ハ葉柄ニ向ヒ尖リ、邊緣ニハ丸キ鋸齒アリ、朝鮮產ノモノニシテハ葉ハ葉柄ト共ニ二珊乃至五珊幅六糎乃至十三糎アリ。漿果ハ紅色ニシテ大豆粒大、食フベシ。（日本產ノモノハ黑實ノモノナリ）。

白頭山、鷲峯等ノ高山ニ生ズ。

（分布） 支那及ビ北米ノ高山。

15. **Arctous alpinus,** (*L.*) *Niedenzu*

in *Engl.* Bot. Jahrb. XI. (1889) p. 180.

var. **ruber,** *Rehd.* et *Wils.*

in Pl. Wils. III. p. 556. *Rehd.* in *Baill.* Stand. Cycl. (1914) p. 386.

Caulis hypogeus longe repens, epipæus simplex v. ramosus. Rami superiore fragmentis petiolorum emortuorum imbricato-obtecti. Folia oblanceolata v. obovata glabra subrugosa, basi in petiolo attenuata, margine obtuse serrulata, apice obtusiuscula v. acuta, supra viridia, infra glaucina, cum petiolis 2-5 cm. longa 6-13 mm. lata. Flores ut in tabula 19. Bacca rubra globosa edulis magnitudine pisi.

Nom. Jap. Akami-no-kuma-koke-momo.

Hab. in monte Paiktusan, Solryong, Kammibon et Waigalbon Coreae septentrionalis.

Distr. China et America bor..

第五屬 あ く し ば 屬

直立ノ灌木、葉ハ互生、托葉ナク鋸齒アリ、落葉性。花ハ今年ノ枝ノ葉腋ニ獨生下垂ス、花梗ノ基部ニ二個ノ苞アリ。萼ハ四裂ス。花冠ハ深ク四裂シ裂片ハ始メ鑷合狀ノ排列ヲナセドモ後外方ニ卷ク、雄蘂ハ八個長ク抽出シ花糸ニ毛アリ。葯ハ筒狀ニ相接ス。子房ハ四室、果實ハ漿果。
世界ニ二種アリ、其中一種濟州島ニアリ。

Gn. 5. **Oxycoccoides,** (*Benth.* et *Hook.*) *Nakai.*

Vaccinium sect. Oxycoccoides, *Benth.* et *Hook.* Gen. Pl. II. (1876) p. 574.

Gn. Oxycoccus, *Pers.* Syn. Pl. I. (1805) p. 419 p. p. *Dunal* in *DC.* Prodr. VII. p. 576 p. p.

Vaccinium Sect. Oxycoccus, *A. Gray* Syn. Fl. II. i. (1886) p. 25 p. p.

Vaccinium Untergatt. Oxycoccus, *Drude* in *Engl. Prantl* Nat. Pflanzenf. IV. i. (1897) p. 51. p. p. *Schneid.* Illus. Handb. II. (1912) p. 560 p. p.

Frutex erectus ramosissimus. Folia alterna decidua serrulata exstipullata. Flores in axillis foliorum hornotinorum solitarii v. terminales cernui inarticulati. Pedicelli basi bibracteati. Calyx 4-lobis. Corolla 4-partita, lobis valvatis angustis revolutis. Stamina 8. Filamenta barbata. Antheræ connatæ exertæ. Ovarium 4-loculare. Fructus baccatus maturus ruber.

Species 2, alia in America boreali, alia in Japonia, China, Formosa et Quelpært incola.

16. あ く し ば
(第 二 十 圖)

灌木ニシテ高キモ一米突ヲ出デズ分岐多シ。皮ハ灰色、若枝ハ角アリ、葉ニ毛ナク、卵形又ハ廣披針形又ハ披針形又ハ倒卵形小ナル鋸齒アリ。葉柄短カシ。花ハ葉腋ニ一個宛生ジ下垂ス。花梗ハ細ク基部ニ二個ノ細キ小ナル苞アリ、萼ハ倒卵形又ハ半球形ニシテ萼片ハ廣三角形ニシテ永存性。花冠ハ淡紅又ハ淡桃色、裂片ハ細ク外方ニ旋卷ス。雄蕊八個、花糸ハ短カク毛アリ。葯ハ長ク先端孔ニテ開ク。花柱ハ雄蕊ヨリ短カシ。漿果ハ紅色ニシテ丸ク食シ得。

濟州島漢挐山ニ生ズ。

（分布） 支那中部。臺灣。九州。四國。本島。北海道。

16. Oxycoccoides japonicus, (*Miq.*) *Nakai.*

Vaccinium japonicum, *Miq.* Prol. Fl. Jap. p. 92. *Maxim.* in Mél. Biol. VIII. p. 604. *Fran.* et *Sav.* Enum. Pl. Jap. I. p. 250. *Forbes* et *Hemsl.* in Journ. Linn. Soc. XXVI p. 16. *Diels* in *Engl.* Bot. Jahrb. XXIX. p. 516. *Schneid.* Illus. Handb. II. p. 561. *Rehd.* et *Wils.* Pl. Wils. III. p. 562.

Oxycoccus japonicus, *Makino* in Tokyo Bot. Mag. XVIII (1904) p. 18. *Nakai* Fl. Kor. II. p. 73.

Vaccinium japonicum var. ciliare, (non *Matsum.*) *Hayata* Material Fl. Form. (1911) p. 168.

Vaccinium japonicum var. lasiostemon, *Hayata* l. c. p. 449.

Frutex usque 1 metralis ramosissimus. Cortex cinereus. Rami

hornotini angulato-striati. Folia glabra ovata, late lanceolata v. lanceolata v. obovata, minute serrulata, brevissime pedicellata, basi acuta v. truncata v. subcordata, apice acuminata. Flores axillares v. terminales solitarii nutantes. Pedicelli capillares basi bracteolis 2 angustis. Calyx obovatus v. hemisphæricus v. turbinatus, lobis late triangularibus persistentibus. Corolla lilacina v. rubescens, lobis 4 revolutis. Stamina 8 longe exerta. Filamenta barbata. Antheræ apice longe productæ apice pore apertæ. Styli staminibus breviores. Bacca rubra sphærica lobis calycis coronata edulis.

Nom. Jap. Aku-shiba.

Hab, in monte Quelpært.

Distr. China media, Formosa, Kiusiu, Shikoku, Hondo et Yeso.

第六屬 つるこけもも 屬

茎ハ細キ針金狀ニシテ地上ニ廣ガル。葉ハ常綠ニシテ互生、全緣又ハ小鋸齒アリ。花ハ腋生又ハ頂生、頂生ノトキハ二三個宛生ズ、花梗細ク先端ハ下方ニ屈曲ス、花ト花梗トノ間ニ關節アリ。花梗ニハ二個ノ小苞アリ、頂生花ニテハ基部ニ苞アリ、萼ハ半球形、萼齒ハ四個永存性、花冠ハ四裂シ裂片ハ覆瓦狀ニ排列シ外方ニ反ル。雄蕋ハ八個、花糸ハ分離ス、葯ハ長ク抽出シ、先端ハ孔ニテ開ク。子房ハ四室。花柱ハ細シ、漿果ハ紅ク四室、種子ニ胚孔アリ、胚ハ屈曲セズ。

世界ニ三種アリ、亞細亞ノ北部及ビ北米ニ產ス。朝鮮ニ一種アルノミ。

Gn. 6. **Oxycoccus**, *(Dod.) Tournef.*

Instit. Rei Herb. I. (1700) p. 655 III. t. 431. *Adans.* Fam. Pl. II (1763) p. 164. *Pers.* Syn. Pl. I. (1805) p. 419 p. p. *G. Don* Gen. Syst III. (1834) p. 857. *Loudon* Arb. et Frut. II (1838) p. 1168. *Dunal* in *DC.* Prodr. II. p. 576 p. p. *Benth.* et *Hook.* Gen. Pl. II. p. 575.

Vaccinium Untergatt. Oxycoccus, *Drude* in *Engl. Plantl.* Nat. Pflanz. IV. i. p. 51. p. p. *Schneid.* Illus. Handb. II. p. 560 p. p.

Vaccinium Sect. Oxycoccus, *Hook.* Fl. Bor.-Am. II. (1840) p. 34. *A. Gray* Syn. Fl. II. i (1886) p. 25 p. p.

Vaccinium Sect. Oxycoccos, *Koch.* Syn. Fl. Germ. et Helv. p. 474.

Gn. Schollera, *Roth* Tent. Fl. Germ. I. (1788) p. 170.

Vaccinium Unterg. Schollera, *Dipp.* Handb. I. (1889) p. 338.

Rhizoma filiforme repens. Caulis decumbens v. radicans filiformis. Folia sempervirentia parva alterna integra v. obscure serrulata. Flores axillares v. terminales 1-pauci longe pedicellati nutantes basi pedicellis articulati. Pedicelli bibracteati basi squamati. Calyx hemisphæricus, lobis 4-fidis persistentibus. Corolla 4-partita, lobis imbricatis e basi reflexis. Stamina 8 filamentis liberis. Antheræ conniventes apice longe productæ et pore apertæ. Ovarium 4 loculare. Styli filiformes. Fructus baccatus coccineus 4-locularis. Semen albuminosum. Embryo teres rectus. Cotyledones minuti.

Species 3 in Asia boreali et America boreali crescit. Inter eas unica in Corea adest.

17. てうせんこけもも

(第二十一圖)

匍枝ハ短カシ。莖ハ傾上シ分岐少ナク針金狀ナリ。葉ハ卵形長サ三乃至六糎、永存性、表面ハ無毛綠色、下面ハ白色、邊緣ハ少シク外卷シ且波狀ノ小鋸齒アリ。先端ハトガリ下端ハ丸キカ又ハ截形、葉柄極メテ短カシ。花ハ枝ノ先端ニ一個又ハ二個宛生ジ細長キ花梗トノ間ニ關節アリ。花梗ハ先端ニテ下向スル故花ハ下垂ス。花梗ノ基部ニ鱗片狀ノ苞アリ。又中央ニ二個ノ小苞アリ。萼ハ倒卵形又ハ半球形ニシテ萼齒ハ三角形、永存性。花冠ハ桃色ニシテ深ク四裂シ裂片ハ外方ニ反ル。雄蕋八個長ク抽出ス。葯ニ毛ナク、花柱ヨリ短シ。果實ハ丸ク小ニシテ紅色。

咸北ノ高地濕地ニ生ズ。

（分布）樺太。北滿州。黑龍江省。ダフリア。西比利亞東部。

17. **Oxycoccus pusillus,** *(Dunal) Nakai.* comb. nov.

Oxycoccus palustris pusillus, *Dunal* in *DC* Prodr. VII (1838) p. 577.

O. microcarpus, *Turcz.* in schéd. ex *Rupr.* in Hist. Stirp. Fl. Petrop. Diatribæ (1848) p. 56. *Fr. Schmidt* Fl. Amg-Bur. p. 54 n. 256. Fl. Sachal. p. 157 n. 288. *Herder* Pl. Radd. IV. p. 40. *Kom.* Fl. Mansh. III. p. 218, *Nakai* Fl. Kor. II. p. 73.

Differt ab O. palustre, foliis ovatis 2-3 plo minoribus margine sæpe crenulato-serratis, floribus minoribus, antheris duplo breviori-bus, bacca minore.

Rhizoma breviter repens filiforme. Caulis ascendens. Folia ovata 3-6 mm. longa persistentia, supra glabra viridia, infra glauca, margine reflexa et sæpe crenulato-serrulata, apice acuta, basi obtusa v. truncata brevissime petiolata. Flores terminales 1-2 basi pedi-cellis articulati. Pedicelli capillares elongati apice nutantes basi squamati. Calyx ovatus, lobis depresso-ovatis glabris v. margine sub lente minutissime serrulatis. Corolla 4-partita reflexi angusta acuta lilacina. Antheræ glabræ stylis breviores. Bacca rubra.

Nom. Jap. Chosen-koke-momo.

Hab. in humidis Koreæ sept.

Distr. Sachalin, Manshuria, Amur, Dahuria et Sibiria orient.

第七屬 な つ は ぜ 屬

常綠又ハ落葉ノ灌木稀ニ喬木、分岐多シ。屢々根ヨリ不定芽ヲ出シ恰モ地下莖ニテ繁殖スルガ如ク叢生ス。葉ハ互生、對生又ハ輪生。單葉、全綠又ハ鋸齒アリ、無柄又ハ有柄、托葉ナシ。花ハ白色、薔薇色又ハ紅色。總狀花序又ハ復總狀花序ヲナシ又ハ二三個宛生ズ、花梗トノ間ニ關節アリ、苞ハ早落性又ハ永存性、往々著大トナリ葉狀ヲナス、各花ニハ又二個宛ノ小苞アルアリ。萼筒ハ半圓形又ハ倒圓錐狀、丸キカ又ハ角張リ、往々角ヨリ翼狀ニ突起スルコトアリ。萼片ハ小、四個又ハ五個。花冠ハ壺狀又ハ鐘狀又ハ筒狀。裂片ハ四個又ハ五個。雄蕋ハ八個又ハ十個、花冠ノ筒部ニ癒着シ、花糸ハ毛アルモノ多シ、葯ハ長ク下方ニ距アルモノトナキモノトアリ。子房ハ四室又ハ五室又ハ十室。花柱ハ糸狀。種子ハ多數。果實ハ漿果ニシテ四室又ハ五室又ハ十室。

世界ニ約百五十種アリ、北半球ノ産。而シテ其中五種ハ朝鮮ニモ産ス。其ヲ其所屬ニ依リ分類スレバ次ノ如シ。

$$\left\{\begin{array}{l}\text{子房ハ十室、葯ニ距ナシ、果實ハ黑色。}\ldots\ldots\text{なつはぜ節}\ldots\ldots 2\\\text{子房ハ四室又ハ五室。}\ldots\ldots\ldots\ldots\ldots\ldots\ldots\ldots\ldots 3\end{array}\right.$$

1

子房ハ十室、葯ニ距ナシ、果實ハ黑色。……なつはぜ節……2
子房ハ四室又ハ五室。 ………………………………3

2

常綠、總狀花序ハ前年ノ葉ノ葉腋ニ生ジ爲メニ基部ニ葉ナシ。……
………………………しやしやんぼ亞節（しやしやんぼ）
落葉、總狀花序ハ本年ノ枝ノ先端ニ生ズ。故ニ下ニ葉アリ。………
………………………なつはぜ亞節（なつはぜ）

$$
3 \begin{cases}
\text{葯ニ附屬物ナシ。果實ハ紅色。} \ldots\ldots\ldots\ldots\text{こけもも節（こけもも）} \\
\text{葯ニ距狀ノ附屬物アリ。} \ldots\ldots\ldots\ldots\ldots\ldots\ldots 4
\end{cases}
$$

$$
4 \begin{cases}
\text{花冠ハ壺狀。雄蕊ニ毛ナク、葯ニハ長キ距狀ノ附屬物アリ。果實ハ} \\
\text{概ネ黑色、稀ニ白色又ハ紅色。} \ldots\text{くろまめのき節（くろまめのき）} \\
\text{花冠ハ鐘狀。雄蕊ニ毛アリ。葯ニハ距狀ノ小突起アルノミ。果實ハ} \\
\text{紅色。} \ldots\ldots\ldots\ldots\ldots\ldots\ldots\ldots\text{うすのき節（うすのき）}
\end{cases}
$$

第一節　なつはぜ節

常綠又ハ落葉性ノ灌木。花冠ハ鐘狀又ハ圓筒狀。葯ニ附屬物ナシ。子房ハ十室。果實ハ黑色。次ノ二亞節アリ。

第一亞節　なつはぜ亞節

落葉性ノ灌木。總狀花序ハ本年ノ枝ノ先端ニ生ズ。朝鮮ニなつはぜ。うらじろなつはぜノ一種一變種アリ。

第二亞節　しやしやんぼ亞節

常綠ノ灌木。總狀花序ハ前年ノ葉ノ葉腋ニ生ズ。朝鮮ニしやしやんぼ一種アルノミ。

第二節　こけもも節

常綠ノ倭小灌木。葉裏ニ腺點アリ。花冠ハ筒狀ヲ帶ベル鐘狀又ハ鐘狀又ハ壺狀四又ハ五齒アリ。葯ニ附屬物ナシ。子房ハ四乃至五室。果實ハ紅色。こけもも一種ヲ含ム。

第三節　くろまめのき節

落葉性ノ灌木。花冠ハ球狀又ハ卵形。葯ニ著シキ附屬物アリ。子房ハ四室又ハ五室。果實ハ黑色稀ニ白色又ハ紅色。朝鮮ニくろまめのき一種アリ。

第四節　うすのき節

落葉性ノ灌木。花冠ハ鐘狀。雄蕊ニ毛アリ。葯ニハ短カキ附屬物アリ。子房ハ五室。果實ハ紅色。朝鮮ニうすのき一種アリ。

Gn. 7. **Vaccinium**, *Linn.*

Sp. Pl. (1753) p. 349. *Dunal* in *DC.* Prodr. VII. p. 565. *Benth.* et *Hook.* Gen. Pl. II. p. 573 p. p. *Drude* in *Engl.* Prantl Nat.

Pflanzenf. IV. i. p. 51. p. p. *Britton* and *Brown* Fl. II. p. 575. *A. Gray* Syn. Fl. II. i. p. 20 p. p. *Schneid.* Illus. Handb. II. p. 548 p. p.

Myrtillus, *Gilib.* Fl. Lithuan. I. (1781) p. 4.

Vitis-Idæa, *Tournef.* Instit. Rei Herb. I. (1700) p. 607. III. t. 377. *Moench.* Meth. (1794) p. 147.

Frutex v. fruticulus v. arborea sempervirens v. foliis deciduis. Caulis ramosus. Rami teres v. angulati. Folia vulgo alterna, rarius opposita v. verticillata, simplicia integra v. serrata, sessilia v. petiolata. Flores albi v. lilacini v. rosei, racemosi v. racemoso-paniculati v. gemini. cum pedicellis articulati. Bracteæ deciduæ v. persistentes interdum foliaceæ. Bracteolæ 2 v. nullæ. Calyx hemisphæricus v. obconicus v. rotundatus v. angulatus, rarius alato-carinatus. Calycis dentes minuti 4 v. 5 triangulares v. lanceolati v. lineares v. ovati. Corolla urceolata v. campanulata v. tubulosa, lobis v. dentibus 4-5 imbricatis et si tetrameris 2 oppositis interioribus et si quinque quincuncialibus. Stamina 8-10. Fila-menta barbata v. glabra. Antheræ elongatæ appendiculatæ v. exappendiculatæ. Ovarium 4 v. 5 v. 10 loculare. Styli filiformes v. breves. Semina plura. Bacca 6 v. 5 v. 10 locularis atra v. rubra rarius alba.

Circ. 150 species in regionibus frig., temp. et trop. boreali-hemisphæricæ. Inter eas 5 in Corea adsunt et in sectiones sequentes dividuntur.

1 { Ovarium 10-loculatum. Antheræ exappendiculatæ. Fructus atrati .... Sect. Cyanococcus 2
Ovarium 4-5 loculatum 3

2 { Folia sempervirentia. Racemus axillaris aphyllopodus .... Subsect. Aphyllopodæ
Folia decidua. Racemus in apice rami hornotini terminalis.. .... Subsect. Phyllopodæ

3 { Antheræ exappendiculatæ. Fructus rubri .... Sect. Vitis-Idæa
Antheræ appendiculatæ 4

Corolla urceolata. Stamina glabra. Antheræ distincte appen-
diculatæ. Fructus atri rarius rubri . . . . Sect. Myrtillus.
4 ⎰
  ⎱Corolla campanulata. Stamina ciliata. Antheræ breviter
appendiculatæ. Fructus rubri . . . . Sect. Erythrococcus.

Sect. 1. **Cyanococcus**, *A. Gray*

in Memoire Am. Acad. Sci. et Art. New Ser. III. (1846) p. 52
A Gray New Manual (1908) p. 639. *Benth.* et *Hook.* Gen. Pl. II.
p. 574.

Subgn. Cyanococcus, *Drude* in *Engl.* Nat. Pflanzenf. IV. i. p. 51.
Schneid. Illus. Handb. II. p. 551.

Folia sempervirentia v. decidua. Corolla campanulata v. tubu-
loso-campanulata. Antheræ exappendiculatæ. Ovarium 10-locula-
tum. Fructus atri—Specie 2 in Corea adsunt.

Subsect. 1. **Aphyllopodæ**, *Nakai.*

Folia sempervirentia. Racemus axillaris aphyllopodus.

(V. bracteatum, *Thunb.*)

Subsect. 2. **Phyllopodæ**, *Nakai.*

Folia decidua. Inflorescentia in apice rami hornotini terminalis.

(V. ciliatum, *Thunb.*)

Sect. 2. **Vitis-Idæa**, *Koch*

Syn. Fl. Germ. et Helv. p. 474. *A. Gray* Chlor. bor. Am. p. 53.
New Manual p. 641. *Benth.* et *Hook.* Gen. Pl. II. p. 574.

Gn. Vitis-Idæa, *Tournef.* Instit. Rei Herb. I (1700) p. 607 III. t.
377.

Untergatt. Vitis-Idæa, *Schneid.* Illus. Handb. II. (1911) p. 559.

Untergatt. Eu-Vaccinium Sect. II. Vitis-Idæa, *Drude* in *Engl.*
Prantl Nat. Pflanzenf. IV. i. p. 51.

Folia sempervirentia subtus glanduloso-punctata. Corolla cylin-
drico- v. globoso-campanulata v. urceolata 4-5 loba. Stamina inclusa.
Antheræ exappendiculatæ. Ovarium 4-5 loculare. Fructus rubri.

(V. Vitis-Idæa, *L.*)

Sect. 3. **Myrtillus,** *Koch.*

Syn. l. c.

Gn. Myrtillus, *Gilib*. Fl. Lithuanica I. (1781) p. 4.

Unterg. Myrtillus, *Koehne* Dendr. (1893) p. 477.

Unterg. Eu-Vaccinium, *Schneid*. Illus. Handb. II. p. 557.

Unterg, Eu-Vaccinium Sect. 1. Myrtillus, *Drude* in *Engl. Prantl.* Nat. Pflanzenf. IV. i. p. 51.

Sect. Eu-Vaccinium, *'A. Gray* Chlor. Bor. Am. p. 53. *Benth* et *Hook*. Gen. Pl. II. p. 574.

Folia decidua. Corolla ovoidea v. globosa. Antheræ appendiculatæ. Ovarium 4-5 loculare. Bacca atra rarius alba v. rubra.

(V. uliginosum, L.)

Sect. 4. **Erythrococcus,** *Nakai.*

Folia decidua. Corolla campanulata. Stamina ciliata. Antheræ breviter appendiculatæ. Ovarium 5-loculare. Fructus ruber.

(V. Buergeri, *Miq*.)

18.・しゃしゃんほ

モシヤイナム（濟州島）

（第二十二圖）

常緑ノ灌木。高サ三米突ニ達スルアリ。分岐點多シ。樹皮ハ黑紫色ニシテ灰白キ縱線アリ。若枝ハ通例帶紅紫色稀ニ綠色無毛ナリ。葉ハ橢圓形又ハ倒卵形兩端ニ尖リ無毛。邊緣ニハ中部以上ニ鋸齒アリ。表面光澤アリ帶紅色ノ物アリ裏面ハ色淡シ。葉柄ノ長サ二乃至八糎無毛。總狀花序ハ前年ノ枝ノ葉腋ニ生ズ。故ニ年半ヲ過ギテ前年ノ葉落ツレバ古枝ノ橫ニ出デシ觀アリ。苞ハ各花ニ一個宛橢圓形又ハ廣披針形ニシテ全緣無柄ニシテ先端トガリ毛ナシ。花梗ハ短カク毛アリ二個ノ小苞ヲ具フ。花ハ下垂シ花梗ト關節ス。蕚ハ倒卵形ニシテ無毛又ハ微毛アリ。蕚齒ハ小ナレドモトガル。花冠ハ筒狀ヲナシ有毛又ハ無毛。雄蕋十個。花糸ハ先端ニ向ヒ細マリ毛アリ。藥ハ披針形ニシテ先端ニ向ヒ長ク延ビ附屬物ナシ。花柱ハ細ク毛ナシ。子房ハ十室。漿果ハ成熟スレバ黑色ニシテ食シ得。

全南ノ南部海岸地方並ハ濟州島ニ產ス。

（分布）本島。四國。九州。對馬。支那東部。

18. **Vaccinium bracteatum,** *Thunb.*

Fl. Jap. (1784) p. 156. *D. Don* Gen. Syst. III. (1834) p. 854.
DC. Prodr. VII. p. 573. *Miq.* Prol. p. 92. *Maxim.* in Mél. Biol.
VIII. p. 608. *Fran. et Sav.* Enum. Pl. Jap. I. p. 282. *Fran.* Pl.
Dav. I. p. 195. *Forbes et Hemsl.* in Journ. Linn. Soc. XXVI. p.
14. *Nakai* Fl. Kor. II. p. 71. *Rehd.* et *Wils.* Pl. Wils. III. p. 559.
Dunn et *Tutcher* in Kew Bull. ser. X. p. 153.

V. chinense, *Champion* in *Hook.* Kew Journ. IV. p. 297. *Benth.*
Fl. Hongk. p. 199.

V. Donianum. v. ellipticum, *Miq.* l. c. p. 93.

V. Taquetii, *Lévl.* in *Fedde* Rep. XII. (1913) p. 182.

Andromeda chinensis, *Loddiges* Bot. Cab. XVII. (1830) t. 1648.

Frutex usque 3 m. ramosissimus. Cortex trunci atro-purpuras-
cens cinereo-striatus. Ramus juvenilis rubescens interdum virides-
cens glaber. Folia persistentia elliptica v. obovata utrinque acuta
v. attenuata glabra supra medium obscure serrulata v. integra
interdum fere a basi serrulata supra lucida sæpe rubescentia, infra
pallidiora. Petioli 2-8 mm. longi glabri rubescentes. Inflorescentia
racemosa initio ex axillis foliorum annotinorum evoluta sed [in
auctumno nuda. Bracteæ persistentes ellipticæ v. late lanceolatæ
integerrimæ sessiles v. subsessiles acutissimæ glabræ. Pedicelli
breves ciatili bibracteolati. Flores nutantes basi articulati. Calyx
turbinato-obovatus glaber v. pilosus, lobis 5 cuspidatis minutis
Corolla tubulosa pilosa v. glabra. Stamina 10. Filamenta ad apicem
sensim angustata barbata. Antheræ lanceolato-attenuatæ glabræ.
exappendiculatæ. Styli filiformes glabri. Bacca globosa matura
atrata glaucina.

Nom. Jap. Shashanbo.

Nom. Quelp. Moshai-nam.

Hab. in extrem. austr. Coreæ et Quelpært.

Distr. Hondo, Shikoku, Kiusiu, Tsusima et China orient.

19.　な　つ　は　ぜ

チョンガルイ（濟州島）。チイボ（全南）

（第二十三圖）

落葉性ノ灌木。高サ四米突ニ達スルアリ。樹膚ハ灰色。若枝ハ紅色ヲ帶
ブ。尚ホ本年出デシ許リノ枝ニハ毛アリ。葉ハ卵形又ハ廣卵形又ハ橢圓形
若キハ帶紅色表面ニハ疎ニ微毛生ジ又ハ唯脈上ニノミ毛アリ。下面ハ淡色
ニシテ脈ニ毛アリ。邊緣ニハ微毛生ジ其毛ハ概ネ帶紅色ナリ。葉柄ハ短カ
シ。總狀花序ハ本年ノ枝ノ先端ニ出デ毛ト腺毛トヲ具フ。下方ニハ葉ヲ混
ズルヲ常トス。苞ハ脱落性ニシテ披針形又ハ廣披針形ニシテ邊緣ニ毛アリ。
花梗ハ短ク紅色ニシテ先端ニ關節アリ。小苞ナシ。萼ハ椀狀ニシテ帶紅
色。花冠ハ廣鐘狀。帶紅色先端ニ五個ノ短キ裂片アリ。雄蕋ハ極メテ短カ
シ。葯ニ毛ナク附屬物ナシ。花糸ニ毛アリ。花柱極メテ短カシ。子房ハ十
室。果實ハ黑色ニシテ萼片ハ其中央ニ殘ル。

全南ノ山並ニ濟州鳥ニ產ス。

（分布）本島。四國。九州。

一種葉裏白キモノアリ。うらじろなつはせト云フ。忠南ノ雞龍山、全南
ノ莞島及ビ玉島ニ產シ朝鮮特產ナリ。

19. **Vaccinium ciliatum,** *Thunb.*

Fl. Jap. (1784) p. 156. *G. Don* Gen. Syst. III. p. 854. *Dunal* in
DC. Prodr. VII. p. 573. *Maxim.* in Mél. Biol. VIII. p. 607. *Fran.*
et *Sav.* Enum. Pl. Jap. I. p. 281. *Forbes* et *Hemsl.* in Journ. Linn.
Soc. XXVI. p. 15. *Palib.* Consp. Fl. Kor. II. p. 1. *Nakai* Fl. Kor.
II. p. 72.

V. Oldhami, *Miq.* Prol. p. 93.

V. Sieboldii, *Miq.* l. c.

Frutex ramosissimus usque 4 metralis. Cortex cinerascens.
Ramus rubescens lucidus. Rami juveniles ciliati. Folia ovata v. late
ovata v. elliptica, juvenilia rubescentia v. rubra, supra sparsim
ciliata v. tantum secus venas crispulo-ciliata, subtus pallida secus
venas ciliata, margine ciliato-serrata sæpe rubescentes, apice apicu-
lata. Petioli breves. Racemus in apice ramorum hornotinorum
terminalis pilis glandulosis et eglandulosis mixte pilosus, basi folio-

sus. Bracteæ deciduæ lanceolatæ v. late lanceolatæ ciliato-marginatæ.
Pedicelli breves rubescentes apice articulati. Bracteolæ nullæ.
Calyx pelviformis v. breviter cupularis rubescens. Corolla late
campanulata rubescens, lobis brevibus latis apice recurvis. Sta-
mina abbreviata. Antheræ glabræ exappendiculatæ. Filamenta
pilosa. Styli breves. Ovarium 10-loculare. Fructus maturatus
atratus calycis lobis in medio v. supra medium positis edulis.

Nom. Jap. Natsu-haze.

Nom. Cor. Chong-garui v. Chii-bo.

Hab. in Corea austr. et Quelpært.

Distr. Hondo, Shikoku et Kiusiu.

var. **glaucinum**, *Nakai* in Report Veg. Isl. Wangto (1914) p. 12.
Folia subtus glauca.

Nom. Jap. Urajiro-Natsu-Haze.

Hab. in insula Wangto et Okto, nec non Corea austr..

Planta endemica!

20 こけもも

(第二十四圖)

倭小ナル灌木。地上部ハ分岐少シ。但シ匍枝ハ地下ニアリテ分岐ス。葉
ハ永存性ニシテ倒卵形又ハ廣倒卵形又ハ廣橢圓形又ハ長橢圓形ニシテ毛ナ
ク、邊緣ハ外ニ卷キ小鋸齒アルカ又ハ全緣。表面ハ深綠色ニシテ光澤ア
リ。下面ハ淡白ク且腺點アリ。葉柄ハ極メテ短カシ。總狀花序ハ短ク前年
出デシ枝ノ先端ニ生ジ。苞ハ鱗片狀。小苞ハ卵形ニシテ脱落ス。花軸並ニ
花梗ニハ微毛生ズ。花ハ花梗ト關節ス。萼ハ椀狀ニシテ毛ナク萼齒ハ三角
形又ハ廣三角形。花冠ハ鐘狀白色又ハ淡桃色ニシテ五齒アリ。果實ハ丸ク成
熟スレバ紅色トナリ食シ得。酸味ニ富ム。

金剛山毘盧峯頂。白頭山地方。長白連山。咸南。咸北ノ高臺。鷺峯。李
僧嶺上。山羊。江口間ノ風穴附近等ノ寒冷ノ地ニ生ズ。

（分布）　北極ヲ廻レル地方ニ廣ク分布ス。

20. **Vaccinium Vitis-Idæa**, *L.*

p. 186 et in Mél. Biol. VIII. p. 605. *Miq.* Prol. p. 92. *A. Gray* Syn. Fl. II. i. p. 25 et New Manual p. 641. *Fr. et Sav.* Enum. Pl. Jap. I. p. 280. *Fr. Schmidt* Fl. Amg-Bur. p. 54. n. 253 Fl. Sach. p. 155 n. 282. *Herder* Pl. Radd. IV. i. p. 30. *Korsch.* in Act. Hort. Petrop. XII. p. 366. *Kom.* Fl. Mansh. III. p. 215. *Drude* in *Engl. Prantl.* Nat. Pflanzenf. IV. i. p. 51. *Nakai* Fl. Kor. II. p. 71. *Schneid.* Illus. Handb. II. p. 559.

Vitis-Idæa punctata, *Moench.* Meth. (1794) p. 147.

Vaccinium punctatum, *Lam.* Fl. Fr. III. (1778) p. 396.

Rhizoma hypogæum repens ramosum. Caulis cæspitosus simplex v. ramosus glaber v. minute ciliatus. Folia obovata v. late obovata v. late elliptica v. oblongo-obovata v. elongato-elliptica glabra, margine revoluta et obscure serrulata v. subintegra supra viridissima lucida, infra albida et glanduloso-punctata. Petioli brevissimi. Inflorescentia recemosa brevis in apice ramorum annotinorum terminalis. Bracteæ squamosæ. Bracteolæ ovatæ deciduæ. Pedunculi et pedicelli pilosi v. subglabri breves. Flores basi articulati. Calyx cupularis glaber, lobis triangularibus v. late triangularibus. Corolla campanulata 2-loba alba v. carnea. Bacca globosa rubra edulis acidula.

Nom. Jap. Koke-momo.

Hab. in umbrosis subalpini Coreæ sept.

Distr. Regio circumpolaris.

21. くろまめのき
(第二十五圖)

莖ハ高サ一二寸乃至三尺分岐多シ、皮ハ帶灰褐色又ハ赤褐色。若枝ニ毛ナシ。葉ハ長サ二三分乃至一寸。倒卵形又ハ橢圓形又ハ長卵形又ハ倒披針形稀ニ披針形上面ハ綠色又ハ稍白味ヲ帶ブ。裏面ハ帶白色ニシテ葉脈ニ沿ヒテ小サキ毛アリ。花ハ前年出デシ枝ノ先端ニ二三個宛出デ下垂シテ開キ、壺狀ヲナス。花梗トノ間ニ關節アリ。花梗ニハ小苞二個アリ。萼ハ椀狀。花冠ノ裂片ハ四個又ハ五個。雄蕊ハ花冠ヨリ短ク且無毛ナリ。葯ニハ長キ附屬物二個アリ。子房ハ四乃至五室。漿果ハ黑色或ハ丸ク或ハ橢圓形又ハ平タキ球形又ハ四角張リタル橢圓形等個體ニ依リ種々ニ變化ス。食用トナシ得。

濟州島漢拏山上。金剛山毘廬峯上。鷲峯。狼林山。白頭山附近一帶等ニ
テ發見ス。

（分布）　歐亞。北米ノ北地並ニ高山ニ分布ス。

21.　**Vaccinium uliginosum,** *L.*

Sp. Pl. p. 350. *G. Don* Gen. Syst. III. p. 852. *Loudon* Arb. et
Frut. II. p. 1157 fig. 970. *Dunal* in *DC*. Prodr. VII. p. 574. *Ledeb.*
Fl. Ross. II. p. 904. *Rupr.* in Mél. Biol. II. p. 550. *Maxim.* in
Mél. Biol. VIII. p. 605. *A Gray* Syn. Fl. II. i. p. 23. *Herder* in
Pl. Radd. IV. i. p. 37. *Fran.* et *Sav.* Enum. Pl. Jap. I. p. 281.
Drude in *Engl. Prantl* Nat. Pflanzenf. IV. i. p. 51. *Nakai* Fl. Kor.
II. p. 72. *Kom.*. Fl. Mansh. III. p. 214. *Korsch.* in Act. Hort.
Petrop. XII. p. 336. *Schneid.* Illus. Handb. II. p. 556.

Myrtillus uliginosa, *Lindstrom* in Bot. Notiz. (1893) p. 17.

Vaccinium Fauriei, *Lévl.* in *Fedde* Rep. XII. (1913) p. 182.

Radix repens a qua caulis hic illuc evolutus ita caulis cæspitosus
ramosissimus. Cortex fuscus v. rubescenti-fuscus v. cinereo-fussus.
Rami rubescentes glabri. Folia obovata v. oblonga v. elliptica v.
elliptico-ovata rarius lanceolata v. oblanceolata supra viridia infra
glaucina v. pallida secus venas minutissime ciliolata. Flores e
gemmis terminalibus v. subterminalibus ramorum annotinorum evo-
luti gemini penduli basi articulati. Pedicelli bibracteolati. Calyx
cupularis. Corolla urceolata brevis, lobis 4. v. 5. Stamina 8 v. 10
inclusa glabra. Antheræ distincte appendiculatæ. Ovarium 4-5
loculare. Bacca nigra edulis depresso-sphærica v. sphærica v.
oblonga v. obtuse oblongo-quadrangularis.

Nom. Jap. Kuromame-no-ki.

Hab. in alpinis Quelpært et montis Kum-gang-san nec non Coreæ
sept.

Distr. Regiones bor. et alp. Europæ, Asiæ et Americæ bor..

22.　う　す　の　き
サンヱンタウ（江原）

（第二十六圖）

莖ハ高サ四五寸以上四尺許。分岐多シ。若枝ハ少シク角張リ葉ノ附着點
リ下方ニ兩側ニ微毛生ゼル線アリ。葉ハ橢圓形又ハ廣倒披針形又ハ披針

形表面ハ葉脈ヲ除キテハ無毛。下面ハ葉脈並ニ基部ニ近ク一面ニ毛アリ、又毛ナキモノアリ。葉柄短カク、葉緣ニハ內曲セル小鋸齒アリ。花ハ枝ノ先端ニ二三個宛生ジ短キ總狀花序ヲナシ花梗ト關節ス。苞ハ卵形又ハ廣卵形脫落性。小苞ハナキカ又ハ一個アリ。花梗ハ無毛ニシテ長サ一珊許先端稍太シ。萼ニ毛ナク倒圓錐形ニシテ角張ル。萼片ハ廣卵形。花冠ハ桃色、鐘狀、裂片ハ五個、卵形又ハ橢圓形毛ナシ。雄蕋十個、花糸ハ短カク、毛アリ、葯ハ長ク下方邊緣ニ毛アリ後方ニ二個ノ小突起アリ。花柱ハ細シ。漿果ハ五角又ハ殆ンド丸ク稍長味アルヲ常トス。紅色ニシテ食シ得。

平北。平南。江原。京畿。全羅。慶尙ノ諸山ニ生ズ。

（分布）　北海道。本島。四國。

22. **Vaccinium Buergeri**, *Miq.*

Prol. Fl. Jap. p. 92.　*Maxim.* in Mél. Biol. VIII. p. 206.　*Fran.* et *Sav.* Enum. Pl. Jap. I. p. 281.　*Nakai* Fl. Kor. II. p. 72.

V. hirtum β. Smallii, (non *Max.*) *Palib.* Consp. Fl. Kor. II. p. I. *Nakai* Fl. Kor. II. p. 72.

Caulis usque 1-1.5 metralis.　Cortex cinereus v. fusco-cinereus irregulariter fissus.　Ramus rubescens glaber sed hornotinus sub folia 2-lineolatus ubique ciliolatus.　Folia elliptica v. late oblanceolata v. lanceolata supra præter venas ciliatas glabra, subtus secus venas et circa basin pilosa, brevissime petiolata, margine minute incurvato-serrulata.　Flores e gemmis terminalibus rarissime etiam subterminalibus ramorum annotinorum evoluti breviter racemosi, basi articulati nutantes.　Bracteæ ovatæ v. late ovatæ deciduæ. Bracteolæ nullæ v. minutæ 1.　Pedicelli glaberrimi circ. 1 cm. longi ad apicem sensim incrassati.　Calyx glaber turbinatus angulatus, lobis 5 late ovatis.　Corolla glabra campanulata carnea v. lilacina, lobis 5 ovatis v. ellipticis.　Stamina 10.　Filamenta brevia barbata Antheræ elongatæ basi margine barbatæ, dorso medio breviter bicalcaratæ.　Styli filiformes.　Bacca odtuse 5-gona v. fere teres oblonga apice subtruncata rubra edulis acidula.

Nom. Jap.　Usu-no-ki.

Nom. Cor.　San-yeng-tau.

Hab.　in montibus Coreæ mediæ boreali-occid. et austr.

Distr.　Shikoku, Hondo et Yeso.

(六) 朝鮮躑躅科植物ノ和名、朝鮮名、學名ノ對稱表

和　　名	朝　鮮　名	學　　名
ちしまいそつつじ	………	Ledum palustre, *L.* v. dilatatum, *Wahlenb.*
おほいそつつじ	………	Ledum palustre, *L.* v. maximum, *Nakai.*
ほそばいそつつじ	………	Ledum palustre, *L.* v. angustum, *Busch.*
ながばいそつつじ	………	Ledum palustre, *L.* v. subulatum, *Nakai.*
いそつつじ	………	Ledum palustre, *L.* v. diversipilosum, *Nakai.*
えぞのつがざくら	………	Phyllodoce caerulea, *Babington.*
さかいつつじ	………	Rhododendron parvifolium, *Adams.*
ほざきつつじ	………	Rhododendron micranthum, *Turcz.*
もうせんつつじ	………	Rhododendron confertissimum, *Nakai.*
ときはげんかい	………	Rhododendron davuricum, *L.*
からげんかいつつじ	Ching-tarai (京畿)	Rhododendron mucronulatum, *Turcz.*
白花げんかいつつじ	………	Rhododendron mucronulatum, var. albiflorum, *Nakai.*
げんかいつつじ	………	Rhododendron mucronulatum, var. ciliatum, *Nakai.*
くもまつつじ	………	Rhododendron Redowskianum, *Maxim.*
きばなしやくなげ	………	Rhododendron chrysanthum, *Pall.*
しろばなしやくなげ	Man-byon-cho (慶尙、全羅鬱陵島) Tl-chun-nam (江原)	Rhododendron brachycarpum, *Don.*
くろふねつつじ	………	Rhododendron Schlippenbachii, *Max.*
ほんつつじ	Shin-daru-wi, Shin-do-ryo-ko (濟州島)	Rhododendron Weyrichii, *Maxim.*
しろばなこめつつじ	………	Rhododendron Tschonoskii, *Maxim.*
てうせんやまつつじ	Jyol-chuk (京畿). Tu-kyong-hoa (全南)	Rhododendron poukhanense, *Lévl.*
八重てうせんやまつつじ	………	Rhododendron poukhanense, v. plenum, *Nakai.*
あかみのくまこけもも	………	Arctous alpinus, *Nied.* v. ruber, *Rehd. et Wils.*
あくしば	………	Oxycoccoides japonicus, *Nakai.*
てうせんこけもも	………	Oxycoccus pusillus, *Nakai.*
しやしやんぼ	Mo-shai-nam (濟州島).	Vaccinium bracteatum, *Thunb.*
なつはぜ	Chong-garui (濟州島). Chiibo (全南).	Vaccinium ciliatum, *Thunb.*
うらじろなつはぜ	………	Vaccinium ciliatum, v. glaucinum, *Nakai.*
こけもも	………	Vaccinium Vitis-Idæa, *L.*
くろまめのき	………	Vaccinium uliginosum, *L.*
うすのき	San-yeng-tau (江原)	Vaccinium Buergeri, *Miq*

第 一 圖

ちしまいそつつじ

Ledum palustre, *Linné.*

var. dilatatum, *Wahlenberg.*

a. 花及ビ果實ヲ附ケタル枝 （自然大）

b. 花ノ縱斷面 （廓大 *Schneider* 氏ニ依ル）

第 二 圖

おほいそつつじ

Ledum palustre, *Linné.*
var. maximum, *Nakai.*

a. 果實ヲ附ケタル枝（自然大）
b. 地下莖ノ一部（ ,, ）
c. 花群（ ,, ）
d. 雄蕋（廓大）

第 三 圖

ほそばいそつつじ

Ledum palustre, *Linné.*

var. angustum, *Busch.*

果實ヲ附ケシ枝 （自然大）

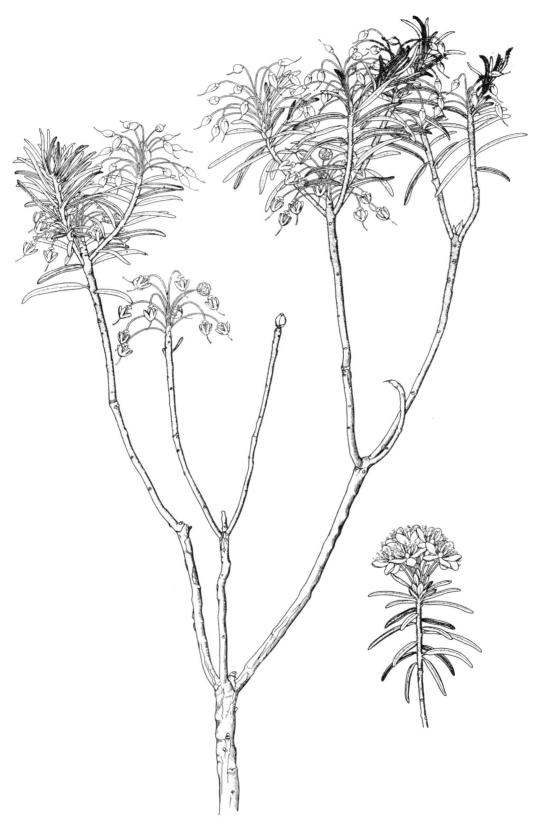

Terauchi M. del.

K. Nakazawa sculp.

第　四　圖

なががばいそつつじ

Ledum palustre, *Linné.*
var. subulatum, *Nakai.*

果實ヲ附ケタル枝（自然大）

Terauchi. M. del.

K.Nakazawa sculp.

第 五 圖

えぞのつがざくら

Phyllodoce cærulea, *Babington*

a. 花ヲ附ケタル木（自然大）
b. 雄蕊ヲ內面ヨリ見ル（廓大）
c. 雄蕊ヲ外面ヨリ見ル（ ,, ）

Terauchi M. del.

K. Nakazawa sculp.

第　六　圖

さかいつつじ

Rhododendron parvifolium, *Adams.*

a.　返リ咲ノ花ヲ附ケシ枝（自然大）
b.　眞ノ期節ニ咲キシ花ヲ附ケシ枝ノ一部（ ,, ）
c.　果實ヲ附ケシ枝（ ,, ）
d.　雄蕊ヲ內面ヨリ見ル（廓大）
e.　雄蕊ヲ外面ヨリ見ル（ ,, ）

第 六 圖

rauchi M. del.

K. Nakazawa sculp.

第　七　圖

ほざきつつじ

Rhododendron micranthum, *Turczaninow*

a. 花ヲ附ケシ枝（自然大）

b. 子房（廓大）

c. 雄蕊ヲ内面ヨリ見ル（ 〃 ）

d. 雄蕊ヲ側面ヨリ見ル（ 〃 ）

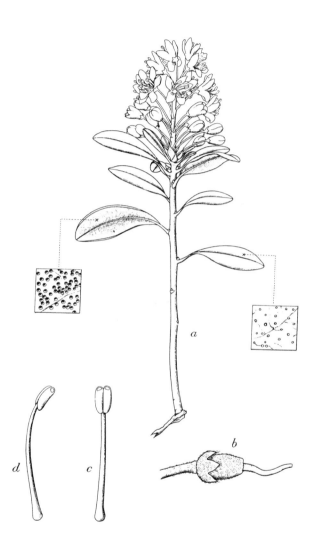

第　八　圖

もうせんつつじ

Rhododendron confertissimum, Nakai.

a.　花ヲ附ケタル木（自然大）
b.　雌蕋（廓大）
c.　果實　（ ,, ）
d.　葉ノ鱗片ノ一部（ ,, ）
e.　葯ヲ内面ヨリ見ル（ ,, ）
f.　雄蕋ヲ背面ヨリ見ル（ ,, ）

上

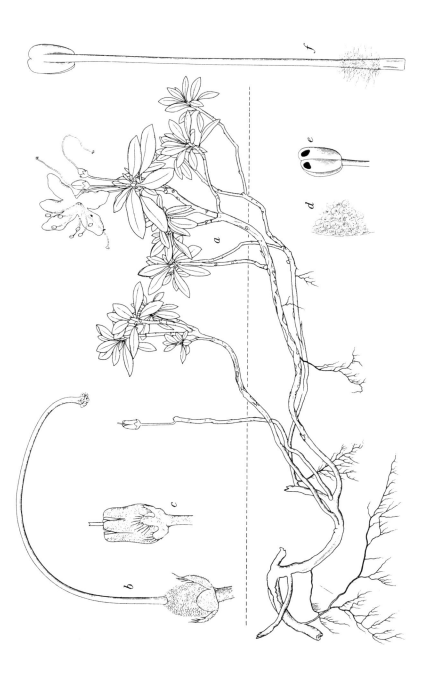

Nakai. T. del.

K. Nakazawa sculp.

第 九 圖

えぞむらさきつつじ

Rhododendron dauricum, *Linné*.

a.　花ヲ附ケタル枝（自然大）
b.　雄蕋ヲ內面ヨリ見ル（廓大）
c.　仝上ヲ側面ヨリ見ル（〃）

第 十 圖

げんかいつつじ

Rhododendron mucronulatum, *Turczaninow.*

- a. 花ヲ附ケタル枝（自然大）
- b. 葉ト果實トヲ附ケタル枝（ ,, ）
- c. 雄蕊ヲ内面ヨリ見ル（廓大）
- d. 仝上ヲ背面ヨリ見ル（ ,, ）

第 十 一 圖

けげんかいつつじ

Rhododendron mucronulatum, *Turczaninow*
var. ciliatum, *Nakai*

a. 花ヲ附ケタル枝（自然大）
b. 果實ヲ附ケタル枝（ 〃 ）
c, 雄蕋ヲ內面ヨリ見ル（廓大）
d, 雄蕋ヲ外面ヨリ見ル（ 〃 ）

Terauchi M. del.

第 十 二 圖

くもまつつじ

Rhododendron Redowskianum, *Maximowicz.*

a. b. c. 花ヲ附ケタル枝（自然大）

d. 果實ヲ附ケタル木 （ ,, ）

e. 雄蕋ヲ内面ヨリ見ル（廓大）

f. 雄蕋ヲ外面ヨリ見ル（ ,, ）

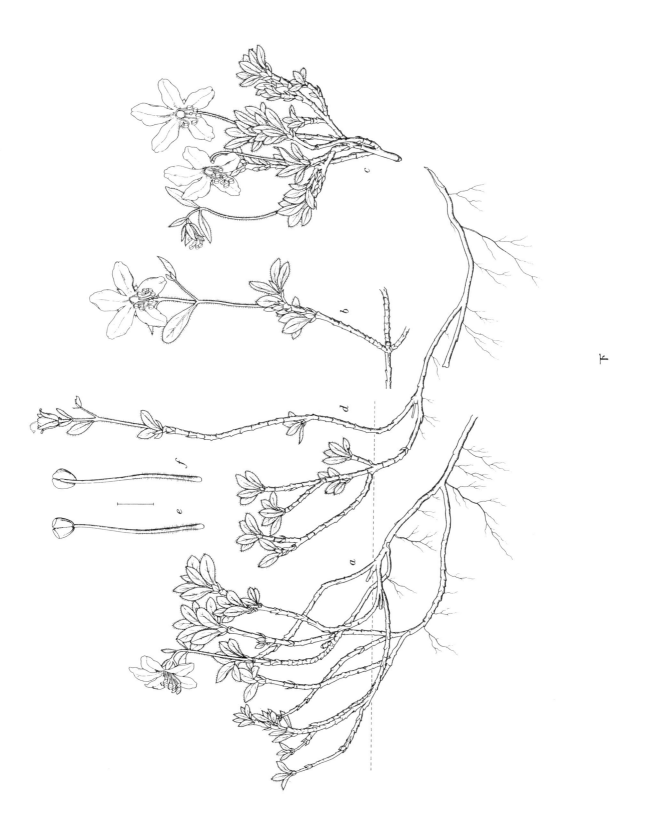

第 十 三 圖

きばなしやくなげ

Rhododendron chrysanthum, *Pallas.*

a. 匐枝ノ一部（自然大）
b. 花ヲ附ケタル枝（ 〃 ）
c. 果實ヲ附ケタル枝（ 〃 ）
d. 雄蕊ヲ内面ヨリ見ル（廓大）
e. 雄蕊ヲ外面ヨリ見ル（ 〃 ）

第 十 三 圖

Terauchi. M. del.

K. Nakazawa sculp.

しろばなしやくなげ

Rhododendron brachycarpum, *D. Don.*

a. 葉ト花トヲ附ケタル枝（自然大）
b. 蕾群（〃）
c. 雄蕋ヲ内面ヨリ見ル（廓外）
d. 雄蕋ヲ背面ヨリ見ル（〃）

Terauchi M. del.

K.Nakazawa sculp.

第 十 五 圖

くろふねつつじ

Rhododendron Schlippenbachii, *Maximowicz.*

a. 葉ト果實トヲ附ケタル枝（自然大）
b. 花ヲ附ケタル枝（自然大）
c. 雄蕊ヲ內面ヨリ見ル（廓大）
d. 雄蕊ヲ背面ヨリ見ル（ ,, ）

Terauchi M. del.

K. Nakazawa sculp.

第 十 六 圖

ほ ん つ つ じ

Rhododendron Weyrichii, *Maximowicz*

a. 花ヲ附ケタル枝（自然大）
b. 葉ヲ附ケタル枝（ 〃 ）
c. 雄蕋ヲ内面ヨリ見ル（廓大）
d. 雄蕋ヲ外面ヨリ見ル（ 〃 ）

第 十 六 圖

Terauchi. M. del.

K. Nakazawa sculp.

第 十 七 圖

しろばなこめつつじ

Rhododendron Tschonoskii, *Maximowicz.*

a.　花ヲ附ケタル枝（自然大）
b.　雄蕊ヲ内面ヨリ見ル（廓大）
c.　雄蕊ヲ外面ヨリ見ル（ 〃 ）

Yoshikawa. O. et Terauchi. M. del.

K. Nakazawa sculp.

第 十 八 圖

てうせんやまつつじ

Rhododendron poukhanense, *Léveillé.*

a. 葉ト花トヲ附ケタル枝（自然大）
b. 葉ト果實トヲ附ケタル枝（自然大）
c. 雄蕋ヲ內面ヨリ見ル（廓大）
d. 雄蕋ヲ外面ヨリ見ル（ 〃 ）

第 十 九 圖

あかみのくまこけもも

Arctous alpinus, *Niedenzu.*

var. ruber, *Rehder et Wilson.*

a. 果實ヲ附ケタル植物 （自然大）
b. 花ヲ附ケタル枝 （ ,, ）
c. 花ヲ開キテ内部ヲ見ル （廓大）
d. d. d. 雄蕋ヲ三方面ヨリ見ル （ ,, ）

Terauchi M. del.

K. Nakazawa sculp.

第 二 十 圖

あ く し ば

Oxycoccoides japonicus, *Nakai.*

a. 花ヲ附ケタル枝（自然大）
b. 雄蕊ヲ内面ヨリ見ル（廓大）
c. 雄蕊ヲ外面ヨリ見ル（ 〃 ）

第二十一圖

てうせんこけもも

Oxycoccus pusillus, *Nakai.*

植物自然大

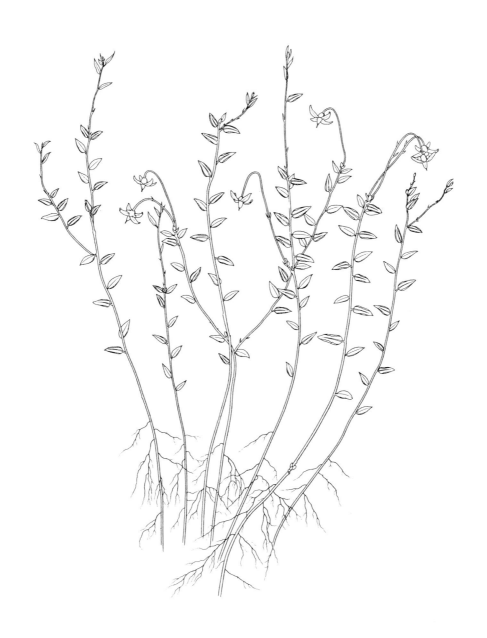

Terauchi M. del.

K. Nakazawa sculp.

第二十二圖

しやしやんぼ

Vaccinium bracteatum, *Thunberg.*

a. 果實ヲ附ケタル枝（自然大）
b. 花穗（ 〝 ）
c. 雄蕊ヲ内面ヨリ見ル（廓大）
d. 雄蕊ヲ外面ヨリ見ル（ 〝 ）
e. 子房ノ横斷面（ 〝 ）

第 二 十 二 圖

Terauchi M.et Nakai.T.del.

K.Nakazawa sculp.

第二十三圖

な つ は せ

Vaccinium ciliatum, *Thunberg.*

a.　花穗ヲ附ケタル枝（自然大）
b.　果實ヲ附ケタル枝（ ,, ）
c.　雄蕊ヲ側面ヨリ見ル（廓大）
d.　雄蕊ヲ內面ヨリ見ル（ ,, ）

Terauchi M. del.

K. Nakazawa sculp.

第二十四圖

こ け も も

Vaccinium Vitis-Idæa, *Linné*

a.　花穗ヲ附ケタル枝　（自然大）
b.　果實ヲ附ケタル枝　（ ,, ）
c.　雄蘂ヲ內面ヨリ見ル　（廓大）
d.　雄蘂ヲ外面ヨリ見ル　（ ,, ）

Terauchi M. del.

K.Nakazawa sculp.

第二十五圖

くろまめのき

Vaccinium uliginosum, *Linné.*

a. 果實ヲ附ケタル枝、大實品 (forma depressum, *Nakai*)
    e. ハ先端ヨリ見テ萼排列ノ有樣ヲ示ス。

b. 果實ヲ附ケタル枝、長實品 (forma ellipticum, *Nakai*)

c. 果實ル附ケタル枝、高地生品 (forma alpinum, *Nakai*)

d. 同上ノ花ヲ附ケタルモノ。

h. 雄蕋ヲ内面ヨリ見ル。

i. 雄蕋ヲ背面ヨリ見ル。

f. ハ角實品 (forma angulatum, *Nakai*)

g. b_1 ハ e ト同意味ノ模型圖。

Terauchi M. del.

K. Nakazawa sculp.

第二十六圖

う　す　の　き

Vaccinium Buergeri, *Miquel.*

a.　花ヲ附ケタル枝（自然大）
b.　果實ヲ附ケタル枝（自然大）
c.　雄蕋ヲ内面ヨリ見ル（廓大）
d.　雄蕋ヲ側面ヨリ見ル（　〃　）

朝鮮森林植物編
9輯

鼠李科　RHAMNACEAE

目次　Contents

鼠李科

RHAMNACEAE

（一）　主要ナル引用書類

R. Dodonaeus		Herbarius oft Cruydt Boeck (1608).
C. Bauhinus		Pinax Theatri Botanici (1671).
J. P. Tournefort		Institutiones rei Herbariæ (1700). Vol. I. et III.
C. Linnaeus	(1)	Genera Plantarum (1737).
	(2)	Species plantarum (1753).
P. Miller		The gardeners Dictionary ed. IV. (1754) Vol. I et III.
M. Houttuyn		Pflanzensystem (1773) Vol. III.
J. Gærtner		De fructibus et seminibus plantarum I. (1788).
La Marck		La Flore francaise ou description succincte de toutes les plantes, qui croissent naturellement en France III. (1778).
C. P. Thunberg		Flora Japonica (1784).
P. S. Pallas	(1)	Reise durch verschiedne Provinzen des russischen Reiches III. (1776).
	(2)	Flora Rossica I. (1784).
J. de Loureiro		Flora Cochinchinensis. (1790).
A. L. Jussieu		Genera plantarum secundum ordines naturales disposita etc. (1774).
K. Moench		Methodus plantas horti botanici et agri Marburgensis a staminum situ describendi (1794).
C. L. Willdenow		Caroli a Linné Species plantarum I. 2. (1797).
C. H. Persoon		Synopsis Plantarum I. (1805).
J. J. Roemer et J. A. Schultes		Caroli a Linné Equitis Systema vegetabilium secundum classes, ordines, genera, species V. (1819).

H. F. Link		Enumeratio plantarum Horti Regii Botanici Berolinensis altera I. (1821).
Aug. P. de Candolle		Prodromus systematis naturalis regni vegetabilis II. (1825).
J. E. Gray		A natural arrangement of british plants (1821).
P. F. de Siebold et J. G. Zuccarini.		Flora Japonica I. (1835).
C. F. Ledebour		Flora Rossica I. (1853).
Al. Bunge		Enumeratio plantarum quas in China boreali collegit. (1832).
St. Endlicher		Genera Plantarum secundum ordines naturales disposita. Vol. II. (1836–40).
C. J. Maximowicz	(1)	Primitiæ Floræ Amurensis. (1859).
	(2)	Rhamneæ orientali-Asiaticæ (1866).
	(3)	Flora Tangutica (1889).
	(4)	Flora Mongolica (1889).
	(5)	Plantæ Chinenses (1889).
E. Regel		Tentamen Floræ Ussuriensis (1861).
G. Bentham		Flora Hongkongensis (1861).
G. Bentham et J. D. Hooker		Genera Plantarum. I. i. (1862).
F. A. G. Miquel		Prolusio Floræ Japonicæ (1866–7).
A. Gray		Genera Floræ Americæ boreali-orientalis illustrata. (1848–9).
A. Franchet et L. Savatier		Enumeratio Plantarum in Japonia sponte crescentium. I. (1875).
J. D. Hooker		Flora of British India I. (1875).
A. Franchet		Plantæ Dividianæ I. (1883).
F. B. Forbes et W. B. Hemsley		An enumeration of all the plants known from China proper, Formosa, Hainan, Corea, the Luchu Archipelago and the Island of Hongkong I. (1886).
S. Korschinsky		Plantas Amurenses in itinere anni

	1891 collectas enumerat novasque species describit (1892).
A. Weberbauer	Rhamnaceæ. (1895).
I. Palibin	Conspectus Floræ Koreæ I. (1898).
L. Diels	Die Flora von Central-China (1900).
V. Komarov	Flora Manshuriæ III. (1907).
C. K. Schneider	Illustriertes Handbuch der Laubholz-kunde Band II. (1909).
Takenoshin Nakai	(1) Flora Koreana I. (1909) II. (1911).
	(2) 朝鮮植物上卷. (1914).
	(3) 濟州島植物調査報告書. (1914).
	(4) 莞島植物調査報告書. (1914).
	(5) 智異山植物調査報告書. (1915).
C. S. Sargent	Plantæ Wilsonianæ II. 2. (1914).
P. F. Fedde	Repertorium specierum novarum regni vegetabilis. VI. (1908), VII. (1909). VIII (1910). X. (1912).

Annales Musei Botanici Lugduno-Batavi Band. III. (1867).

Notizblatt des Königl. botanischen Gartens und Museums zu Berlin (1908).

植物學雜誌 Vol. XXII. XXVI. XXVII. XXVIII. XXXI.

(二) 朝鮮鼠李科植物研究ノ歴史

1866 年露國ノ *C. J. Maximowicz* 氏ガ Mémoires de L'Académie Impériale des Science de St.-Pétersbourg 第七輯第十卷十一號ニ東亞産ノ鼠李科植物編ヲ載セシトキ. くろいげ Sageretia theezans, *Brongn.* ガ朝鮮群島ニ産スルコトヲ記セシガ抑モ朝鮮産鼠李科植物ノ世ニ出デシ始ナリ. 次デ 1886 年英國ノ *F. B. Forbes, W. B. Hemsley* 兩氏ガ支那植物誌中ニ同植物ヲ記シ. 1895 年ニハ獨ノ *A. Weberbauer* 氏ハ Die Natürlichen Pflanzenfamilien 第三卷第五號ニけんぽなし Hovenia dulcis, *Thunb.* アルヲ記セリ。但シ當時朝鮮ノけんぽなしノ標品ガ歐洲ニアリシニアラズ. 支那及ビ日本ニアル故其間ニ介在スル朝鮮ニモ當然存在スベシト判斷シテ記セシモノ、如シ. 1898 年ニハ露國ノ *Palibin* 氏ハ其著 Conspectus Floræ Koreæ 第一卷ニなつめトくろいげトノアルヲ記ス. 1907 年 *Komarov*

氏ハ滿洲植物誌第三卷ニ Rhamnus globosa, *Bunge* ト Rhamnus parvifolia, *Bunge* トアルヲ記ス。但シ其 Rhamnus globosa トスルハ Rhamnus Schneideri var. manshurica ナリ。1908 年ニハ余ハ東京植物學雜誌ニ Rhamnus parvifolia ト Rhamnus davurica v. nipponica トアルヲ記ス. 同年獨ノ *Schneider* 氏ハ佛ノ *Faurie* 氏ノ採品ニ基キ Notizblatt des Königlichen Botanischen Gartens und Museums zu Berlin-Dahlem ニ Rhamnus koraiensis ナル一新種ヲ記述セリ. 1909 年ニハ余ハ朝鮮植物誌第一卷ニ てうせんくろつばら Rhamnus davurica. くろつばら R. davurica v. nipponica. R. globosa R. parvifolia. R. crenata. くろいげ Sageretia theezaus. さねぶとなつめ Zizyphus vulgaris v. spinosa ノ六種一變種ヲ記セリ. 但シ R. globosa トアルハ一部ハ R. Schneideri v. manshurica. 一部ハ Rhamnus koraiensis ニシテ R. parvifolia トアルハ一部ハ R. diamantica ナリ。同年佛ノ *Léveillé, Vaniot* 兩氏ハ *Fedde* 氏ノ Repertorium 中ニ Rhamnus Schneideri ナルモノアルヲ記シ. 又. Prunus Taquetii ト云フ濟州島ノ櫻屬一新種ヲ記セリ. Rhamnus Schneideri ハ明ナル新種ナルモ Prunus Taquetii ハ其後 *Léveillé* 氏ガ改正セシ如ク鼠李屬ノ植物 Rhamnus Taquetii ト稱スル一新種ナリ。 1910 年 *Léveillé* 氏ハ濟州島ノ植物トシテ Microrhamnus Taquetii ナル一新種ヲ記セドモ. 此ハねこのちゝ Rhamnella frangulioides ニ外ナラズ。 1911 年ニハ余ハ朝鮮植物第二卷ニ Rhamnus davurica, R. parvifolia, R. crenata ノ三種ト當時疑問ニ屬セシ Microrhamnus Taquetii, Rhamnus koraiensis, Rhamnus Schneideri トヲ加ヘ置ケリ. 其他くろいげ. さねぶとなつめヲモ併記ス。 1912 年ニハ *Léveillé* 氏ハ氏ノ Prunus Taquetii ヲ Rhamnus 屬ニ移シ. 同年余ハ東京植物學雜誌ニいはくろうめどき Rhamnus parvifolia, Rhamnus globosa. さねぶとなつめノ三種ヲ記ス. 其中 Rhamnus globosa ハ Rhamnus davurica ニ改ムベシ。 1913 年ニハ同誌ニ Rhamnella frangulioides, やぶくろうめもどき Rhamnus globosa v. glabra, *Nakai.* ながみのくろうめもどき Rhamnus shozyoensis. 並ニ其變種 v. glabrata ヲ記セシガ Rhamnus globosa v. glabra. ト R. shozyoensis v. glabrata ハ何レモ R. Schneideri ニ改ムベキナリ。 1914 年ニハ濟州島植物報告書ノ出版アリ。 其中ニはまなつめ Paliurus ramosissimus. ねこのちゝ, さいしうくろつばら. いそのき. くろいげ. さねぶとなつめノ六種ヲ載ス。 又莞島植物報告書ニハ Rhamnus globosa トくろいげトヲ載ス. R. globosa ハやぶくろうめもどきノ一種ナリ。 同年獨ノ *Schneider* 氏ハ Plantæ Wilsonianæ

中ニ朝鮮産トシテはまなつめ・なつめ・ねこのちゝ・けくろいげ Sageretia theezans v. tomentosa. いそのき・さいしうくろつばら・まるばくろうめもどき・やぶくろうめもどき・てうせんくろつばらノ九種ヲ載ス。 1915年出版ノ余ノ智異山植物調査報告書ニハくろつばら・ Rhamnus globosa. ノ二種アリ後者ハまんしうくろうめもどき Rhamnus Schneideri v. manshurica ナリ。本年余ハ東京植物學雜誌ニ新種トシテやまくろうめもどき Rhamnus diamantiaca. やぶくろうめもどき Rhamnus glabra. まんしうくろうめもどき R. glabra v. manshurica ヲ記セリ. 但シ Rhamnus glabra ハ Rhamnus Schneideri ニ R. glabra v. manshurica ハ Rhamnus Schneideri v. manshurica ニ改ムベキナリ. 以上ヲ綜合シテ朝鮮ニハ左ノ七屬十三種四變種ノ鼠李科植物アリ.

1.   Paliurus ramosissimus, *Poiret*.   はまなつめ
2. (a) Zizyphus sativa, *Gærtn.* v. spinosa, (*Bunge*) *Schneid.*   さねぶとなつめ
    (b) Zizyphus sativa, *Gærtn.* v. inermis, (*Bunge*) *Schneid.*   なつめ
3.   Hovenia dulcis, *Thunb.* v. glabra, *Makino*   けんぽなし
4.   Rhamnella frangulioides, (*Max.*) *Weberb.*   ねこのちゝ
5. (a) Rhamnus Schneideri, *Lévl.* et *Vnt.*   やぶくろうめもどき
    (b)   „   „   v. manshurica, *Nakai*   まんしうくろうめもどき
6.   Rhamnus Taquetii, *Léveillé*   さいしうくろつばら
7.   „   koraiensis, *Schneider*   まるばくろうめもどき
8.   „   shozyoensis, *Nakai*   ながみのくろつばら
9.   „   diamantiaca, *Nakai*   やまくろうめもどき
10.   „   parvifolia, *Bunge*   いはくろうめもどき
11. (a) „   davurica, *Pallas*   てうせんくろつばら
    (b)   „   „   var. nipponica, *Makino*   くろつばら
12.   Frangula crenata, (*S.* et *Z.*) *Miquel*   いそのき
13. (a) Sageretia theezans, (*L.*) *Brongn.*   くろいげ
    (b)   „   „   var. tomentosa, *Schneider*   けくろいげ

（三） 朝鮮ノ鼠李科植物分布ノ概況

1. はまなつめ屬.

　　本屬ニハはまなつめアルノミ、而シテ濟州島旌義郡ノ樹林中ニ稀ニアリ。

2. なつめ屬.

　　さねぶとなつめハ栽培ノなつめノ原種ニシテ平安南北、京畿、濟州島ニテ所々ニ生ズ。　なつめハモト支那ヨリ輸入セシモノナレドモ、其根ヨリ芽ヲ出スコト、、果實ノ人手ニテ他ニ移サル、コト多キトニ依リ村落附近ニ自生狀態ヲナスコトアリ。

3. けんぽなし屬.

　　本屬ニハけんぽなしアルノミ欝陵島ニアリテハ海岸ヨリ六百米突許ノ高所迄分布ス。水原農林學校敎諭植木秀幹氏ハ之レヲ水原附近ノ山、江原道襄陽附近、並ニ全羅南道ニテ採收セシコトアリ、余モ亦京畿道光陵、忠淸南道雞龍山ニテ採收セリ。

4. ねこのちゝ屬.

　　本屬ニハねこのちゝノ一種アリ、濟州島ニハ最モ多ク生ジ、海岸ヨリ約五百米突ノ所迄ニハ至ル所ニアリ、京城高等普通學校敎諭森爲三氏ハ之レヲ全羅北道任實ニテ發見セリ。

5. くろうめもどき屬.

　　朝鮮ニテハ鼠李科中最モ多種且分布廣シ、やぶくろうめもどきハ平安南北道、咸鏡南道、江原道等ノ山ニ生ズ。　其一變種ニテ葉身、葉柄ニ微毛アルまんしうくろうめもどきハ智異山、金剛山、ヨリ北ハ平北ノ滿浦鎭、咸北茂山嶺等ニ及ビ、尙ホ滿州吉林ニ迄分布ス。さいしうくろつばらハ濟州島漢拏山千米突以上ノ高所ニ生ズ同地特産品ナリ、まるばくろうめもどきハ朝鮮特産ナレドモ分布廣ク、平安南北、黃海、京畿、江原、慶尙、全羅ノ各道ヨリ南莞島ニ迄モアリ、ながみのくろつばらハくろつばらニ類セル葉ヲ有スレトモ果實種子ノ全然異ル一種ニテ前平壤高等普通學校敎諭今井半次郎氏之レヲ平北昌城附迄ニテ採リシモ稀品ナルガ如ク、余ノ同地ニ至リシ時ハ不幸之レヲ見出シ得ザリキ。やまくろうめもどきモ亦朝鮮特産ニシテ江原道准陽郡長淵里附近ニアリ、日本産ノくろうめもどきニ最モ近キ種ナリ、いはくろうめもどきハ朝鮮ニテハ北部ニノミ限ラレ平北、咸南ノ北部ニ産スレトモ國外ニテハ

バイカル湖附近、西ハ北支那ニ迄分布ス。てうせんくろつばらハ
分布廣ク京畿道以北ハ至ル所ニアリ、尚ホ國外ニハ烏蘇利、滿州、
北支那ヨリバイカル湖畔ニモ及ブ。くろつばらハ其一變種ニテ葉
長ク、朝鮮ニテハ慶尙南道ヨリ北ハ咸北、平北ニ及ビ尙ホ滿州、
本島北部ニモ產ス。

6. いそのき屬.

本屬ニハいそのきアルノミ濟州島ニ多ク全羅道ヨリ西海岸ニ沿ヒ仁
川ニ迄分布ス。

7. くろいげ屬.

本屬ニハくろいげアリ、濟州島海岸地方ニ多ク全羅南道莞島、玉島
（珠島）大黑山島ニ產ス。

（四）　朝鮮鼠李科植物ノ效用

1. 食用.

なつめノ果實ハ生食シ又ハ乾カシテ食ス。特ニ忠淸北道產ノモノハ
品種ヨシ、乾シタルモノヲ餅ニ加ヘテ搗ケバ味最モヨシ。

けんぽなしノ果梗ハ成熟スレバ多肉ニシテ甘味ニ富ム故食用トスレ
ドモ今ハ之アルモノナシ。

くろいげノ果實ハ豆粒大ニシテ甘味ニ富ム、濟州島ニハ多生シ、五
月下旬住民ハ之レヲ集メテ市ニ鬻グ事アリ。

2. 材用.

なつめノ老木並ニけんぽなしハ小道具ヲ作ルニ用キラレ、煙草入、
盆、手箱等ニスレバ木理美シ。又薪トナス事ヲ得ベシ。くろつば
らノ類ハ枝ノ直キモノハ杖ニ作リ得ベシ質硬シ。

3. 藥用

なつめノ果實ハ漢法ニ棗實ト稱シ、風邪ヲ治シ又ハ氣欝性ニ用キ
テ效アリ、くろうめもどき類ノ果實ハ漢法ニ利尿藥トシ、風邪ヲ
治シ、又水氣ヲ去ルニ用フ、之レ Emodin ($C_{15}H_{10}O_5 \cdot H_2O$) ノ如キ
下痢藥ヲ含ムヲ以テナリ。いそのきノ皮モ亦有效ナル緩下劑トナ
リ恰モ Frangula Purshiana (Rhamnus Purshiana) ヨリ採ル カス
カラサクラダ Cascara sagrada （現時北米ヨリ多ク輸入ス）ト同樣
ノ緩下劑タリ、大凡くろうめもどき屬、いそのき屬ノ植物ニテ從
來研究セラレシモノハ皆其皮又ハ果實ハ緩下劑ニ用キ得ル故朝鮮
產ノモノモ同樣ノ效アル事疑ナキガ如シ。

はまなつめノ棗ハ漢法ニ白棘ト稱シ煎シテ飲ミ腹痛又ハ腰痛ヲ治セ
ドモ未ダ其成分ヲ知ラズ。 本屬植物ニハ Paliurus australis ノ如
キ Winter green oil ヲ含ムモノアレドモはまなつめニハ缺如ス、

4. 染料.

外國産ノモノニテ從來研究セラレシモノニ Rhamnus tinctoria, R.
infectoria, R. saxatilis, R. cathartica 等アリテ其果實ハ Yellow
berries, Gelbbeeren, Graines d'Avignon, Fructus Rhamni 等ノ名ノ
下ニ黄色又ハ綠色ノ染料ヲ製ス、 之レ Xanthorhamnin, Chrysor-
hamnin, 等ノ色素ヲ含ムヲ以テナリ、日本産ノモノニテモくろつ
ばらハ故下山博士ノ研究ニテ Chrysorhamnin ヲ含ム事ヲ知ラル、
(同博士ハ Rhamnus japonica くろうめもどきニテ實驗セシガ如ク
發表セシモ其實驗ニ殘リシ種子ヲ薜キシモノヨリ發芽セルモノヲ
見ルニくろつばならナル故ニ茲ニ之ヲ訂正ス)。 又 Rhamnus
cathartica ハ其皮ヨリモ Saftgrün ノ如キ綠色ノ染料ヲ取ル。要ス
ルニくろうめどき屬植物ノ果實並ニ樹皮ハ皆 Flavon ヲ含ミ之レ
ニテ染ムレバ黄色トナリ、鐵劑ヲ加フレバ綠色トモナシ得ルナラ
ン、朝鮮ニハ Rhamnus 屬ノモノハ多ク産スル故染料トナセバ多
少ノ利源トナルベシ。

(五)　朝鮮鼠李科植物ノ分類ト各種ノ圖説

鼠　李　科

Rhamnaceæ.

(甲)　科ノ特徴

喬木、小喬木、灌木稀ニ草本、刺アルモノ多シ、葉ハ單葉、托葉アリ、
互生シ、常綠又ハ落葉、花ハ小ニシテ葉腋ニ一個生ズル事ト數個叢生
スルコトト、總狀花序ヲナスゴトト、聚繖花序ヲナスコトト、穗狀花序
ヲナスコトトアリ。 兩性又ハ多性又ハ雌雄異株、四數又ハ五數ヨリ成
ル、蕚片ハ四個又ハ五個、鑷合狀ニ排列ス。花瓣ハアルモノトナキモノ
トアリ、一般ニ小形ニシテ蕚片ト交互ニ出デ屢々下方ニ反ル。雄蕋ハ四
個又ハ五個花瓣ニ相對シテ生ジ通例花瓣ニ包マル。葯ハ二室ヨリ成リ且
內方ニ向ク、花托ハ蕚筒ニツク事ト肥厚シテ蕚筒ニ充ツルコトト又ハ椀
狀ヲナスコトトアリ。子房ハ無柄ニシテ蕚ヨリ離レ、花托ノ肥厚スルト
キハ其中ニ藏マルコトアリ、二室乃至四室、花柱ハ一個ニシテ二乃至四

裂ス。柱頭ハ頭狀、點狀又ハ長シ。果實ハ蒴又ハ漿果又ハ多肉果、一乃至
四室。胚珠ハ各室ニ一個宛、種子ハ果實ノ各室ニ一個宛ニシテ扁平又ハ
卵形、胚乳アルモノ多シ。子葉ハ扁平又ハ彎曲ス、幼根ハ下方ニ向フ。

世界ニ四十八屬、六百余種アリ。其中七屬十三種ハ朝鮮ニ自生ス、分
テ次ノ屬トス。

1 ┤托葉ハ刺トナル。葉ハ三脈著シ ……………………………………………… 2
　└托葉ハ刺トナラズ。葉ハ羽狀脈ヲ有ス ……………………………… 3

2 ┤果實ハ乾燥シ、先端平ナリ ……………………………… はまなつめ屬
　└果實ハ多肉肥厚シ、球形又ハ橢圓形 ………………………… なつめ屬

3 ┤喬木、花ハ聚繖花序ヲナス、果梗ハ肥厚シ食用トナル………………
　│　　　　　　　　　　　　　　　　　　　　　　　　けんぽなし屬
　│灌木又ハ小喬木、花ハ葉腋ニ一個又ハ數個宛生ズルコトト、密ニ
　│　聚繖花序ヲナスコトト、穗狀ヲナスコトトアリ、果梗ハ肥厚
　└　セズ ……………………………………………………………………… 4

4 ┤子房ハ一室 ………………………………………………… ねこのちち屬
　└子房ハ二室乃至三室 …………………………………………………… 5

5 ┤花ハ無柄複穗狀花序ヲナス、花托ハ椀狀ニシテ肥厚ス…くろいげ屬
　└花ハ有柄、一個又ハ數個宛腋生、又ハ密ニ聚繖花序ヲナス……… 6

6 ┤花ハ雌雄異株、通例四數ヨリ成ル、萼片ハ花後脫落ス。花柱ハ二
　│　乃至四裂シ、柱頭ハ長シ、種子ニ溝アリ、子葉ハ彎曲シ發芽
　│　スレバ葉狀ニ地上ニ出ヅ …………………………… くろうめもどき屬
　│花ハ兩全、通例五數ヨリ成ル、萼片ハ萼筒ト共ニ脫落ス、柱頭ハ
　│　點狀、種子ニ溝ナシ、子葉ハ厚ク發芽ニ際シ地下ニ殘ル、彎
　└　曲セズ ……………………………………………………… いそのき屬

Rhamnaceæ, *Lindl.* Introd. Nat. Syst. Bot. ed. II. (1835) p. 107. *A. Weberb.* in Nat. Pflanzenf. III. 5. (1895) p. 393. *Schneid.* Illus. Handb. II. (1909). p. 259.

Rhamneæ, *R. Brown* General Remarks (1814) p. 22. *DC.* Prodr. II. (1825). p. 19. *A. Brong.* in Annal. Sc. Nat. Ser. I. X. p. 320. *Endl.* Gen. Pl. (1836–40). p. 1094. *Benth. et Hook.* Gen. Pl. I p. 371.

Arbor, arborea v. frutex rarissime herba saepe spinosa. Folia simplicia stipullata. Flores parvi fasciculati v. solitarii v. racemosi v. cymosi v. spicati, hermaphroditi v. polygami v. dioici 4–5 meri. Calyx lobis 4–5 valvatis. Petala + v. –, inconspicua calycis lobis alterna. Stamina 4–5 petala opposita et sæpe inclusa. Antheræ 2–loculares introrsæ. Discus perigynus v. crassus et tubum calycis implens v. cupularis simplex v. lobatus. Ovarium sessile interdum disco immersum 2–4 loculare. Stylus simplex v. 2–4 fidus. Stigma capitatum v. oblongum v. punctatum. Fructus capsularis v. drupaceus interdum eximie carnosus 1–4 locularis. Semina in loculis solitaria compressa v. ovoidea albuminosa v. rarissime exalbuminosa. Cotyledones planæ v. curvæ. Radicula infra. —— Circ. 48 genera et 650 species in regionibus temperatis et tropicis adsunt. Inter eas 7 genera et 13 species in Corea nascent.

Conspectus generum.

（乙）　各屬各種ノ記載並ニ圖解

第一屬　はまなつめ屬

　　直立又ハ横臥ノ灌木、葉ハ互生單葉三脉アリ、托葉ハ刺トナル、花ハ葉腋ニ集合ス。蕚ハ五裂シ蕚筒ハ倒圓錐形、蕚片ハ外ニ反リ卵形又ハ三角形ニシテ內面中央ニ高マリアリ。花瓣ハ五個小ニシテ下方ニ反ル、花托ハ蕚筒ニ充ツ。雄蕋ハ五個花瓣ニ包マル、コト、其レヨリ長ク抽出スルコト、アリ花糸ノ基部ハ花瓣ニ癒着シ無毛ナリ。　子房ハ花托中ニ埋マリ三室。花柱短ク柱頭ハ三裂ス。果實ハ堅ク半球形又ハ短キ半球形ニシテ上端ノ邊緣ハ翼狀ニ出ヅルコトアリ。　核ハ三室、　三個ノ種子ヲ有ス。種子ハ倒卵形、扁平、種皮ハ硬ク、胚乳アリ、子葉ハ扁平ナリ。

　　歐亞大陸ノ溫帶ト熱帶トニアリテ六種アリ。朝鮮ニハ一種濟州島ニアルノミ。

　Gn. 1.　**Paliurus,**　(*Dod.*) *Tournef.* Instit. Rei Herb. I. (1700) p. 616 III. t. 387. *Miller* The Gardeners Dictionary ed. IV (1754) Vol. III. Pa. *Juss.* Gen. Pl. p. 380. *Link* Enum. I. (1821) p. 229. *DC.* Prodr. II. (1825) p. 22. *Endl.* Gen. Pl. (1836–40) p. 1095 n. 5716. *Benth.* et *Hook.* Gen. Pl. I. i. (1862) p. 375. *Weberb.* in *Engl.* Nat. Pflanzenf. III. 5. (1895) p. 401. *Schneid.* Illus. Handb. II. (1909). p. 260.

　Rhamnus, *L.* Gen. Pl. (1737) p. 265 p.p.

　Aspidocarpus, *Necker* Elementa Bot. II. p. 123.

　Aubletia, *Lour.* Fl. Coch. (1790) p. 283.

　Zizyphus, *Willd.* Sp. Pl. I. 2. (1797) p. 1102 p. p. *Link.* Enum. I. (1821) p. 229 p.p. *DC.* Prodr. II. p. 19 p.p.

　Frutex erectus v. decumbens.　Folia alterna simplicia trinervia, stipulis aculeatis.　Flores axillari-fasciculati v. cymosi.　Calyx 5–fidus, tubo obconico, lobis patentibus ovatis v. triangularibus.　Petala 5 parva. Discus calycis tubum implens.　Stamina 5 petalis inclusa v. exerta basi petalis adnata glabra.　Ovarium disco subimmersum 3–loculare. Stylus brevis.　Stigma 3–fidum.　Fructus coriaceus hemisphæricus v. depresso-hemisphæricus superne margine expansus.　Putamen lignosum 3–loculare et 3–spermum.　Semen compressum obovatum, testa crustacea, albuminosum.　Cotyledon planus.

Species 6 in temperatis regionibus Eurasiæ, inter eas unica in Quelpært adest.

は ま な つ め

(第 一 圖)

高サ二三米突ノ灌木分岐多シ、若枝ニハ褐毛生ズ。葉ハ落葉性ニシテ短カキ葉柄ヲ具ヘ始メ摺合狀ニシテ倒卵形又ハ圓形又ハ廣卵圓形、三脈ヲ具ヘ邊緣ニハ波狀ノ小鋸齒アリ、先端ハ丸ク、基脚ハ截形又ハ圓形又ハトガル。表面ハ綠色無毛光澤アリ、下面ハ色淡ク無毛又ハ少シク褐毛アリ、但シ若キ時ニハ裏面一面ニ淡褐毛アリ。葉脈ハ葉ノ裏面ニテ高マリ表面ニテハ凹ム、葉柄ニ毛アリ、托葉ハ刺狀ニシテ硬シ。花ハ雌雄同株、雌花雄花共ニ殆ンド同形ニシテ唯雄花ノ子房少シク小ナルノミ、葉腋ニ短縮セル聚繖花序ヲナス、蕚ハ淺ク外面ニ毛多ク蕚片ハ三角形ナリ。花瓣ハ小ニシテ下方ニ下垂ス、雄蕋ハ花瓣ヨリ少シク短ク萼ハ卵形、花托ハ著大ニシテ蕚ヲ全ク充シ五裂ス。子房ハ花托ニ埋マリ三室。柱頭三個。果實ニ毛アリ、半圓形。三溝アリ先端平ニシテ三叉ス。

濟州島旌義郡ニ稀ニ生ズ。

（分布） 支那ノ中部、臺灣、四國、本島ノ南部。

1. **Paliurus ramosissimus**, *(Lour.) Poiret*

in *Lamarck* Encycl. Suppl. IV. (1816) p. 262. *Forbes et Hemsl.* in Journ. Linn. Soc. XXIII. (1886) p. 126. *Weberbauer* in *Engl*. Nat. Pflanzenf. III. 5. (1895) p. 401. *Pritzel* in *Engl*. Bot. Jahrb. XXIX. (1900) p. 457. *Matsum.* et *Hayata* Enum. Pl. Form. p. 86. *Schneid.* Illus. Handb. II. (1912) p. 1030 et Pl. Wils. II. 2. (1914) p. 210. *Nakai* Rep. Veg. Isl· Quelp. (1914) p. 62 n. 867.

Aubletia ramosissima, *Lour.* Fl. Coch. (1790) p. 283.

Paliurus Aubletia, *Schult.* in *Ræm.* et *Schult.* Syst. Veg. V. (1819) p. 343. *DC*. Prodr. II. p. 22. *Miq.* Prol. Fl. Jap. p. 218. *Fran.* et *Sav.* Enum. Pl. Jap. I. p. 81. *Maxim.* Rham. p. 2. n. 2.

P. Aubletii, *Benth*. Fl. Hongk. (1861) p. 66.

Frutex usque 2–3 metralis ramosissimus. Rami juveniles dense fusco-pilosi. Folia decidua petiolata falcata, obovata v. rotundata v. late rotundato-ovata trinervia crenato-serrulata, apice obtusa basi truncata.v.

rotundata v. acuta, supra viridia glabra nitida, infra pallida glabra v. initio
fusco-tomentosa, nervis elevatis v. pilosulis, petiolis velutinis. Stipulæ
aculeatæ rigidæ. Flores monoeci cymosi sed eximie contracti, calyce
pelviforme pubescente, lobis calycis triangularibus, petalis cucullatis fere
calycis lobis æquilongis cum staminibus reflexo-dependentibus, staminibus
5 petalis leviter brevioribus antheris ovatis. Discus magnus calycem toto
implens 5-lobatus. Ovarium disco immersum 3-loculare. Stigma 3-fidum.
Fructus calyce persistente suffultus pubescens hemisphæricus 3-sulcatus
apice planus et 3-lobatus.

Nom. Jap. Hama-natsume.

Hab. in silvis Quelpært rara.

Distr. China media, Formosa, Shikoku et Hondo austr.

第二屬　なつめ屬

灌木又ハ喬木、根ヨリ新芽ヲ出スヲ常トス。葉ハ互生單葉三乃至五脈
アリ、枝ニ沿ヒテ左右ニ排列シ全緣又ハ鋸齒アリ、葉柄アリ、托葉ハ鈎
狀ヲナス、聚繖花序ハ短縮シ葉腋ニ生ズ、花ハ小ニシテ萼ハ五裂シ萼筒
ハ廣倒圓錐形、萼片ハ三角形又ハ帶卵三角形、花時外方ニ反リ內面ノ中
央突起ス、花瓣ハ小ニシテ萼片ト交互ニ出ヅ、花托ハ萼筒ヲ充シ五角ナ
リ、雄蕊ハ五個、花瓣ト相對ス。　子房ハ花托中ニ埋マリ、二乃至四室、
花柱ハ二乃至三個外曲ス。果實ハ多肉ニシテ球形又ハ橢圓形又ハ卵形又
ハ倒卵形食用トナルモノ多シ、種子ハ硬キ內果皮ニ包マル、胚乳アルモ
ノトナキモノトアリ。

世界ニ約四十種アリ、特ニ東印度馬來地方ニ多種ナリ、其中一種朝鮮
ニ自生ス。

Gn. 2. **Zizyphus**, (*Dod.*) *Tournef.* Instit. Rei Herb. I. (1700) p. 627.
III. t. 403. *Miller* Gardeners Dict. ed. IV. Vol. III. Zi. *Juss.* Gen. Pl. p.
380. *Link.* Enum. I. p. 229. p.p. *DC.* Prodr. II. p. 19. p.p. *Endl.* Gen.
Pl. p. 1096 n. 5717. *Benth. et Hook.* Gen. Pl. I. p. 375. *Weberb.* in *Engl.*
Prantl. Nat. Pflanzenf. III. 5. p. 401. *Schneid.* Illus. Handb. II. p. 261.

Rhamnus, *L.* Gen. Pl. (1737) p. 265 p.p.

Frutex v. arbor cum radice exqua innovationes evolutæ propagit. Folia
alterna simplicia 3-5 nervia subdisticha integra v. serrata petiolata,
Stipulæ uncinatæ rigidæ. Cymæ axillares breves paucifloræ. Flores parvi.

Calyx 5-fidus tubo late obconico, lobis triangularibus v. ovato-triangularibus acutis patentibus intus carinatis. Petala parva cucullata. Discus calycem implens planus 5-gonus. Stamina 5 petala opposita et inclusa v. exerta. Ovarium disco immersum basi confluens 2–4 loculare. Styli 2–3 divergentes. Drupa carnosa globosa v. elliptica v. ovata sæpe edulis. Putamen osseum 1–4 loculare 1–4 spermum. Semina plano-convexa albuminosa v. exalbuminosa.

Species circ. 40 fere tota orbe præcipue Indo-Malaya incola. Inter eas unica in Corea sponte nascit.

2. さねぶとなつめ タイチョナム(平南)

(第 二 圖)

本種ハ栽培棗ノ原種ニシテ古來果實ヲ藥用ニス、東京小石川ノ理科大學植物園ニ小石川御藥園當時朝鮮ヨリ移セシモノアリ、今ハ朝鮮全道何所ニモ見得ザル程ノ大木トナリ居レリ。

通例灌木（但シ植物園ニアルモノヨリスレバ高サ七米突ニモ達シ得ベシ）、分岐多シ、樹皮ハ灰色ニシテ不規則ニ缺刻ス、小枝ハ通例數本宛叢生ス。托葉ハ若枝ニテハ針狀ヲナセドモ老木ノ枝ニテハ之ヲ缺ク、葉ハ枝ニ沿ヒテ殆ンド左右ニ相並ビ葉柄短ク無毛ナレドモ若葉ニテハ葉脈ニ微毛アルアリ、三脈アリ、基脚丸キカ又ハ截形又ハヤ、灣入シ、先端ハ丸キカ又ハ少シク凹ミ邊緣ハ波狀ニ小鋸齒アリ、卵形又ハ長卵形又ハ廣卵形、中肋ノ左右ハ其大サヲ異ニス、聚繖花序ハ葉腋ニ生ジ極メテ短縮セリ、花ハ無毛ノ短キ花梗ヲ具フ。萼筒ハ淺ク、萼片ハ帶卵三角形、蕾ニテハ鑷合狀ニ排列シ花時外方ニ反リ內面ノ中央高マル、花瓣ハ小ニシテ萼片ト交互ニ生ズ、雄蕋ハ五個花瓣ト相對シ旦少シク其ヨリ長ク毛ナシ、花托ハ淺ク十個ノ灣入アリ、子房ハ無毛ニシテ花托中ニ埋マル、花柱ハ二叉ス。子房ハ二室稀ニ一室又ハ三室、果實ハ丸ク又ハ卵形又ハ倒卵形。

平安南道、京畿道、濟州島等ニ其自生アリ。

棗、なつめ、｛テチュー(濟州島)、タイジュナム(京畿、咸南、平南、江原)｝(第三圖)ハ支那人ガさねぶとなつめヲ改良セシ品種ニシテ早ク朝鮮ニモ輸入シ今ハ至ル所ニ栽培シ就中忠淸北道ハ其產地トシテ有名ナリ。古クヨリ栽培スルト其根ヨリ發芽シテ繁殖スルニ依リ、村落附近ノ山野ニ自生狀態ニアルモノアリ。

2. **Zizyphus sativa,** *Gærtn.* var. **spinosa** *(Bunge) Schneider.*

Illus. Handb. Laubholzk. II (1909) p. 261.

Z. vulgaris, *Lam.* v. spinosa, *Bunge* Enum. Pl. Chin. bor. (1832) p. 14. n. 81. *Maxim.* Rham. p. 3. Fl. Mong. p. 136. Pl. Chin. p. 99. *Nakai* Chosen-shokubutsu Vol. I. (1914) p. 214 n. 280 f. 255.

Frutex v. arbor usque 7 metralis ramosissimus. Cortex trunci griseus irregulariter fissus. Rami patentes sæpe fasciculati. Stipulæ in ramis rosulatis aculeatæ rigidæ rectæ, in adultis nullæ. Folia fere disticha breviter petiolata glabra sed in juvenilibus interdum subtus secus venas tantum pilosis, trinervia basi rotundata v. truncata v. subcordata, apice obtusa v. retusa crenato-serrulata, ovata v. ovato-lanceolata v. late ovata inæqualia. Cyma axillari-contracta. Flores pedicellis glabris abbreviatis. Calycis tubi pelviformes, lobi ovato-triangulares valvati, intus carinati apice minute ciliati. Petala parva sepalis alterna. Stamina 5 petala opposita et leviter · superantia glaberrima. Discus crenato-10-lobatus. Ovarium glabrum disco immersum. Styli bifidum. Ovarium 2 (1-3) loculare. Fructus globosus v. ovatus v. obovatus.

Nom. Jap. Sanebuto-natsume.

Nom. Cor. Taicho-nam.

Hab. in Corea media et septentrionali nec non in Quelpaert.

var. **inermis,** *(Bunge) Schneid.* Illus. Handb. II. (1909) p. 261 et Pl. Wils. II. 2. (1914) p. 212.

Zizyphus sativa, *Gærtn.* Fruct. et Sem. I. (1788) p. 202.

Z. vulgaris, *Lam.* Encycl. III. (1789) p. 316. *DC.* Prodr. II. (1825) p. 19. *Weberb.* in *Engl.* Prantl. Nat. Pflanzenf. III 5 (1895) p. 402.

Rhamnus Zizyphus, *L.* Sp. Pl. (1753) p. 194. *Houtt.* Pflanzensyst. III. (1773) p. 254. *Pers.* Syn. Pl. I. (1805) p. 240.

Zizyphus vulgaris, *Lam.* v. inermis, *Bunge* Enum. Pl. China bor. (1832). p. 14 n. 81. *Fran.* et *Sav.* Enum. Pl. Jap. I. p. 81. *Maxim.* Rham. p. 3. Fl. Mong. p. 136. Pl. Chin. p. 99. *Nakai* Fl. Kor. I. (1909) p. 128.

Rami innovationes e radice evolventes sæpe aculeati. Aculei parvi aciculares v. plani sæpe recurvi. Fructus major ellipticus v. ovato-ellipticus.

Nom. Jap. Natsume.

Nom. Cor. Techu (Quelpært). Tai-ju-nam (Corea).

In hortis vulgo colitur et interdum elapsa et subspontanea.

Distr. China.

第三屬　けんぽなし 屬

分岐多キ喬木、樹膚ハ灰褐色、　葉ハ單葉、　互生、　落葉性、　葉柄アリ、
托葉ハ小ニシテ早落性、　花ハ枝ノ先端ニ生ジ、　聚繖花序ヲナス、兩全、
果梗ハ肥厚シ食シ得。蕚ハ五裂シ蕚筒ハ半球形、蕚片ハ帶卵三角形、花
瓣ハ五個小、雄蕋ハ五個花瓣ニ相對シ且其ニ包マル。花托ハ三叉シ毛ア
リ、子房ハ花托ニ埋マリ無毛、花柱ハ先端三叉ス、果寶ハ裂開セズ三室。
種子ハ子房ノ各室ニ一個宛アリ黑色ニシテ光澤ニ富ミ胚乳アリ。

世界ニ二種アリ、其中一種半島ノ中部以南並ニ欝陵島ニ產ス。

Gn. 3. **Hovenia**, *Thunb.* Fl. Jap. (1784) p. 101. *DC.* Prodr. II.
(1825) p. 40. *Endl.* Gen. Pl. p. 1096 n. 5721. *Benth.* et *Hook.* Gen.
Pl. I. p. 378.　*A. Weberb.* in *Engl. Prantl* Nat. Pflanzenf. III. 5. p. 412.
Schneid. Illus. Handb. II. p. 290.

Arbor ramosa.　Cortex trunci cinereo-fuscus.　Folia simplicia subtriner-
via alterna decidua petiolata.　Stipulæ minutæ caducæ.　Flores cymoso-
paniculati densi pedicellati hermaphroditi.　Rami inflorescentiæ in maturi-
tate carnosi edules.　Calyx 5-fidus, tubo turbinato-hemisphærico, lobis
ovato-triangularibus.　Petala 5 cucullata parva.　Stamina 5 petala opposita
et inclusa.　Discus 5-lobus hirtellus.　Ovarium immersum glabrum.
Styli apice 3-fidi.　Fructus indehiscens 3-loculatus.　Semen in loculis 1
lævum nitidum atro-castaneum albuminosum.

Species 2 in Japonia, Korea, China et Himalaya incolæ.　Inter eas unica
in insula Ooryongto et Corea media et austr. nascit.

3.　けんぽなし　ポリケナム（欝陵島）
（第四圖）

喬木、高サ十五米突、幹ノ直徑一米ニ達スルモノアリ、樹皮ハ帶褐灰
色縱ニ不規則ニ裂ク、若枝ハ無毛ニシテ稍赤味ヲ帶ブ、葉ハ互生、葉柄
ハ赤味ヲ帶ブルヲ常トス。葉身ハ卵形又ハ長卵形鋸齒ハ先端丸ク內曲シ
腺狀ナリ。花ハ枝ノ先端ニアリテ複聚繖花序ヲナス、花序ハ大形ナリ、
花ハ兩性又ハ雄花ヲ交フ、但シ兩全花ト雄花トハ外觀上大差ナシ、蕚ハ

無毛ニシテ萼片ハ帶卵三角形ニシテ外方ニ反リ兩面中央ハ縱ニ高マル而シテ花後脱落ス、花瓣ハ内ニ卷キ各一個ノ雄蕊ヲ包ミ最初ハ直立スレドモ後雄蕊ト共ニ下方ニ反ル。花托ハ輪狀ニシテ長キ疎毛アリ、子房ハ無毛、花柱ハ一個先端二叉ス、果梗ハ多肉トナリ食用ニ供シ得レドモ小果梗ハ多肉ナラス、果實ハ丸ク中ニ光澤アル平タキ種子ヲ藏ス。

江原、京畿、忠南、全南並ニ欝陵島ニ産ス、現時花ヲ附クル木ナキ故花並ニ果實ノ記載ハ内地産ノモノニテナシタリ。

（分布）本島、四國、九州、支那中部、臺灣。

3. Hovenia dulcis, *Thunb. α* glabra. *Makino*

in Tokyo Bot. Mag. XXVIII (1914) p. 155.

H. dulcis, *Thunb.* Fl. Jap. (1784) p. 101. *Pers.* Syn. I. (1805) p. 244. *DC.* Prodr. II. (1825) p. 40. *Sieb.* et *Zucc.* Fl. Jap. I. p. 135 t. 73-4 *Miq.* Prol. Fl. Jap. p. 220. *Maxim.* Rham. p. 20 n. 18. Pl. Chin. p. 100. *Fran.* et *Sav.* Enum. Pl. Jap. I. p. 82. *Schneid.* Illus. Handb. II. p. 291. f. 200.

Arbor usque 15 metralis, trunco diametro usque 1 m. Cortex fusco-cinereus. Ramus juvenilis glaber rubescenti-viridis. Folia alterna longe petiolata, ovata v. oblongo-ovata glandulosa obtuse incurvato-serrata, glabra apice acuta basi obtusa v. mucronata v. subtruncata. Inflorescentia terminalis cymoso-paniculata ampla. Flores hermaphroditi v. polygami. Calyx glaberrimus, lobis ovato-triangularibus reflexis intus carinatis demum deciduis. Petala cucullata stamina amplecta demum cum staminibus recurva. Discus annularis hirtellus. Ovarium glaberrimum. Stylus apice bifidus. Pedunculi fructiferi carnosi edules. Pedicelli non carnosi. Drupa globosa. Semina nitita.

Nom. Jap. Kempo-nashi.

Nom. Cor. Porike-nam.

Hab. in insula Ooryongto et Corea media et austr.

Distr. China, Formosa, Hondo, Shikoku et Kiusiu.

第四屬 ねこのちち屬

灌木又ハ小喬木分岐多シ。葉ハ互生葉柄アリ。單葉、鋸齒アリ、托葉ハ小ニシテ脱落ス、花ハ葉腋ニアリテ短縮セル聚繖花序ヲナス、萼片五

個、花瓣五個、雄蕋五個、子房ハ萼ト離レ二室、胚珠ハ各室一個、花柱ハ短カク先端二叉ス、果實ハ圓筒狀ニシテ中ニ一個ノ種子ヲ藏ス。種子ニ胚乳アリ。

東亞産ニシテ六種アリ。其ノ中一種朝鮮ニ産ス。

Gn. 4. **Rhamnella**, *Miq.* in Ann. Mus. Bot. Lugd. Bat. III. (1867) p. 30. *A. Weberb.* in *Engl. Prantl.* Nat. Pflanzenf. III. 5. (1895) p. 406. *Schneid.* Illus. Handb. Laubholzk. II. (1909) p. 263.

Microrhamnus. (non *A. Gray*) *Maxim.* Rham. (1866) p. 4.

Frutex v. arborea ramosus. Folia alterna petiolata simplicia serrata. Stipulæ minutæ caducæ. Flores cymosi axillari-contracti. Calycis lobi 5 ovati. Petala cucullata 5. Stamina 5 inclusa. Ovarium calyce liberum 2-loculare. Ovula in loculis 1. Styli breves 2-fidi. Fructus ellipticus 1-spermus. Semen albuminosum.

Species 6 in Asia orientali nascent, inter eas unica in Corea adest.

4. **ねこのちち**、マッケナム、カマグィマッケ、カマグイピヲゲ（濟州島）

（第五圖）

灌木ニシテ高サ五米突許分岐多シ。若枝ニハ白キ皮目多數アリ。落葉性。葉ハ長倒卵形又ハ長橢圓形、先端トガリ邊緣ノ鋸齒ハ稍上方ニ向フ。表面ハ綠色ニシテ稍光澤アリ、裏面ハ淡綠ニシテ葉脈上ニノミ毛アリ、基脚ハ丸ク又ハ截形、側脈ハ兩側ニ五本乃至十本アリテ凹ミ葉邊ニ近ヅキテ先方ニ曲ル、花ハ兩性綠黃色、短カキ聚繖花序ヲナス、萼片ハ三角形ニシテ内面ノ中央高マル、花瓣ハ小、雄蕋五個ニシテ花瓣ニ包マル。花托ハ萼筒ニ附着シ其裏打ヲス。果實ハ圓筒狀、成熟スレバ紅橙色トナル。

濟州島並ニ全羅道ニ産ス。

（分布） 支那中部、九州、四國、琉球大島、本島ノ西部、

4. **Rhamnella frangulioides,** *(Maxim.) Weberbauer*

in *Engl. Prantl.* Nat. Pflanzenf. III. 5. (1895) p. 406. *Schneid.* Illus. Handb. II. (1909) p. 263 fig. 183 h-i et Pl. Wils. II. 2. (1914) p. 225. *Nakai* Veg. Isl. Quelp. (1914) p. 62 n. 868.

Microrhamnus frangulioides, *Maxim.* Rham. (1866) p. 4 t. I. f. 15-23.

Rhamnella japonica, *Miq.* in Ann. Mus. Bot. Lugd. Bat. III. (1867) p. 30 et Prol. Fl. Jap. p. 218. *Fran.* et *Sav.* Enum. Pl. Jap. I. p. 81.

Microrhamnus Taquetii, *Lévl.* in *Fedde* Rep. (1910) p. 284.

Frutex usque 5–metralis altus ramosus. Rami lenticellis crebri punctati. Folia decidua oblongo-obovata v. oblongo-elliptica apice cuspidata v. attenuata margine serrulata, serrulis supinis, supra viridia luciduscula subtus pallida sed secus venas pilosa, basi rotundata v. truncata, venis lateralibus utrinque 5–10 impressis, et circa marginem antrorsum curvatis. Flores hermaphroditi viridescenti-flavidi. Calycis lobi triangulari-ovati intus carinati. Petala parva cucullata. Stamina 5 inclusa. Discus tubo calycis adnatus. Fructus ellipticus v. tubuloso-ellipticus maturitate rubro aurantiacus (non niger).

Nom. Jap. Nekono-chichi.

Nom. Quelp. Makke-nam, Kamagui-makke v. Kamagui-pioge.

Hab. in Quelpart et Corea austr.

Distr. China, Kiusiu, Amami-Oshima, Shikoku et Hondo occid.

第五屬　くろうめもどき屬

灌木又ハ小喬木、葉ハ互生常綠又ハ落葉性、葉柄アリ、鋸齒アルモノト全緣ノモノトアリ、托葉ハ早落性、稀ニ永存ス、花ハ葉腋ニ一個乃至二三個宛生ジ又ハ總狀花序ヲナス、萼ハ四（稀ニ五）裂シ裂片ハ鑷合狀ニ排列ス、花瓣ハ萼片ト交互ニ出デ小形ナリ、雄蕋ハ四（稀ニ五）個ニシテ花瓣ニ相對シ多クハ花瓣ニ包マル、但シ雌花ニアリテハ花瓣ナク雄蕋ハ葯ヲ有セズ、花托ハ萼ニ附着シ其裏ウチヲナス、子房ハ萼ヨリ離レ二乃至四室、花柱ハ二乃至四裂シ柱頭ヤ、長シ、胚珠ハ各室ニ一個、果實ハ漿果樣ニシテ內ニ一個乃至四個ノ種子アリ、種子ハ背面ニ溝アリテ胚乳ヲ有ス、子葉ハ彎曲シ發芽ニ際シ地上ニ出デ葉狀トナル。

世界ニ約七十種アリ特ニ北半球ノ溫帶ニ多シ、其中朝鮮ニ六種アリ即チ左ノ如シ。

$$3 \begin{cases} \text{花梗ニ毛ナク長サ一乃至二珊、葉ハ長倒卵形又ハ楕圓形又ハ廣倒披} \\ \quad \text{針形ニシテ無毛又ハ微毛アリ、核ノ孔ハ楕圓形} \cdots\cdots\cdots\cdots\cdots\cdots\cdots\cdots \\ \quad\quad\quad\quad\quad\quad\quad\quad\quad\quad\quad\quad\quad\quad\quad \text{やぶくろうめもどき} \\ \text{花梗ニ毛多ク長サ半乃至一珊、葉ハ卵形又ハ倒卵形又ハ丸ク往々長} \\ \quad \text{倒卵形毛多シ、核ノ孔ハ狹シ} \cdots\cdots\cdots\cdots \text{まるばくろうめもどき} \end{cases}$$

$$4 \begin{cases} \text{核ニ孔ナク、平タキ半球形ニシテ背面ニ邊緣ニ沿ヒテ溝アリ} \cdots 5 \\ \text{核ニ孔アリ} \cdots\cdots\cdots\cdots\cdots\cdots\cdots\cdots\cdots\cdots\cdots\cdots 6 \end{cases}$$

$$5 \begin{cases} \text{葉ハ長楕圓形又ハ廣倒披針形} \cdots\cdots\cdots\cdots \text{てうせんくろつばら} \\ \text{葉ハ披針形又ハ狹披針形又ハ狹倒披針形} \cdots\cdots\cdots \text{くろつばら} \end{cases}$$

$$6 \begin{cases} \text{核ハ腹面中央ニ開口アリ、葉ハ狹倒披針形又ハ倒披針形、果實ハ倒} \\ \quad \text{卵形} \cdots\cdots\cdots\cdots\cdots\cdots \text{ながみのくろつばら} \\ \text{核ハ腹面ノ基部ニ近ク開口アリ花梗ニ毛ナシ} \cdots\cdots\cdots 7 \end{cases}$$

$$7 \begin{cases} \text{葉ハ深綠色ニシテ密ニ排列シ、花梗ハ長サ五乃至八糎} \cdots\cdots\cdots \\ \quad\quad\quad\quad\cdots\cdots\cdots\cdots\cdots\cdots \text{いはくろうめもどき} \\ \text{葉ハ綠色ニシテ稍大形、花梗ハ長サ七乃至十糎} \cdots\cdots\cdots \\ \quad\quad\quad\quad\cdots\cdots\cdots\cdots\cdots\cdots \text{やまくろうめもどき} \end{cases}$$

Gn. 5. **Rhamnus,** (*Diosc.*) *Tournef.* Instit. Rei Herb. I. (1700) p. 593 III. t. 366. *Linné* Gen. Pl, (1737) n. 265 p. p. *Miller* Gard. Dict. ed. IV. (1754). Vol. III. Rh. *Juss.* Gen. Pl. (1774) p. 380 p. p. *Houtt.* Pflanzensyst. III. (1773) p. 229 p. p. *Willd.* Sp. Pl. I. 2. (1797) p. 1092 p. p. *Pers.* Syn. Pl. I. (1805) p. 238 excl. Zizyphus, Paliurus et nonn. sp. Rham. *DC.* Prodr. II. (1825) p. 23 excl. Frangula et syn. Marcorella. *Endl.* Gen. Pl. p. 1097 n. 5722 excl. Frangula. *Benth.* et *Hook* Gen. Pl. I. p. 377 excl. Frangula. *Weberb.* in *Engl. Prantl* Nat. Pflanzenf. III. 5. p. 409 excl. Frangula et syn. Sciadophila. *Schneid.* Illus. Handb. II. p. 263 excl. Frangula.

Alaternus, *Tournef.* l. c. p. 595 t. 366. Miller l. c. I. Al.

Cardiolepis, *Rafinesque* Caratteri nuovi generi (1810). n. 2.

Cervispina, *Dillenius* Nov. Gen. t. 8. *Moench.* Methodus (1794) p. 686.

Frutex v. arborea. Folia alterna sempervirentia v. decidua petiolata serrata v. integra. Stipullæ deciduæ. Flores dioici axillari-solitarii v. fasciculati v. racemosi. Calyx 4 (5) fidus valvatus. Petala calycis lobis alterna cucullata in flore fæmineo O. Stamina 4 (5) petala opposita in flore fœmineo sterilia.Discus calycis tubo adnatus. Ovarium disco liberum, 2–4 loculare. Styli 2–4 fidi. Ovula in loculis solitaria. Drupa baccata 1–4 pyrena, pyrenis osseis indehiscentibus. Semina erecta testa lævi dorso sulcata albuminosa. Cotyledones margine recurvi sulcum seminis amplectentes, epigæi. Radicula infra.

Circ. 70 species maxime in regionibus temperatis boreali-hemisphæricæ adsunt, inter eas 6 in Corea sponte nascent.

1 { Folia alterna et si subopposita subtus velutina 2
    Folia opposita et si subopposita glabra. 4

2 { Folia parva obovata v. rotundata glabra, laminis 1–1·5 cm. longis.
      Pedicelli glabri 0·7–1 cm. longi......................R. Taquetii. *Lvl.*
    Folia majora vulgo 2 cm. excedentia 3

3 { Pedicelli glabri vulgo 1–2 cm. longi. Folia elongato-obovota v. elliptica
      v. late oblanceolata glabra v. pilosa. Porus pyrenæ oblongus. ......
      ....R. Schneideri, *Lévl.* et *Vnt.*
    Pedicelli pubescentes vulgo breves 0.5–1 cm. longi. Folia ovata v.
      obovata v. rotundata interdum oblongo-obovata pubescentia. Porus
      pyrenæ angustæ. ....R. koraiensis, *Schneid.*

4 { Pyrena sine pore compresso-hemisphærica dorso secus marginem
      sulcata.. 5
    Pyrena cum pore. 6

5 { Folia elongato-elliptica v. late oblanceolata............R. davurica, *Pall.*
    Folia lanceolata v. lineari-lanceolata v. lineari-oblanceolata..............
      ....R. davurica, Pall. v. nipponica, Makino.

6 { Pyrena medio pore aperta. Folia lineari-oblanceolata v. oblanceolata.
      Bacca obovata. .... R. shozyoensis, *Nakai.*
    Pyrena circa basin pore aperta. 7

7 { Folia viridissima densissima. Pedicelli glabri 0.5–0.8 mm. longi.
      .... R. parvifolia, *Bunge.*
    Folia viridia majora. Pedicelli glabri 0·7–1 cm. longi....................
      ....R. diamantiaca, *Nakai.*

5. やぶくろうめもどき、

（第六圖 a. c. d. e. f.）

雌雄異株ノ灌木分岐多シ。樹膚ハ灰褐色若枝ノ皮ハ綠色又ハ紅綠色無毛且光澤アリ、短枝ハ刺トナル、葉柄ハ無毛ニシテ長サ三乃至十五糎表面ニ溝アリ、葉身ハ廣倒披針形又ハ倒卵形兩端トガリ、綠色、表面ハ無毛又ハ始メ毛アルコトアルモ後無毛トナル。裏面ハ最初ヨリ無毛、邊緣ニハ波狀ノ小鋸齒アリ、側脈ハ面側ニ二乃至五本、長サ六珊幅二珊四（八珊八對四珊、二珊八對一珊、四珊六對二珊、三珊三對一珊半、三珊三對二珊七）、花ハ短枝ニ生ズ。（雄花）花梗ハ無毛長サ八乃至十二糎、萼筒ハ倒卵形又ハ倒圓錐形無毛長サ二糎、萼片ハ廣披針形又ハ披針形外方ニ反轉シ長サ三糎、花瓣ハ倒披針形ニシテ內卷シ長サ一糎雄蕋ハ花瓣ヨリ長ク葯ハ帶綠白色、雌蕋ハ退化シテ小花柱二個。（雌花）花梗ハ長サ十二乃至十七糎、萼筒ハ倒卵形、長サ二糎、萼片ハ披針形ニシテ反轉シ長サ三糎、無瓣、雄蕋ニ葯ナシ、子房ハ卵形、花柱ハ抽出シ先端二叉シ柱頭ハ反轉シ長味アリ、果實ハ倒卵形又ハ廣倒卵形無毛、果梗ノ長サ七乃至十八糎、核ハ基部ニ孔アリ。

朝鮮中部北部ニ產シ、朝鮮ノ特產品ナリ。

一種葉ノ表面ニ微毛アリ又若枝並ニ葉柄ニ微毛アルモノアリ、**まんしうくろうめもどき**（第六圖 b）ト云フ。智異山以北國境迄分布シ滿洲ニモアリ。

5. Rhamnus Schneideri, *Léveillé* et *Vaniot*.

in *Fedde* Rep. VI (1908) p. 265. *Nakai* Fl. Kor. II. (1911) p. 461. *Schneid*. Pl. Wils. II. 2. (1914) p. 251.

R. globosa, *Bunge* v. glabra, *Nakai* nom. nud. in Tokyo Bot. Mag. XXVII. (1913) p. 130 n. 81 et XXVIII (1914) p. 309 n. 78.

R. shozyoensis v. glabrata, *Nakai* nom. nud. l.c. n. 83.

R. glabra, *Nakai* in Tokyo Bot. Mag. XXXI (1917) p. 99.

Frutex dioicus romosissimus. Cortex rami cinereo-fuscus, ramorum hornotinorum viridescens v. rubro-viridis glaber sæpe lusidusculus. Ramus brevis sæpe spinescens. Folia petiolis glaberrimis 3–15 mm. longis supra canaliculatis, laminis late oblanceolatis v. obovatis utrinque acuminatis viridibus, supra glaberrimis v. sparsim pilosulis sed demum glabrescentibus, subtus ab initio glaberrimis, margine crenato-serrulatis, venis lateralibus utrinque 2–5, 6 cm. longis 2.4 cm. latis (8.8–4, 2.8–1.0, 4.6–2.0, 3.3–1.5, 3.3–2.7 etc.). Ramus florifer abbreviatus cum cicatrice foliorum vermicularis foliis rosulatis 3–4 terminatus. Flores fasciculati axillari 1–3. Flos masculus pedicello glaberrimo 8–12 mm. longo flavido-viride, calycis tubo obovato-turbinato v. obovato-obconico glaberrimo 2 mm. longo, lobis late lanceolatis v. lanceolatis reflexis 3 mm. longis, petalis oblanceolatis involutis 1 mm. longis, staminibus petala superantibus antheris viridescenti-albis, gynæcio abortivo incluso stylis 2. Flos fœmineus pedicello 12–17 mm. longo, calycis tubo obovato 2 mm. longo, lobis lanceolatis reflexis 3 mm. longis, apetalus, staminibus sine antheris linearibus 1 mm. longis, ovario ovoideo, stylis exertis 2-fidis, stigmate recurvo plano papilloso. Fructus obovoideus v. late obovoideus glaberrimus, pedicello glaberrimo 7–18 mm. longo. Pyrenæ basi ore oblongo-orbiculare apertæ.

Nom. Jap. Yabu-kuro-umemodoki.

Hab. in silvis et dumosis Koreæ mediæ et sept.

Planta endemica.

var. manshurica, *Nakai* nov. comb.

R. parvifolia, *Nakai* Fl. Kor. I. p. 125 p.p. II, p. 460 et Veg. m't. Chirisan p. 39 n. 313.

R. glabra v. manshurica, *Nakai* in Tokyo Bot. Mag. XXXI (1917) p. 99.

R. globosa, *Kom.* Fl. Mansh. III. (1907) p. 11 saltem pp.

Folia supra pilosula subtus glabra, rami hornotini et petioli adpresse pilosuli.

Nom. Jap. Manshu-kuro-umemodoki.

Hob. In peninsula Koreana.

Distr. Manshuria.

6. さいしうくろつばら

（第七圖）

雌雄異株、落葉性ノ灌木、高サ一米突許分枝多シ. 若枝ハ最初微毛アレドモ後無毛トナル、古枝ノ皮ハ光澤アリテ櫻ノ皮ノ如シ。葉ハ互生、倒卵形又ハ倒卵圓形長サ一乃至二珊、先端トガリ又ハ丸ク基部ハトガ

リ、側脈ハ兩側ニ四本、葉身ニ毛ナキカ又ハ葉脈ニノミ毛アリ、葉柄ハ
長サ一乃至五糎、無毛又ハ緣ニ沿ヒ微毛アリ、花ハ腋生、一個宛生ジ、
又ハ二個、花部ハ四數ヨリ成ル、（雄花）萼ハ披針形又ハ三角形ニテトガ
ル、花瓣ハ披針形、萼片ノ半程ノ長サアリ、雄蕋ヨリ少シク長シ、子房
ハ退化シテ極小、（雌花）不明、果實ハ倒卵球形、果梗ハ無毛ニシテ長サ
四乃至七糎、核ハ光澤アリテ基脚ハ縱ニ開ク、濟州島漢拏山標高千米突
以上ノ邊ニ生ジ稀ナリ、濟州島ノ特產ナリ。

6. Rhamnus Taquetii, *Léveillé*.

in *Fedde* Rep. (1912) p. 284. *Schneid.* in Pl. Wils. II. 2. (1914) p. 248.
Nakai Veg. Isl. Quelp. (1914) p. 62 n. 869.

　　R. globosa v. Taquetii, *Nakai* Chosenshokubutsu Vol. I. (1914) p. 213.

　　Prunus Taquetii, *Léveillé* in *Fedde* Rep, VII. (1909) p. 197. *Nakai* Fl.
Kor. II. p. 483.

　　Frutex dioicus 1 m. altus ramosissimus. Rami hornotini primo pilosi
demum glabrescentes, vetusti cortice lævi. Folia decidua alterna obovata
v. obovato-orbicularia 1–2 cm. longa apice acuta v. obtusa, basi acuta,
nervis lateralibus utrinque 4, glabra v. secus nervis adpresse pilosula,
petiolis 1–5 mm. longis glabris v. secus margine pilosis. Flores axillares
singuli v. bini tetrameri glabri tantum masculi nostris noti, sepalis lanceo-
latis triangularibus sensim acuminatis, receptaculo fere duplo longioribus,
petalis lanceolatis, sepalis fere duplo brevioribus, staminibus sublongioribus,
ovariis abortivis minimis. Fructus obovato-globosus, pedicellis glabris 4–7
mm. longis. Pyrena lævia basi ore longitudine aperta.

　　Nom. Jap. Saishu-kurotsubara.

　　Hab. in montibus Quelpært.

　　Planta endemica !

7. まるばくろうめもどき
（第八圖）

雌雄異株、落葉性ノ灌木、高サ一米突半許分岐多シ。短枝ハ刺トナル
コト多ク古枝ノ皮ハ光澤アリ、若枝ニハ密毛生ジ往々殆ンド無毛ナリ。
花ヲ附クル枝ハ短ク常ニ蟲狀ヲナス。葉ハ互生又ハ一部分對生トナルコ

アリ、葉身ハ丸キカ又ハ廣倒卵形又ハ帶卵圓形、先端急ニトガリ又ハ鈍形、基脚ハトガル。最初密毛生ズレトモ後ニハ葉ノ表面ハ無毛トナルコトアリ。側脈ハ兩側ニ各三本乃至五本、葉柄ハ長ク五乃至二十二糎アリ。花ハ葉腋ニ一個乃至三個宛生ズ。（雄花）花梗ノ長サ三乃至七糎多毛、萼筒ハ長倒卵形ニシテ萼片ト共ニ毛アリ、花瓣ハ小ニシテ雄蕋ヨリ短ク、子房ハ退花シ花柱ハ分岐セズ、（雌花）花梗ノ長サ三乃至七糎多毛。萼筒ハ倒卵形ニテシ萼片ト共ニ微毛アリ、子房ハ丸ク無毛、三又ハ二室。花柱ハ三又ハ二又ス、柱頭ハ反轉シ長味アリ、果實ハ丸キカ又ハ帶卵球形、種子一個乃至三個アリ、核ハ基脚ニテ開孔ス。

平安南北、咸南、江原、京畿、慶南、全南、莞島等ニ産シ朝鮮特産ナリ。

7. **Rhamnus koraiensis**, *Schneider.*

in Notizblatt Königl. Bot. Gart. Mus. Berlin-Dahlem (1908) p. 77 et Illus. Handb. II. (1909) p. 284 et Pl. Wils. II. 2. (1914) p. 249. *Nakai* Fl. Kor. II. p. 460.

R. globosa, (non *Bunge*) *Nakai* Fl. Kor. I. (1909) p. 126 et Veg. Isl. Wangto (1914) p. 10 et Chōsenshokubutsu Vol. I. (1914) p. 213 n. 279 f. 253.

Frutex usque 1.5 metralis ramosissimus. Rami sæpe spinescentes, vetusti lucidi, hornotini velutini interdum fere glabri, floriferi abbreviati vulgo vermiculares. Folia alterna v. partim opposita v. subopposita, rotundata v. late obovata v. ovato-rotundata, apice mucronata v. obtusa, basi acuta v. attenuata, primo supra velutina v. sparsim velutina, infra velutina v. cano-velutina sed demum supra sparsim pilosa v. glabra, infra fere glabra v. velutina, venis lateralibus utrinque 3–5, petiolis elongatis 5–22 mm. longis. Flores in axillis foliorum fasciculati 1–3. Flores ☿ pedicellis 3–7 mm. longis pubescentibus, calycis tubo elongato-obovato cum lobis oblongo-ovatis pilosis, petalis parvis cucullatis staminibus brevioribus, ovario abortivo, stylo indiviso. Flores ♀ pedicellis 3–7 mm. longis pubescentibus, calycis tubo obovato piloso, lobis lanceolatis 1.5–2 mm. longis extus ciliatis intus glabris et costatis. Ovarium globosum glabrum 3 v. 2-loculare. Styli 3 (–2) fidi. Stigma recurvatum papillosum.

oblongum. Fructus globosus v. obovato-globosus 1–3 pyrenis. Pyrena lucida basi pore elongato aperta.

Nom. Jap. Maruba-kuro-umemodoki.

Hab. in Peninsula Koreana et Archipelago.

Planta endemica !

8. ながみのくろつばら

（第 九 圖）

雌雄異株ノ灌木、分岐多シ、古枝ハ灰色ニシテ無毛、花枝ハ褐綠色ニシテ無毛、往々刺ト化ス。葉ハ對生狹長、狹披針形又ハ狹倒披針形又ハ倒披針形ニシテ兩端トガリ長サ九十四珊幅二十三珊（六十對十四、八十二對十八、五十五對十二、六十七對二十三、五十對二十一）、表面ハ無毛綠色、下面ハ無毛淡色、邊緣ニハ殆ンド基部迄小鋸齒アリ。葉柄ハ長サ六珊乃至十八珊無毛、托葉ハ殆ンド永存性ニシテ細ク長サ二乃至三糎半、未ダ花ヲ見ズ、果梗ハ無毛ニシテ長サ八糎、果實ハ倒卵形長サ十糎幅七糎、核二個ヲ有ス。核ハ腹面中央ニ開口アリ。

平安北道昌城附近ニ產ス。朝鮮特產ナリ。

8. Rhamnus shozyoensis, *Nakai*.

in Tokyo Bot. Mag. XXVII (1913) p. 130 nom. nud. et Chōsenshoku-butsu Vol. I. (1914) p. 212 et in Tokyo Bot. Mag. XXVIII. (1914) p. 309 n. 77.

Frutex dioicus ramosus. Rami vetusti cinerei glabri, hornotini glaber-rimi fusco-virides sæpe spinescentes. Folia opposita elongata lineari-lanceolata v. lineari-oblanceolata v. oblanceolata utrinque attenuata 96 mm. longa 23 mm. lata (60–14, 82–18, 55–12, 67–23, 50–21 etc.) supra viridia glabra, infra pallida glabra margine fere e basi minute obtuse denticulata, petiolis 6–18 mm. longis glabris. Stipulæ subpersistentes lineares 2–3.5 mm. longæ. Flores ignoti. Pedicelli fructiferi glabri 8 mm. longi. Fructus obovatus 10 mm. longus 7 mm. latus apice stylum mucronatum 2-pyrenis. Pyrena oblonga ventre medio pore elongato aperta.

Nom. Jap. Nagami-no-kurotsubara.

Hab. in Corea sept. circa Chang-syang.

Planta endemica !

9. やまくろうめもどき

(第 十 圖.)

雌雄異株、落葉性ノ灌木、分岐多シ、樹皮ハ黑色又ハ褐色光澤アリテ櫻ノ皮ノ如シ、短枝ニハ刺アルモノ多シ、葉ハ對生若枝ニアルハ卵形又ハ廣卵形往々圓卵形、先端ハ急ニ狹マリ且トガル、基脚ハ急ニトガル。葉柄ハ長サ四乃至十二糎、表面ハ中肋並ニ側脈ノ主脈ニ微毛アリ。裏面ハ無毛、側主脈ハ兩側ニ三乃至四本彎曲ス。幅十五糎長サ三十糎（三十二對四十五、三十六對五十、二十五對六十二、三十八對六十）、花枝ノ葉ハ披針形又ハ廣披針形兩端トガリ、又ハ先端トガル、未ダ花ヲ見ズ。果實ハ倒卵形、一個又ハ二個ノ核アリ。果梗ハ長サ七乃至十一糎、核ハ光澤アリテ基脚ニ丸キ開口アリ。

金剛山長淵里附近ノ叢林ニ生ズ。朝鮮特產ニシテ內地產ノくろうめもどきニ最近似ノ種ナリ。

9. **Rhamnus diamantiaca**, *Nakai*.

in Tokyo Bot. Mag. XXXI (1917) p. 18.

R. parvifolia, (non *Bunge*) *Nakai* Fl. Kor. I. (1909) p. 126 p. p.

Frutex dioicus 2 metralis ramosissimus. Cortex lucidus atrofuscus. Ramus sæpe spinescens glaberrimus. Folia opposita ramorum juvenilium ovata v. late ovata interdum rotundato-ovata apice subito contracta acuminata basi mucronata, petiolis 4–13 mm. longis supra canaliculatis ubi ciliatis, laminis supra secus costam et basin venarum primariarum pilosis, infra glabris, venis primariis utrinque 3–4 arcuatis, 15 mm latis 30 mm longis (32–45, 36–50, 25–62, 38–60 etc.). Folia ramorum floriferorum lanceolata v. late lanceolata utrinque acuminata sed apice interdum subito acuminato-obtusa. Flores ignoti. Fructus pendulus obovoideus, pyrenis 1–2, pedicellis 7–11 mm. longis apice incrassatis. Pyrena lucida pore rotundato-oblongo aperta.

Nom. Jap. Yama-kuro-umemodoki.

Hab. in Corea media : circa Chang-uön-ri.

Planta endemica !

10. いはくろうめもどき

（第十一圖）

雌雄異株ノ灌木ニシテ分岐多ク高サ二米突許ニ達ス、皮ハ光澤アリテ櫻ニ類ス、葉ハ對生、落葉性、無毛ニシテ深綠色、卵形又ハ橢圓形、表面ハ中肋ノミニ微毛アリテ深綠色、下面ハ無毛ニシテ淡綠色ナリ。先端ハトガリ又ハ丸ク、基脚ハトガル、側脈ハ兩側ニ三本又ハ四本、邊緣ニハ波狀ノ小鋸齒アリ。葉柄ノ長サ五乃至十七糎無毛又ハ微毛アリ、托葉ハ細ク半永存性ノモノアリ、長サ二乃至三糎、未ダ花ヲ見ズ、果梗ハ長サ五乃至六糎無毛、果實ハ球形又ハ卵球形一個又ハ二個ノ核アリ。核ハ光澤アリ、基部ニ丸キ開口アリ。

平安北道、咸鏡南道ノ北部ニ生ズ。

（分布） 滿洲、北支那、バイカル湖附近。

10. Rhamnus parvifolia, *Bunge.*

Enum. Pl. Chin. bor. (1832) p. 14 n. 82. *Maxim.* Rham. p. 16. *Forbes* et *Hemsl.* in Journ. Linn. Soc. XXIII. p. 129. *Fran.* Pl. Dav. p. 129. *Diels* in *Engl.* Bot. Jahrb. XXIX. p. 459. *Kom.* Fl. Mansh. III. p. 12. *Schneid.* Illus. Handb. II. (1909) p. 285 f. 192 i–l. et 196 x–y¹ et Pl. Wils. II. 2 (1914) p. 250.

R. polymorphus, *Turcz.* in Bull. Soc. Nat. Mosc. XV. (1842) p. 713.

R. virgatus var. sylvestris, *Max.* Rham. p. 13 f. 24–35. Pl. Chin. p. 100.

R. crenata (non *S.* et *Z.*) *Baker* et *Moore* in Journ. Linn. Soc. XVII. p. 380.

R. virgatus β. aprica, *Max.* Fl. Tang. p. 110. Rham. p. 14. *Korsch.* in Act. Hort. Petrop. XII. p. 321.

R. virgatus v. parvifolia, *Max.* Fl. Tang. n. 203. Pl. Chin. p. 100.

Frutex dioicus 2-metralis ramosissimus. Cortex lucidus textu corticis Cerasi. Rami glaberrimi. Folia opposita decidua viva viridissima glabra, ovata v. oblonga, supra præter costas adpresse ciliatas glabra viridissima v. atro-viridia, infra glaberrima viridia, apice attenuata et obtusa, basi cuspidata v. acuta, venis lateralibus utrinque 3–4, margine crenulato-serrulata. Petioli 5–17 mm. longi glabri v. sparsim ciliolati. Stipulæ subpersistentes lineares 2–3 mm. longæ. Flores mihi ignoti. Pedicelli

fructiferi 5–6 mm. longi glaberrimi.　Fructus globosus v. obovato-globosus
1–2 pyrenis.　Pyrena lucida basi ore oblongo aperta.

　　Nom. Jap. Iwa-kuro-umemodoki.

　　Hab. in rupibus Coreæ sept.

　　Distr. Manshuria, China et regio Transbaicalensis.

11.　てうせんくろつばら　カルマイナム、カルメナム（平北）

（第十二圖）

（挿圖二）

てうせんくろつばら Rhamnus davurica, Pall ノ自然狀態、

平安北道江界郡牙得嶺、

大正三年七月撮影、

　雌雄異株ノ灌木又ハ半喬木高キハ四乃至五米突ニ達ス。分岐多ク、短
枝ハ刺トナルコトアリ。古枝ハ灰色ヲ呈ス、若枝ハ綠色ニシテ無毛、托
葉ハ細ク早ク落ツ、葉ハ對生、葉柄ハ長サ十乃至四十糎、無毛又ハ微毛
アリ。葉身ハ廣倒披針形又ハ長倒披針形又ハ廣披針形又ハ披針形、無毛

又ハ裏面葉脈ニ沿ヒテ微毛アリ。長サ百〇二糎幅五十三糎（九十對四十
四、百〇三對五十二、百對五十八、四十五對二十五、百十五對三十、五
十八對十六）、表面ハ無毛又ハ葉脈ニ沿ヒテ微毛アリ。先端ハトガリ、
基脚ハ丸キカ又ハトガル。側脈ハ兩側ニ三本乃至五本、邊緣ニハ波狀ノ
小鋸齒アリ、花ハ腋生一個又ハ二個宛生ズ、（雄花）花梗ノ長サ五乃至六
糎無毛、萼筒ハ倒圓錐形長サ一半乃至二糎無毛、萼片ハ廣披針形長サ三
糎無毛、後脫落スルカ又ハ花ト共ニ落ツ、花瓣ハ細ク長サ一糎、雄蕋ハ
花瓣ヨリ長ク長サ二糎許、子房ハ退化ス、（雌花）花梗ハ無毛長サ五乃至
六糎、萼筒ハ椀狀無毛、萼片ハ廣披針形ニシテ反轉シ後脫落シ長サ二糎
許、無瓣、雄蕋ハ退化シテ葯ナシ、子房ハ丸ク花柱ハ抽出シ二叉ス、柱
頭ハ反轉シ長味アリ、果實ハ球形又ハ倒卵球形、核ハ一個又ハ二個、核
ノ背側方ニ溝アリ。

　京畿、黃海、平安南北、咸鏡南北道ニ產ス。

　（分布）　バイカル湖附近、滿洲、烏蘇利、黑龍江省、北支那。

　一種葉長ク倒披針形又ハ披針形ヲナスアリ。**くろつばら**（第十三圖）ト
云フ。半島至ル所ニ生ズ。

　（分布）　滿洲、本島北部。

11. **Rhamnus davurica,** *Pallas.*

　Reis. Russ. Reich. III. append. (1776) p. 721 et Fl. Ross. II. p. 24 t. 61.
Willd. Sp. Pl. I. 2. (1797) p. 1097. *DC.* Prodr. II. p. 25. *Ledeb.* Fl. Ross.
I. p. 502. *Maxim.* Prim. Fl. Amur. p. 76. *Regel* Tent. Fl. Uss. n. 122
pp. *Forbes et Hemsl.* in Journ. Linn. Soc. XXIII. p. 128. *Diels* in *Engl.*
Bot. Jahrb. XXIX. p. 459. *Kom.* Fl. Mansh. III. p. 9. p.p. *Nakai* Fl.
Kor. I. p. 125 II. p. 460 Chosenshokubutsu I. (1914) p. 211 n. 277 f. 251.
Schneid. Illus. Handb. II. p. 287. f. 192 m–p. et Pl. Wils. II. 2. (1914) p.
251.

　R. catharticus v. davuricus, *Maxim.* Rham. p. 9.

　Frutex v. arboreus dioicus usque 4–5 metralis ramosissimus. Rami
sæpe spinescentes vetusti cinerei, hornotini virides glabri. Stipulæ
deciduæ filiformes usque 7 mm. longæ. Folia opposita. Petioli glabri v.
pilosi 10–40 mm. longi. Lamina foliorum late oblanceolata v. oblongo-.
elliptica v. late lanceolata v. lanceolata glabra v. subtus secus venas pilosa

102 mm. longa 53 mm. lata (90–44, 103–52, 100–58, 45–25, 115–30, 58–16 etc.) supra glabra v. secus costas adpressissime ciliolata subtus pallida v. albescentia glabra v. secus venas pilosa, apice mucronata v. attenuata, basi rotundata v. acuta, venis lateralibus utrinque 3–5, margine crenulato-serrulata. Flores axillari 1–2. Flos masculus pedicello 5–6 mm. longo glabro. Calycis tubus turbinatus 1.5–2 mm. longus glaber, lobi late lanceolati 3 mm. longi glabri. Petala cucullata 1 mm. longa. Stamina petalis longiora 2 mm. longa. Ovarium abortivum. Flos fæmineus pedicello glabro 5–6 mm. longo glabro, calycis tubo pelviforme glabro, lobis late lanceolatis reflexis demum deciduis 2 mm. longis, petalis nullis, staminibus abortivis filiformibus 1 mm. longis, ovario globoso, stylis exertis bifidis, stigmate recurvo papilloso oblongo. Fructus globosus v. obovato-globosus 1–2 pyrenis usque 7–8 mm. longus. Pyrena depresso-hemis-phærica lucida dorsi-laterali 1–sulcata.

Nom. Jap. Chosen-kurotsubara.

Nom. Cor. Karumai-nam v. Kalme-nam.

Hab. in Corea media et sept. ubique.

Distr. Regio Transbaicalensis, Manshuria, Ussuri, Amur et China bor.

var. **nipponica**, *Makino* in Tokyo Bot. Mag. XVIII (1904) p. 98 *Nakai* Fl. Kor. I. p. 126. *Schneid*. Illus. Handb. II. (1909) p. 287. f. 197 q.

R. davurica, *Kom*. Fl. Mansh. III. p. 9. p.p.

Nom. Jap. Kurotsubara.

Hab. in peninsula Koreana ubique.

Distr. Manshuria et Hondo bor.

第六屬　いそのき屬

灌木分岐多シ、葉ハ互生單葉鋸齒アリ。葉柄ヲ具ヘ羽狀脈ヲ有ス、托葉アリ。花ハ聚繖花序ヲナシ又ハ減數シテ一個トナル。五數ヨリ成リ稀ニ四數ヲ混ジ兩全、花瓣ハアルモノトナキモノトアリ、子房ハ三乃至四室、花柱ハ單一、柱頭ハ三個乃至四個點狀又ハ頭狀、果實ハ漿果樣ニシテ中ニ二個乃至四個ノ核アリ。種子ニ胚乳アリ扁平ニシテ溝ナシ。子葉ハ平タク且厚ク發芽ニ際シテハ其儘土中ニテ腐ル。

世界ニ約二十種アリ。其中一種朝鮮ニ產ス。

Gn. 6. **Frangula,** (*Dod.*) *Tournef.* Instit. Rei·Herb. I. (1700) p. 612 III.
p. 383. *Miller* Gard. Dict. ed. IV. Vol. I. Fr. *Moench.* Method. suppl. **p.**
271. *A. Gray* Gen. Fl. Am. illus. (1848–9) t. 167.

Rhamnus, *L.* Sp. Pl. (1737) n. 265 p.p. *Juss.* Gen. Pl. (1774) p. 3ε0 **p.p.**
Willd. Sp. Pl. I. 2. (1797) p. 1092 p.p. *Pers.* Syn. Pl. I. (1805). p. 238 **p.p.**
Link Enum. Pl. Hort. Berol. I. p. 227. p.p.

Rhamnus sect. Frangula, (*Tournef.*) *J. Gray* Nat. Arrang. Brit. Pl. II.
(1821) p. 621. *DC* Prodr. II. (1825) p. 26. *Endl.* Gen. Pl. p. 1097.

Rhamnus subgn. Frangula, *Benth.* et *Hook.* Gen. Pl. I. p. 378. *Weberb.*
in *Engl. Prantl.* Nat. Pflanzenf. III. 5. p. 410. *Dipp.* Handb. II. (1892)
p. 527. *Schneid.* Illus. Handb. II. (1909) p. 264.

Frutex ramosus. Folia alterna simplicia serrulata petiolata penninervia
stipullata. Cyma axillaris pedunculata v. sessilis v. uniflora. Flores
pentameri rarius tetrameri hermaphroditi. Petala + v. −. Ovarium
3–4 loculare. Styli simplices. Stigma 3–4 punctatum v. capitatum. Raphe
lateralis. Drupa baccata pyrenis 2–4. Semen albuminosum compressum
non sulcatum. Cotyledon planus hypogæus.

Circ. 20 species precipue in regionibus temperatis boreali-hemisphæricæ
adsunt, inter eas unica in Corea est.

12. いそのき

（第十四圖）

雌雄同株落葉性ノ灌木、高サ三米突ニ達スルモノアリ。枝ハ最初短キ
絨毛ヲ有スレドモ後ニハ毛少ナクナリ、赤褐色ヲナシ小ナル皮目點在ス。
葉ハ互生長倒卵形又ハ長橢圓形、表面ハ綠色ニシテ毛ナク下面ハ短キ微
毛散生ス、側脈ハ兩側ニ六本乃至九本、邊緣ニ小ナル波狀ノ鋸齒アリ、
先端ハトガリ基脚ハ丸キカ又ハトガル、花ハ聚繖花序ヲナシ腋生、兩全
花ニシテ萼片ハ三角形、鑷合狀ニ排列シ微毛生シ萼全部トシテ脫落ス、
花瓣ハ小ニシテ雄蕊ヲ包ム、子房ハ丸ク、花柱ハ單一ニシテ脫落ス、柱
頭ハ三叉ス、子房ハ三室、果實ハ球形又ハ倒卵球形ニシテ二三本ノ溝ア
リ中ニ二三個ノ核ヲ有ス、核ハ倒卵形又ハ倒卵球形、種子ニ溝ナシ。
仁川ヨリ全羅南道ノ沿岸ニ至ル地方並ニ濟州島ニ產ス。
（分布） 本島、四國、九州、支那東部。

12. **Frangula crenata,** (*S.* et *Z.*) *Miquel.*

in Ann. Mus. Bot. Lugd. Bat. III. (1867) p. 32 et Prol. Fl. Jap. p. 220.

Rhamnus crenata, *Sieb.* et *Zucc.* in Abhandl. Acad. Münch. IV. 2 (1845)
p. 146. *Fran.* et *Sav.* Enum. Pl. Jap. I. p. 82. *Nakai* Fl. Kor. I. p. 127
II. p. 460 et Report Veg. Isl. Quelpært p. 62 n. 870. *Schneid.* Illus.
Handb. II. (1909) p. 269. fig. 185 f–g¹ fig. 186 p–q. et Pl. Wils. II. 2.
(1914) p. 232.

Frutex usque 3 metralis ramosus. Ramus initio adpresse velutinus
deinde glabrescens rubro-fuscus et lenticellis minutis punctulatus. Folia
alterna oblongo-obovata v. oblongo-elliptica supra viridia glaberrima, infra
adpresse sparsim ciliata, venis lateralibus utrinque 6–9 margine minute
crenato-serrulata apice cuspidata v. mucronata, basi rotundata v. acuta.
Cyma stipitata axillaris densiflora. Flores hermaphroditi. Calycis lobi
triangulares valvati pilosi, cum tubis decidui. Petala parva cucullata.
Stamina inclusa. Ovarium globosum triloculare. Stylus simplex deciduus,
stigmate trifido coronatus. Fructus 2–3 pyrenis globosus v. obovato-
globosus sæpe 2–3 sulcatus. Pyrena obovata v. obovato-globosa. Semina
non sulcata.

Nom. Jap. Iso-no-ki.

Hab. in Corea austro-occid. et insula Quelpært.

Distr. Hondo, Shikoku, Kiusiu et China (Shanghai, Hupei).

第七屬 くろいげ 屬

灌木分岐多ク、葉ハホゞ對生ニシテ羽狀脈ヲ有シ短カキ葉柄アリ、鋸
齒ヲ具フ、托葉ハ小ニシテ早落性、花ハ穗狀花序ヲナシ單一又ハ分岐ス、
萼筒ハ壺狀又ハ半球形、萼片ハ五個トガリ內面中央高マル。花瓣五個、
花托ハ壺狀、雄蕋ハ五個ニシテ花瓣ニ對ス、葯ハ二室ニシテ內向、子房
ハ三室、胚珠ハ各室ニ一個、花柱ハ太ク短シ、柱頭ハ短カク三叉ス、果
實ハ漿果樣ニシテ三個ノ核ヲ具フ、種子ハ橢圓形、子葉ハ扁平。

世界ニ十四種アリ、北米並ニ亞細亞ノ東部並ニ熱帶地方ニ產ス、其中
一種朝鮮ニ產ス。

Gn. 7. **Sageretia**, *Brongniart* in Annal. Sci. Nat. Ser. I. X. (1827) p.
359 t. 13 f. 2. *Endl.* Gen. Pl. p. 1096 n. 5720. *A. Gray* Gen. Fl. Am.

illus. t. 166. *Benth.* et *Hook.* Gen. Pl. I. p. 379. *Weberb.* in *Engl. Prantl* Nat. ᴾᶠˡᵃⁿzenf. III. 5. p. 408.

Rhamnus, *L.* Mant. p. 207. *Willd.* Sp. Pl. I. 2. p. 1092 p.p. *Pers.* Syn. I. p. 238 p.p. *DC.* Prodr. II. p. 23 p.p.

Frutex ramosus. Folia subopposita penninervia breviter petiolata serrata. Stipulæ minutæ deciduæ. Flores in spicis simplicibus v. ramosis dispositi. Calycis tubus urceolatus v. hemisphæricus, lobi 5 acuti intus carinati. Petala 5. Discus urceolatus. Stamina 5 petala opposita. Antheræ biloculares introrsæ. Ovarium 3-loculare. Ovula in loculis solitaria. Stylus crassus brevis. Stigma brevissime trilobum. Fructus baccatus 3 pyrenis. Semina oblonga. Cotyledones planæ.

Species 14 in America bor. et Asia orient. et trop. incolæ. Inter eas unica in Corea adest.

13.　くろいげ　サンドンナム（濟州島）、サンクムナム（莞島）

（第 十 五 圖 a）

灌木分岐多シ、概ネ直立セズシテ外物ニ寄リカヽル性アリ、刺多シ、葉ハ對生又ハ約對生、短カキ葉柄ヲ具ヘ最初ハ微毛アレドモ間モナク無毛トナリ、橢圓形又ハ卵形又ハ倒卵形兩面共光澤アリ、邊緣ニハ波狀ノ銳鋸齒アリ、先端トガリ又ハ丸ク、基脚ハ丸シ、花ハ枝ノ先端ニ複穗狀花序ヲナス。萼ニ毛アリ、萼筒ハ短ク五角ヲナシ萼片ハ三角形又ハ帶卵三角形、先端トガリ約一糎ノ長サアリ、花瓣ハ五個內卷シ先端ニ义ス、雄蕋ハ花瓣ニ包マル、子房ハ丸シ、花柱ハ短ク先端ニ三叉セル柱頭ヲ載ク、果實ハ漿果樣ニシテ一個乃至三個ノ核ヲ有シ成熟スレバ黑色トナリ味ヨシ。

濟州島、大黑山島並ニ莞島ニ產ス。

（分布）印度、支那、臺灣、琉球。

一種葉ニ毛多ク充分成長セル後ト雖モ尙ホ一部ハ多毛ナルモノアリ。之レヲけくろいげ（第十五圖 b―e）ト云フ。

濟州島ニ產ス。

（分布）臺灣。

13. **Sageretia theezans**, (*L.*) *Brongniart*.

in Annal. Sci. Nat. ser. I. X. (1827) p. 360. *Maxim.* Rham. (1886) p. 20 et Pl. Chin. (1889) p. 100. *Lawson* in *Hook.* fil. Fl. Brit. Ind. I. (1875) p. 641. *Forbes* et *Hemsl.* in Journ. Linn. Soc. XXIII. (1886) p. 131. *Palib.* Consp. Fl. Kor. I. (1898) p. 55. *Matsum.* et *Ito* Tent. Fl. Lutch. in Journ. Coll. Sci. Imp. Univ. Tokyo XII. (1899) p. 377. *Nakai* Fl. Kor. I. (1909) p. 127 Report Veg. Isl. Quelpært. (1914) p. 62 n. 871. Report Veg. Isl. Wangto (1914) p. 10. Chosenshokubutsu Vol. I. (1914) p. 214 n. 281 f. 256.

Rhamnus theezans, *L.* Mant. (1771) p. 207. *Houtt.* Pflanzensyst. III. (1778). p. 236. *Willd.* Sp. Pl. I. 2. (1797) p. 1094. *Pers.* Syn. Pl. I. (1805) p. 238. *Link.* Enum. Pl. Hort. Berol. I. (1821) p. 223. *DC.* Prodr. II. (1825) p. 26.

Rhamnus Thea, *Osbeck* Dagbok ed Stockh. (1757) p. 232 nom. nud.

Frutex ramosissimus sæpe procumbens spinosus. Folia opposita v. subopposita breviter petiolata primo pilosa sed mox glabrescentia elliptica v. ovata v. obovata utrinque lucida crenato-sed acute serrata apice acuta v. obtusa basi rotundata v. obtusa. Flores spicas paniculatas in apice rami formantes. Calyx pilosus, tubis brevibus 5-angulatis, lobis triangularibus v. ovato-triangularibus acutis circ. 1 mm. longis. Petala 5 involuta apice biloba. Stamina inclusa. Ovarium globosum. Stylus brevissimus apice stigmate trilobo coronatus. Drupa baccata 1–3 pyrenis, matura nigra et edulis.

Nom. Jap. Kuro-ige.

Nom. Cor. Sandon-nam v. Sankum-nam.

Hab. in insulis Wangto, Quelpært et Daikokuzanto.

Distr. India, China, Formosa et Liukiu.

var. **tomentosa,** *Schneid.* in Pl. Wils. II. 2. (1914) p. 228.

Folia primo tomentosa, demum partim glabrescentia.

Nom. Jap. Ke-kuro-ige

Hab. in Quelpært.

Distr. Formosa.

（六）　朝鮮産鼠李科植物ノ和名、朝鮮名、學名ノ對稱

和　　名	朝　鮮　名	學　　名
ハマナツメ	…………	Paliurus ramosissimus, *Poiret.*
サネブトナツメ	Tai-cho-nam（平南）	Zizyphus sativa, *Gærtn.* var. spinosa, *Schneider.*
ナツメ	Te-chu（南州島）、　Tai-ju-nam（平南、江原、京畿、咸南）	Zizyphus sativa, *Gærtner.* var. inermis, *Schneider.*
ケンポナシ	Porikenam（欝陵島）、	Hovenia dulcis, *Thunberg* var. glabra, *Makino.*
ネコノチチ	Makko-nam, Kamagui-makke, Kamagui-pioge（濟洲島）、	Rhamnella frangu!ioides, *Weberbauer.*
ヤブクロウメモドキ	…………	Rhamnus Schneideri, *Léveillé et Vaniot.*
マンシウクロウメモドキ	…………	Rhamnus Schneideri, *Léveillé et Vaniot.* var. manshurica, *Nakai.*
サイシウクロツバラ	…………	Rhamnus Taquetii, *Léveillé.*
マルバクロウメモドギ	…………	Rhamnus koraiensis, *Schneider.*
ナガミノクロツバラ	…………	Rhamnus shozyoensis, *Nakai.*
ヤマクロウメモドキ	…………	Rhamnus diamantiaca, *Nakai.*
イハクロウメモドキ	…………	Rhamnus parvifolia, *Iunge.*
テウセンクロツバラ	Karumai-nam, Kalme-nam（平北）、	Rhamnus davurica, *Pallas.*
クロツバラ	…………	Rhamnus davurica, *Pallas* var. nipponica, *Makino.*
イソノキ	…………	Frangula crenata, *Miquel.*
クロイゲ	San-dong-nam（濟洲島）、　San-kum-nam（莞島）、	Sageretia theezans, *Brongniart.*
ケクロイゲ	San-dong-nam（濟洲島）、	Sageretia theezans, *Brongniart* var. tomentosa, *Schneider.*

第 壹 圖

は ま な つ め

Paliurus ramosissimus, *(Loureiro) Poiret.*

a. 葉ト蕾ヲ附クル枝（自然大）、
b. 葉ト花ヲ附クル枝（　,,　）、
c. 花　（廓大圖）、
d. 果實（　,,　）、
　　（b. c. d. ハ内地産ノモノヨリ寫ス）、

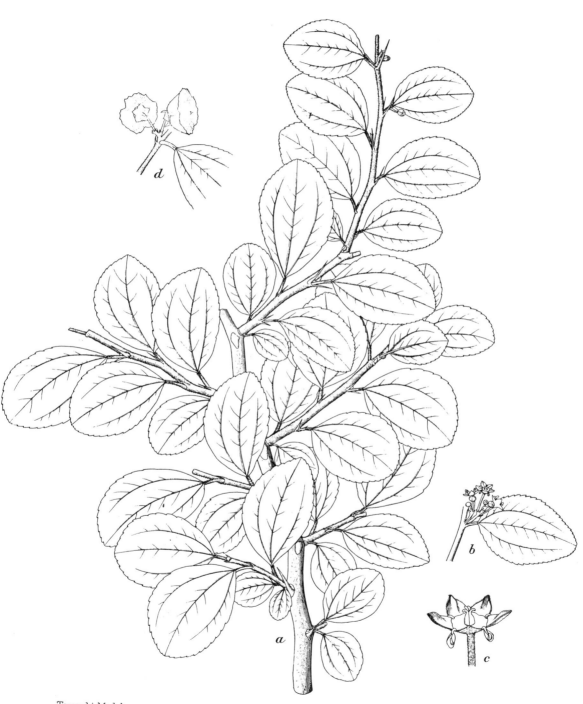

Terauchi,M.del.

第 貳 圖

さ ね ぶ と な つ め

Zizyphus sativa, *Gærtner*
var. spinosa, *(Bunge) Schneider.*

果實ヲ附クル枝（自然大）、

Terauchi,M.del.

第 參 圖

な つ め

Zizyphus sativa, *Gærtner*
     var. inermis, *(Bunge) Schneider.*

a. 果實ヲ附クル枝（自然大）、
b. 葉ト花ヲ附クル枝（　　,,　　）、
c. 花（廓大圖）、
    （b. c. ハ内地産ノモノヨリ寫ス）

第 參 圖

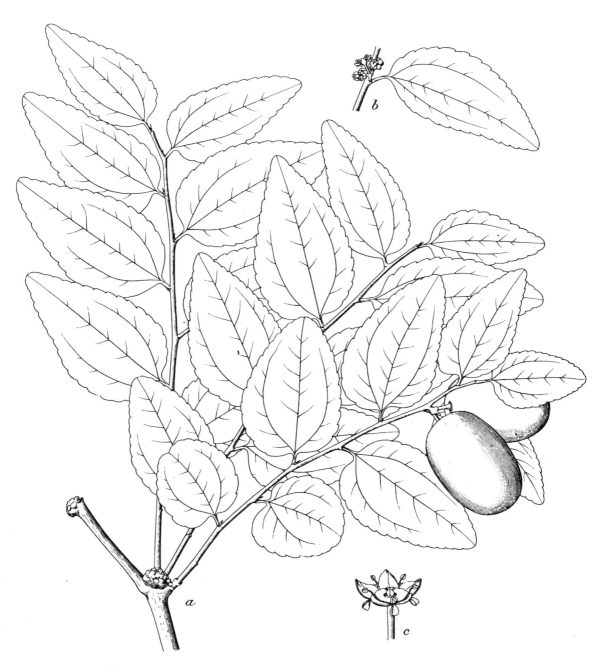

Terauchi. M. del.

第 四 圖

け ん ぽ な し

Hovenia dulcis, *Thunberg*.

a. 若枝ノ一部（自然大）、
b. 古枝ノ葉（　　,,　　）、
c. 花（廓大）、
　　（c ハ内地産ノモノヲ寫ス）、

Nakai,T.et Terauchi,M.del.

第 五 圖

ねこのちち

Rhamnella frangulioides, (*Maximowicz*) *Weberbauer*

a. 果實ヲ附クル枝（自然大）、
b. 花（廓大）、
c. 花ヲ縦斷シテ其内部ヲ示ス（ 〃 ）、

Terauchi,M.del.

第 六 圖

(a. c. d. e. f.)

や ぶ く ろ う め も ど き

Rhamnus Schneideri, *Léveillé* et *Vaniot*.

a. 果實ヲ附クル枝（自然大）、
c. 雄花（廓大圖）、
d. 雌花（　〃　）、
e. 核ヲ背面ヨリ見ル（　〃　）、
f. 核ヲ腹面ヨリ見ル（　〃　）、

b.

ま ん し う く ろ う め も ど き

Rhamnus Schneideri, *Léveillé* et *Vaniot*.
var. manshurica, *Nakai*.

果實ヲ附クル枝（自然大）、

Terauchi, M. del.

第　七　圖

さいしうくろつばら

Rhamnus Taquetii, Léveillé.

a.　果實ヲ附クル枝（自然大）、

b.　核ヲ腹面ヨリ見ル（廓大圖）、

c.　核ヲ背面ヨリ見ル（　,,　）、

第 七 圖

Terauchi, M. del.

まるばくろうめもどき

Rhamnus koraiensis, *Schneider.*

a. 果實ヲ附クル枝（自然大）、

b. 雌花（廓大圖）、

c. 雌花ヲ縦斷シテ其內部ヲ示ス（ 〃 ）、

d. 雄花（ 〃 ）、

e. 雄花ヲ縦斷シテ其內部ヲ示ス（ 〃 ）、

f. 核ヲ腹面ヨリ見ル（ 〃 ）、

g. 核ヲ背面ヨリ見ル（ 〃 ）、

Terauchi M.del.

第 九 圖

ながみのくろつばら

Rhamnus shozyoensis, *Nakai.*

a. 果實ヲ附クル枝（自然大）、
b. 核ヲ腹面ヨリ見ル（廓大圖）、
c. 核ヲ背面ヨリ見ル（ 〃 ）、

Terauchi M. del.

b　*c*　　*a*

第 十 圖

やまくろうめもどき

Rhamnus diamantiaca, *Nakai.*

a. 果實ヲ附ケタル枝（自然大）、
b. 若枝ノ一部（　　,,　）、
c. 核ヲ背面ヨリ見ル（廓大）、
d. 核ヲ腹面ヨリ見ル（　,,　）、

Terauchi,M.del.

第 十 一 圖

いはくろうめもどき

Rhamnus parvifolia, *Bunge.*

a.　果實ヲ附ケタル枝（自然大）、
b.　核ヲ腹面ヨリ見ル（廓大）、
c.　核ヲ背面ヨリ見ル（ 〃 ）、

Terauchi M. del.

第 十 二 圖

てうせんくろつばら

Rhamnus davurica, Pallas.

a. 雄花ヲ附クル枝（自然大）、
b. 果實ヲ附クル枝（ 〃 ）、
c. 雄花（廓大圖）、
d. 雄花ヲ縱斷シテ其內部ヲ示ス（ 〃 ）、
e. 雌花（ 〃 ）、
f. 雌花ヲ縱斷シテ其內部ヲ示ス（ 〃 ）、
g. 核群（ 〃 ）、
h. 核ヲ背面ヨリ見ル（ 〃 ）、
i. 核ヲ腹面ヨリ見ル（ 〃 ）、

Terauchi, M.del.

第 十 三 圖

くろつばら

Rhamnus davurica, *Pallas.*

var. nipponica, *Makino.*

a. 雄花ヲ附ケタル枝（自然大）、
b. 果實ヲ附ケタル枝（　〃　）、
c. 雄花（廓大圖）、
d. 雄花ヲ縱斷シテ內部ヲ示ス（　〃　）、
e. 雌花（　〃　）、
f. 雌花ヲ縱斷シテ內部ヲ示ス（　〃　）、
g. 核群（　〃　）、
h. 核ヲ背面ヨリ見ル（　〃　）、
i. 核ヲ腹面ヨリ見ル（　〃　）、

Terauchi, M. del.

第十四圖

い そ の き

Frangula crenata,

(*Siebold* et *Zuccarini*) *Miquel.*

a. 花群ヲ附クル枝（自然大）、
b. 果實ヲ附クル枝（ 〃 ）、
c. 花（廓大）、
d. 散ラントスル花（ 〃 ）、
e. 萼ヲ開キテ花ノ內部ヲ示ス（ 〃 ）、
f. 花辨ヲ開キテ其形ヲ示ス（ 〃 ）、
g. 核ヲ背面ヨリ見ル（ 〃 ）、
h. 核ヲ腹面ヨリ見ル（ 〃 ）、

第 十 四 圖

Nakai, T. et Terauchi, T. del.

第 十 五 圖

(a.)

く ろ い げ

Sageretia theezans, (*Linné*) *Brongniart.*

枝ノ一部（自然大）、

(b. — e.)

け く ろ い げ

Sageretia theezans, (*Linné*) *Brongniart.*
var. tomentosa, *Schneider.*

b. 枝ノ一部（自然大）、
c. 果實ヲ附クル枝（ 〟 ）、
c. 花ヲ附クル枝（ 〟 ）、
e. 花（廓大圖）、

Terauchi, M. del.

朝鮮森林植物編

10輯

木犀科　OLEACEAE

目次　Contents

木犀科

OLEACEAE

(一) 主　要　ナ　ル　引　用　書　類

著　者　名	書　　　名
G. Bentham et J. D. Hooker.	Genera Plantarum. Vol. II. (1876) p. 672–680.
C. L. Blume.	Oleaceæ (Museum Botanicum Lugduno-Batavum Tome I. no. 20 (1850) p. 310–320.)
N. L. Britton and A. Brown.	An illustrated Flora of the Northern United Stated, Canada and the British Posssesions vol. II. (1897) p. 600–604.
Alp. de Candolle.	Prodromus systematis naturalis regni vegetabilis. Pars octana p. 273–299.
L. Diels.	Beiträge zur Flora des Tsin-ling-shan und andere Zusätze zur Flora von Central-China. (Beiblatt zu den Botanischen Jahrbüchern. Band XXX VI. Heft 5. 1905. p. 86–89.
J. Decaisne.	Monographie des genres Ligustrum et Syringa. (Musée Histoire Naturelle. Paris. Nouvelles Archives. Ser. 2. II. p. 1–45. pl. 1–3. 1879).
S. Endlicher.	Genera Plantarum p. 571–573. (18 36–40).
M. A. Franchet.	Plantæ Davidianæ ex sinarum imperio p. 203–205. pl. 17. (1884).
M. A. Franchet et L. Savatier.	Enumeratio Plantarum Japonicarum. I. p. 310–313 (1875). II. p. 434–438 (1879).
F. B. Forbes and W. B. Hemsley.	An Enumeration of all the plants known from China proper, Formosa, Hainan, Corea, the Luchu Archipelago

	and the Island of Hongkong. Vol. II. part 1. (The Journal of the Linnæan Society XXVI. p. 82–93. 1889).
H. F. Hance.	Notes on some plants from Northern China. (The Journal of the Linnæan Society XIII. p. 82–83. 1873).
F. Herder.	Plantæ Raddeanæ IV i. (Acta Horti Petropolitani I. p. 420–422. 1872).
E. Knoblaich.	Oleaceæ. (Die natürlichen Pflanzenfamilien IV Teil. 2 Abtheilung.
E. Kaehne.	(1) Ueber Forsythia (Gartenflora LV Heft 7. p. 176–207. Heft. 9. p. 226–232. 1906).
	(2) Ligustrum Sect. Ibota. (Mitteilung der Deutschen Deudrologischen Gesellschaft no. 13. p. 68–76. 1904).
	(3) Ligustrum Sect. Ibota. (Festschrift zu P. Ascherson's siebzigstem Geburtstage p. 182–208. 1904).
V. Komarov.	Flora Manshuriæ III. p. 246–257. 1907.
S. Korschinsky.	Plantæ Amurensis. (Acta Horti Petropolitani Vol. XII. p. 368–369. 1892).
A. Lingelsheim.	Vorarbeiten zu einer Monographie der Gattung Fraxinus (Botanische Jahrbücher XL p. 185–223. 1908.)
	Fraxinus (Plantæ Wilsonianæ Vol. II. part 1. p. 258–262. 1914).
H. F. Link.	Enumeratio plantarum Horti Regii Botanici Berolinensis altera. Pars 1. (1821) p. 33–34.
H. Léveillé.	Decades plantarum novarum XXXIV –XXXVII. (Fedde Repertorium VIII. p. 285. 1910).

C. J. Maximowicz. (1) Primitæ Floræ Amurensis. p. 193 195. (1859).

(2) Diagnoses plantarum novarum Japoniæ et Mandshuriæ. Decas XIX. (Mélanges Biologique IX. p. 393–396).

P. Miller. The Gardner's Dictionary. Fourth edition Vol. I. II. III. (1754).

F. A. Guil. Miquel. Prolusio Floræ Japonicæ. p. 151–153. (1866–7).

R. Maack et *F. J. Ruprecht.* Die ersten botanischen Nachrichten ueber das Amurland. Zweite Abtheilung: Baeume et Straeucher. (in Mélanges Biologique II. p. 551–2. 1858).

Nakai T. Flora Koreana II. p. 86–91. p. 509. p. 517. (1911).

J. Palibin. Conspectus Floræ Koreæ Vol. II. p. 9–11 (1900).

A. Rehder. (1) *Sargent's* Trees and Shrubs Vol. I. part III. p. 141–144. Pl. LXXI–II. (1903). Part IV. p. 213. (1905).

(2) Ligustrum {in Plantæ Wilsonianæ II. p. 600–609. Standard Cyclopedia IV. p. 1859–1862. (1916)}.

(3) Fraxinus {Standard Cyclopedia III. p. 1274–1277. 1915)}.

(4) Chionanthus {*Bailley* Standard Cyclopedia II. p. 748 (1914). Plantæ Wilsonianæ II. [p. 611–612. (1916)}.

(5) Forsythia {Standard Cyclopedia III. p. 1268–1269. (1915)}.

F. Regel. (1) Tentamen Floræ Ussuriensis. p. 104 (1861).

(2) Ligustrina amurensis (in Gartenflora

		XII. p. 115–116. Pl. 396. (1863)}.
W. Roxburgh.		Flora Indica I. p. 100–108. (1832).
Fr. de Siebold.		Synopsis plantarum oeconomicarum Universi regni Japonici. p. 36. (1830).
Fr. de Siebold et J. G. Zuccarini.		Floræ Japonicæ Familiæ naturales, adjectis generum et specierum exemplis selectis. Sectio altera. (1846).
C. K. Schneider.	(1)	Illustriertes Handbuch der Laubholzkunde Band II. p. 768–841. (1912).
	(2)	Syringa (Plantæ Wilsonianæ Vol. I. part 2. p. 297–302 (1912)}.
	(3)	Species et formæ novæ generis Syringa {Fedde Repertorium IX. p. 79–82. (1910)}.
G. G. Walpers.	(1)	Repertorium botanices systematicæ VI. p. 462. (1846).
	(2)	Annales botanices systematicæ I. p. 501.
T. Wenzig.		Die Gattung Fraxinus {Botanische Jahrbücher IV. p. 165–188. (1883)}.
林學博士　白澤美保		日本森林樹木圖譜. 第二峽第六十三版, 第十四版.
理學博士　村松任三		帝國植物名鑑下卷後編.
理學博士　中井猛之進		濟州島植物調査報告書.
		莞島植物調査報告書.
		智異山植物調査報告書.
		鷲峯植物調査報告書.
		金剛山植物調査書.

（二）　朝鮮產木犀科植物研究ノ歷史

朝鮮產ノ木犀科植物ノ世ニ出デシハ西曆千八百八十九年 *Forbes, Hemsley* 兩氏ガ支那植物目錄第二卷ヲ刊行セシ中ニ朝鮮產トシテ Fraxinus mandshurica（やちだも）、Ligustrum Ibota（いぼたのき）、Ligustrum japonicum (たまつばき)ノ三種ヲ載セシニ始マル。次デ西暦千八百九十五年 *Knoblauch* 氏ハ *Engler Prantl* 著ノ植物自然分科第四卷第二部ニ(やちだも)ノミヲ記セリ。千九百年ニハ *Jwan Palibin* 氏ノ朝鮮植物管見 (Conspectus Floræ Koreæ) 第二卷出デ、木犀科トシテ Forsythia suspensa (れんぎよう)、Fraxinus longicuspis (あをたご)、Fraxinus mandshurica (やちだも)、Ligustrum Ibota (いぼたのき)、Ligustrum japonicum (たまつばき)、Ligustrum patulum, Ligustrum Tschonoskii (けいげた)ノ七種ヲ掲グ。其中(れんぎよう)ニ當テシハ Forsythia viridissima (てうせんれんぎよう)ニ改ムベキナリ。朝鮮ニハ(れんぎよう)ヲ產セズ、又 *Palibin* 氏ヨリ東京帝國大學ニ送附セシ標本モ(れんぎよう)ニ非ズシテ(てうせんれんぎよう)ナリ。Ligustrum patulum ハ *Palibin* 氏ガ新種ト考定セシモノナレドモ、余ハ未ダ其標本ヲ見ズ。而シテ其記載スル所ニ依リテ判斷スレバ或ハ(はしどひ)屬ノ一種ニ非ルヤヲ思ハシム。

西暦千九百四年 *E. Koehne* 氏ガ *P. Ascherson* 氏ノ七十歲記念論文集中ニ(たまつばき)屬中(いぼた)群ノモノヲ記述セシガ、其中ニ朝鮮產トシテハ唯(いぼた)ヲ載セタリ。

千九百七年 *B. v. Komarov* 氏ハ滿洲植物誌ヲ著ハシ其中ニ朝鮮產トシテ Fraxinus rhynchophylla (てうせんとねりこ)、Syringa villosa (たちはしどい)、Syringa velutina (うすげはしどい)ノ三種ヲ記ス。就中 Syringa villosa ハ Syringa hirsuta ニ改ムベシ Syringa velutina ハ朝鮮特產ノ一種ナリ。

千九百八年ニ至リ余ハ植物學雜誌第二十二卷ニ今川唯市氏採取植物目錄ヲ記シ其中ニ(まんしうはしどい)ヲ載セタリ。

千九百十年 *Léviellè* 氏ハ *Fedde* 氏ノ植物新種複錄 (Repertorium novarum specierum regni vegetabilis) 第八卷ニ朝鮮產ノ木犀科植物トシテ Chionanthus coreanus (ながばひとつばたご)、Syringa Fauriei (ほそばはしどい)、Fraxinus Fauriei ノ三新種ヲ載ス。其中 Chionanthus coreanus ハ(ひとつばたご)ノ一變種ニシテ狹葉品ナリ。學名ハ故ニ Chionanthus retusa v. coreana ニ改ムベシ。Syringa Fauriei ハ朝鮮特產ノ一種ナリ。Fraxinus Fauriei ト云フハ Fraxinus (とねりこ屬)ニ非ズシテ(ふしばあはぶき) Meliosma Oldhami ナリ。

千九百十一年二月余ハ東京植物學雜誌第二十五卷ニ日鮮植物管見第一ヲ記シ、其中ニ朝鮮產トシテ Syringa japonica (はしどい)ヲ加フ。但シ其學名ハ Syringa amurensis v. japonica ニ改ムベシ。

同年十二月余ノ朝鮮植物第二巻 (Flora Koreana, Vol. II.) 出ヅ、其中ニハ Fraxinus rhynchophylla（てうせんとねりこ）、Fraxinus longicuspis（こばのとねりこ）、Fraxinus mandshurica（やちだも）、Chionanthus retusa（ひとつばたご）、Ligustrum japonicum（たまつばき）、Ligustrum Ibota（いぼたのき）、Ligustrum Ibota v. Tschonoskii（けいぼた）、Ligustrum patulum, Forsythia viridissima（てうせんれんぎよう）、Forsythia suspensa（れんぎよう）、Syringa amurensis, Syringa japonica（はしどい）、Syringa villosa, Syringa velutina（うすげはしどい）ヲアグ。其中（れんぎよう）ハ未ダ Palibin 氏ノ標本ヲ見ザリシ當時故同氏ノ檢定其儘ヲ襲用セシニスギズ、從ツテ朝鮮ノ植物ヨリ除去スベキモノトス。Syringa amurensis ニ當テシモノハ Syringa dilatata ニ改ムベク Syringa villosa ハ Syringa hirsuta トスベシ。

千九百十二年 Léveillé 氏ハ又 Fedde 氏ノ植物新種複錄第九巻ニ濟州島ノ一新植物トシテ Ligustrum Taquetii ヲ載セドモ、此ハ Ligustrum japonicum（たまつばき）ニ外ナラズ。

同年余ハ日鮮植物管見第四ヲ東京植物學雜誌第二十六巻ニ載セ其中ニ Ligustrum medium（おほばいぼた）ガ朝鮮ニアルヲ報ゼリ、但シ近來諸學者ノ研究ニ依リテ Ligustrum medium ハ Ligustrum ovalifolium ノ異名ナル事明トナレリ。千九百十三年余ハ同誌第二十七巻ニ日鮮植物管見第九ヲ載セシ中ニ Syringa Palibiniana ナル一新種ヲ記セリ。

千九百十四年ニハ濟州島植物調査報告書出ヅ、其中ニハ Chionanthus retusa（ひとつばたご）、Fraxinus rhynchophylla（てうせんとねりこ）、Fraxinus rhynchophylla v. glabrescens, Fraxinus longicuspis（こばのとねりこ）、Ligustrum ciliatum var. glabrum, Ligustrum ciliatum v. salicinum, Ligustrum Ibota var. microphyllum, Ligustrum japonicum, Ligustrum lucidum（たうねずみもち）, Ligustrum medium（おほばいぼた）ヲ載ス。其中 Fraxinus rhynchophylla v. glabrescens ハ單ニ Fraxinus rhynchophylla ノ一形ニシテ變化多キ同種ノ如キニアリテハ特ニ變種トシテ分ツ必要ナキガ如シ。Ligustrum ciliatum v. glabrum ハ Ligustrum Ibota f. glabrum（たんないぼた）ニ改ムベシ。抑モ Ligustrum ciliatum 其者ハ既ニ Ligustrum Ibota ノ一形ニシテ種トシテ區別スベキモノニ非ズ。Ligustrum ciliatum v. salicinum ハ Ligustrum salicinum（やなぎいぼた）ト命ジ獨立ノ一種トスルヲ可トス。又同時ニ發行セシ莞島植物調査報告書ニハ Chionanthus retusa（ひとつばたご）Fraxinus longicuspis（こば

のとねりこ）、Ligustrum Ibota（いぼたのき）、Ligustrum japonicum（た
まつばき）ノ四種アリ。

　千九百十五年ニハ智異山植物調査報告書ノ刊行アリ、其中ニハ Chio-
nanthus retusa（ひとつばたご）、Forsythia viridissima（てうせんれんぎ
よう）、Fraxinus longicuspis（こばのとねりこ）、Fraxinus mandshurica
（やちだも）、Fraxinus rhynchophylla（てうせんとねりこ）、Ligustrum
Ibota（いぼたのき）、Syringa amurensis（はしどい）、S. villosa ノ八種
ヲ掲グ、其中 Syringa villosa ハ Syringa Palibiniana ニ改ムベシ。

　千九百十六年六月ニハ朝鮮彙報特別號ニ鷺峯ノ植物調査報告書ノ掲載
アリ、其中ニハ Syringa amurensis ト Syringa velutina ノ二種ヲ擧グ。

　千九百十七年ニハ東京植物學雜誌第三十卷ニ日鮮植物管見第十六ヲ出
シ其中ニハ Forsythia ovata（ひろはれんぎよう）、Syringia formosissima
（はなはしどい）ノ二新種ヲ掲グ。

　千九百十八年ニハ金剛山植物調査書出ヅ、其中ニ Forsythia ovata（ひ
ろはれんぎよう）、Fraxinus mandshurica（やちだも）、Fraxinus rhyn-
chophylla（てうせんとねりこ）、Syringa amurensis（まんしうはしどい）、
Syringa formosissima（はなはしどい）、Syringa Palibiniana（てうせんは
しどい）ヲ載ス。

　又同時ニ刊行セシ白頭山植物調査書ニハ Syringa velutina アリ。

　同年余ハ朝鮮森林樹木編豫報第十ヲ東京植物學雜誌第三十一卷ニ掲グ
テ朝鮮ノ木犀科植物ニ就キテ記述シ、

　Chionanthus retusa（ひとつばたご）、var. coreana（ながばひとつばた
ご）、Forsythia ovata（ひろはれんぎよう）、Forsythia viridissima（てう
せんれんぎよう）、Fraxinus longicuspis（こばのとねりこ）、Fraxinus
mandshurica（やちだも）、Fraxinus rhynchophylla（てうせんとねりこ）、
Ligustrum foliosum（たけしまいぼた）、f. ovale（まるばたけしまいぼ
た）、Ligustrum Ibota f. typicum（いぼたのき）、f. angustifolium（なが
ばいぼたのき）、f. glabrum（たんないぼた）、f. microphyllum（こばの
いぼた）、f. Tschonoskii（けいぼた）、Ligustrum japonicum（ねずみも
ち）、Ligustrum lucidum（たうねづみもち）、Ligustrum ovalifolium（お
ほばいぼた）、Ligustrum patulum, Ligustrum salicinum（やなぎいぼた）、
Syringa amurensis var. genuina（まんしうはしどひ）、f. bracteata, var.
japonica（はしどひ）、var.? pedinensis（ほそばはしどひ）、Syringa dilata-
ta（ひろははしどひ）、Syringa micrantha（ひめはしどひ）、Syringa velu-

tina （うすげはしとひ）、Syringa Fauriei （てうせんはしとひ）、var. lactea （白花てうせんはしとひ）、Syringa Kamibayashii （まるばはしどひ）、Syringa venosa （たけしまはしとひ）、var. lactea （白花たけしまはしとひ）、Syringa hirsuta （けはなはしとひ）、var. formosissima （はなはしとひ）、ヲ舉グ、其中 Syringa amurensis var.? pekinensis トセシハ Syringa Fauriei （ほそばはしとひ）ニ改ムベク、Syringa Fauriei ト var. lactea ハ Syringa Palibiniana 並ニ其變種 lactea トスベシ。Syringa Kamibayashii ハ Syringa Palibiniana var. Kamibayashii トスベク、Syringa hirsuta ハ（たちはしとひ）トスベク、（けはなはしとひ）及ビ（はなはしどひ）ノ學名ハ Syringa formosissima （はなはしとひ）ト var. hirsuta （けはなはしとひ）トニ改ムベシ。

1919 年東京植物學雜誌第三十三卷一月號ニ Forsythia japonica var. saxatilis （いはれんぎよう）ヲ載ス、但シ學名ハ Forsythia saxatilis ニ改ムベシ。又八月號ニハ朝鮮產木犀科ノ新屬植物 Abeliophyllum distichum （うちはのき）ヲ發表セリ。

其他ニ尙ホ北朝鮮ニ Syringa robusta （たちはしとひ）f. subhirsuta （うすげたちはしとひ）f. glabra （はだかたちはしとひ）アリ。

以上ヲ綜合スレバ朝鮮ノ木犀科植物ハ次ノ二十四種十三變種トナル。

1.	Chionanthus retusa, *Lindley* et *Paxton*	ひとつばたご
	var. coreana, *Nakai*	ながばひとつばたご
2.	Forsythia ovata, *Nakai*	ひろはれんぎよう
3.	Forsythia saxatilis, *Nakai*	いはれんぎよう
4.	Forsythia viridissima, *Lindley*	てうせんれんぎよう
5.	Fraxinus longicuspis, *Siebold* et *Zuccarini*	こばのとねりこ
6.	Fraxinus mandshurica, *Ruprecht*	やちだも
7.	Fraxinus rhynchophylla, *Hance*	てうせんとねりこ
8.	Ligustrum Ibota, *Siebold* f. typicum, *Nakai*	いぼたのき
	f. angustifolium, *Nakai*	ながばいぼた
	f. glabrum, *Nakai*	たんないぼたのき
	f. microphyllum, *Nakai*	ひめいぼた
	f. Tschonoskii, *Nakai*	けいぼた
9.	Ligustrum foliosum, *Nakai*	たけしまいぼた
	f. ovale, *Nakai*	まるばたけしまいぼた
10.	Ligustrum japonicum, *Thunberg*	ねずみもち

11. Ligustrum lucidum, *Aiton*   たうねずみもち
12. Ligustrum ovalifolium, *Hasskarl*   おほばいぼた
13. Ligustrum patulum, *Palibin*
14. Ligustrum salicinum, *Nakai*   やなぎいぼた
15. Syringa amurensis *Ruprecht* var. genuina, *Maximowicz*

      まんしうはしどひ

   f. bracteata, *Nakai*

   var. japonica, *Franchet et Savatier*   はしどひ
16. Syringa dilatata, *Nakai*   ひろははしどひ
17. Syringa Fauriei, *Léveillé*   ほそばはしどひ
18. Syringa formosissima, *Nakai*   はなはしどひ

   var. hirsuta, *Nakai*   けはなはしどひ
19. Syringa robusta, *Nakai*   たちはしどひ

   f. subhirsuta, *Nakai*   うすげたちはしどひ

   f. glabra, *Nakai*   はだかたちはしどひ
20. Syringa micrantha, *Nakai*   ひめはしどひ
21. Syringa Palibiniana, *Nakai*   てうせんはしどひ‐

   var. lactea, *Nakai*   白花てうせんはしどひ

   var. Kamibayashi, *Nakai*   まるばはしどひ
22. Syringa velutina, *Komarov*   うすげはしどひ
23. Syringa venosa, *Nakai*   たけしまはしどひ

   var. lactea, *Nakai*   白花たけしまはしどひ
24. Abeliophyllum distichum, *Nakai*   うちはのき

（三）　朝鮮産木犀科植物分布ノ概況

1. ひとつばたご屬 Chionanthus.

　　（ひとつばたご）ハ全南並ニ慶南ノ西南部、南部ノ群島並ニ濟州島ニ分布ス、其一變種タルベキ（ながばひとつばたご）ハ濟州島ノ産ニシテ稀品ナリ。

2. れんぎよう屬 Forsythia.

　　本屬ニハ朝鮮特産ノ二種アリ。一ハ（てうせんれんぎう）ニシテ京畿、黄海、忠淸南北、慶尙南北道（欝陵島ヲ除ク）、全羅南北道（濟州島ヲ除ク）、平安南北道ニ分布シ、（ひろはれんぎよう）ハ金剛山並ニ

其附近ノ地ニ生ズ。（いはれんぎよう）ハ京畿道奥北漢山ノ岩上ニ生ズ。本府石戸谷技手ノ發見ニ係ル。ひろはれんぎようト共ニ朝鮮ノ特産種タリ。

3.　とねりこ屬 Fraxinus.

　　本屬ニハ三種アリ、（てうせんとねりこ）ハ分布最モ廣ク、北ハ咸鏡南北道ヨリ南ハ濟州島ニ至ル迄分布スレトモ、欝陵島ニハナシ。分布廣キ丈ケ多少ノ變態アリテ果實ノ大小、長短、疎密等ハ皆一樣ナラズ。

　　（こばのとねりこ）一名（あをたご）ハ南部ノ産ニシテ、全南、慶南、南部ノ群島並ニ濟州島ニ分布シ、葉ト果實ニ變化アル事ハ（てうせんとねりこ）ニ劣ラズ。

　　（やちだも）ハ濟州島、欝陵島ヲ除ケバ殆ンド全道ニ分布シ、巨樹トナル。朝鮮ノ樹木類中最大ノモノヽ一ナリ。

4.　（いぼたのき）屬 Ligustrum.

　　本屬ニハ七種アリ（中 L. patulum ヲ除ク）。

　　（たうねずみもち）ハモト濟州島ニ産シ、佛人フオーリー氏ハ之ヲ同島ニ得シモ今ハ絶滅ニ歸セシガ如ク、ケター、石戸谷、森、中井、ウヰルソン等相踵デ探收ヲ試ミシモ之ヲ發見スルヲ得ザリキ、然レドモ其標本ハ現存シ、余モ亦本編ニ圖解セシ如キ標本ヲフオーリー氏ヨリ讓受ケタリ。

　　（ねずみもち）一名（たまつばき）ハ濟州島ニ最モ多ク、下部常綠濶葉樹帶ニ雜木トシテ存在ス。又南部ノ群島ニモ廣ク存在スル如ク、余ハ莞島、玉島ニテ之ヲ得タリ。

　　（おほばいぼた）ハ舊日本ト同ジク海岸植物ニシテ濟州島ノ山麓並ニ木浦ノ海岸ニ生ズ。

　　本種ト同形ノ花序ヲナス（たけしまいぼた）ハ欝陵島ノ特産品ニシテ稀ニ葉ノ廣キ（まるばたけしまいぼた）ヲ混生ス。

　　（やなぎいぼた）ハ濟州島ノ特産品ニシテ稀品ナルガ如ク、佛人フオーリー氏ノミ之ヲ同島ニ得タリ。

　　（いぼたのき）ハ分布最モ廣ク、且舊日本ニ於ケルガ如ク多種多樣ニ變化シ、慶尚、全羅、京畿、黄海ノ諸道ニ分布ス。其一形タル（たんないぼたのき）及ビ（こばのいぼたのき）一名（ひめいぼたのき）ハ濟州島ノ特産ナリ。（けいぼたのき）ハ全羅、慶尚、京畿ノ諸道ニ分布シ、稀ニ濟州島ニ産ス。（ながばいぼた）ハ濟州島ヨリ京畿道、黄海道ニ迄モ分布ス。（たけしまいぼた）ハ欝陵島ニ多在シ、（あほばいぼた）狀ニテ

葉ウスシ。其一種ニ（まるばたけしまいぼた）ト云フ廣葉品アリ。

5. （はしどひ）屬 Syringa.

　　本屬ハ最モ多種ニシテ九種ヲ產ス。

　　（はしどひ）ハ智異山ノ千米突以上ノ地並ニ元山ノ裏山ニテ發見セシガ、其葉裏ニ毛ナキ（まんしうはしどい）ハ、分布廣ク、咸鏡南北、平安南北、江原ノ諸道ニ分布ス。一種花序ニ葉狀ノ苞ヲ具フルモノハ、余之ヲ光陵ノ始原林中ニテ發見セリ。（ほそばはしどひ）ハ余之ヲ平北、江界郡公西面ノ山中ニテ發見シ、又佛人 *Faurie* 氏ハ金剛山ニテ得タリ。朝鮮ノ特產ナリ。其枝ノ細キト葉幅狹キトハ北支那ニアル Syringa amurensis v. pekinensis ニ酷似スル故假ニ其名ヲ用キシモ pekinensis ノ花ハ花冠ノ筒部ガ萼ヨリモ抽出スル故本種トハ異レリ。

　　（ひろはばしどひ）ハ平安南北、黃海ノ諸道ニ分布ス。特ニ瑞興附近ニ多シ。

　　（ひめはしどひ）ハ古海理學士ガ咸北茂山郡黃水院ノ山中ニテ發見セシモノニシテ花ノ小ナルヲ以テ著シク他種ト異ナル。

　　（うすげはしどひ一名びろうどはしどひ）ハ咸鏡南北道ノ山ニ產ス。

　　（てうせんはしどひ）ハ分布廣ク平安南北、江原、京畿、慶尙、全羅ノ諸道ニ分布シ、從ヒテ變化ニ富ミ、稀ニ白花品アリ。其一變種タルベキ（まるばはしどひ）ハ京畿道、道峯山上ニテ上林敬次郎氏ノ發見スル所ナリ。（てうせんはしどひ）ニ似タレドモ果實ノ形狀、葉形、花色等自ラ區別點アリ。

　　（たけしまはしどひ）ハ欝陵島ノ特產ニシテ岩石地ニ生ズ。

　　（はなはしどひ）ハ江原、平北、咸南ノ山ニ多生シ其花ノ美シキヲ以テ著ハル、其一種ニ萼ト花梗トニ毛多キモノアリ、（けはなはしどひ）ト云ヒ（はなはどひ）ニ混生ス。

　　（たちはしどひ）ハ（はなはしどひ）ニ類似シ花序直立ス。咸鏡南北道ニ多シ。

6. （うちはのき）屬 Abeliophyllum.

　　本屬ハ大正八年忠北、鎭川ニテ余ガ初發見ノ朝鮮特有ノ新屬植物ナリ。鎭川郡龍亭里ニ扁柏ノ生フル所アリ。其岩上ニ生ズ。

（四）　朝鮮產木犀科植物ノ效用

1. 材用。

材用トシテ(やちだも)ヲ最トシ、建築用、家具製作、木鉢製作等ニ用フ。(てうせんとねりこ)ハ其代用トシ得ルモ大木少ナシ。其他(ひとつばたご)ノ老木モ亦器具製作、薪材ニ供シ得レドモ其數乏シ。

2. 賞觀用。

ライラック (Lilac) ノ群ニ入ルベキモノニ(てうせんはしどひ)、(うすげはしどひ)等アリ。就中其白花品及ビ濃色品ハ(ひろははしどひ)ト共ニ賞美スルニ足ル。

(はなはしどひ)ハ花ノ美シキ點ニ於テ天下ニ冠絶スレドモ香氣宜シカラズ、又北地性故一般ノ園藝用トナラズ。(たちはしどひ)ノ花ハ之ニ亞グ。

(てうせんれんぎよう)ハ近來內地ニテモ賞觀ニ用ヰ歐洲ニテハ數十年前ヨリ支那ヨリ輸入シテ繁殖ヲ計リ園藝品種サヘ生ジ早春ノ花トシテ貴バル。其花ノ美シキ事ハ古來內地ニ栽培スル(れんぎよう)(支那ヨリ輸入セシモノ)ノ及ブ所ニ非ズ。

(ひとつばたご)ハ行道樹トスレバ賞スルニ足ル。

其他(てうせんとねりこ)モ並木ニ用ヰ得ベク、(ねずみもち)ハ濟州島ノ如キ暖地ニテハ生垣ニ作リテ可ナリ。

3. 藥用。

歐洲ニテハ Fraxinus ornus ノ樹膚ヲ傷ケ流出スル液汁ヲ固メ Manna ト稱シ水又ハ牛乳ニ溶シ緩下劑トシテ特ニ小兒ニ多ク用フ。朝鮮ニテハ(てうせんとねりこ)(朝鮮名ムンプレナム)ノ皮ヲ秦皮(チンピ)ト稱シ其煎出液ヲ Manna ト同目的ニ用ヰ食滯並ニ其ニ起因スル發熱ヲ治ス。尙ホ其老樹ニ生ズル瘤ノ煎出液ハ眼疾ヲ洗滌スルニ供ス。

(たまつばき)ノ果實ハ冬青又ハ女貞實ト稱シ、乾燥シタルモノヲ煎出シ風邪其他呼吸器病ニ用フ。

(てうせんれふぎよう)ノ果實ハ連翹ト云ヒ中風ノ藥トス。

(いぼたのき)ニツク(いぼた)虫ヨリハ蠟ヲトリ器具ヲ硏クニ用フ。

(五)　朝鮮產木犀科植物ノ分類ト各種ノ圖說

木　犀　科

Oleaceæ, *Lindley.*

(甲)　科　ノ　特　徵

灌木又ハ喬木、無毛又ハ有毛、葉ハ落葉性又ハ常綠、對生又ハ輪生、

無柄又ハ有柄單葉又ハ羽狀複葉又ハ三出、全緣又ハ缺刻又ハ鋸齒アリ。托葉ナシ。花序ハ頂生又ハ腋生、花ハ單出、總狀花序、複總狀花序、聚繖狀複總狀花序ヲナス。兩全花又ハ雌雄異株又ハ雜生、整正。萼片ハ離生又ハ合萼、通例四個ノ裂片アリ、稀ニ無萼。花瓣ハ通例合瓣ナレドモ往々離瓣トナリ又全然無瓣ノモノアリ。雄蕋ハ二個花冠ニ癒合スルカ又ハ離生シ、離生スルトキニハ子房ノ基部ヨリ出ツ。花糸ハ長キモノト全然ナキモノトアリ。子房ハ一個、二室。花柱ハ單一ニシテ柱頭ハ全緣又ハ二叉ス。胚珠ハ各室ニ二個宛ヲ常トシ稀ニ八個迄ニ增スコトアリ。果實ハ蒴又ハ漿果樣、種子ニ胚乳アリ。子葉ハ扁平ニシテ幼根ハ上向ナリ。

溫帶並ニ暖帶地方ニ約二十二屬四百二十種アリ、其中五屬二十一種ハ朝鮮ニ自生ス。

Oleaceæ, *Lindley* A natural system of botany II. (1836) p. 307. *Endl.* Gen. Pl. (1836–40) p. 571. *Schneider* Illus. Handb. Laubholzk. II. p. 768. A.DC. Prodr. VIII. (1844) p. 273. *Benth*. et *Hook*. Gen. Pl. II. (1876) p. 672. *E. Knobl.* in Nat. Pflanzenf. IV. 2. (1895). *Engler* Syllab. ed. VII. (1912) p. 300.

Oleineæ, *Hoffmanns* et *Link* Flore Portugaise I. (1806) p. 385. *R. Br.* Prodr. Fl. Nov. Holland. et insulae Van-Diemen (1810) p. 522.

Jasmineæ, *R. Br.* Prodr. p. 520. *Endl.* Gen. Pl. (1836–40) p. 570.

Jasminaceæ, *Lindley* An introduction to botany ed II. (1832) p. 308.

Frutex v. arbor glabri v. pubescentes. Folia opposita v. verticillata, simplicia v. pinnata v. ternata, integra v. incisa v. serrata, sessilia v. petiolata. Stipulæ destitutæ. Inflorescentia axillaris v. terminalis uniflora, racemosa v. paniculata v. thyrsoidea v. cymoso-paniculata. Flores hermaphroditi v. dioici v. polygamo-dioici, regulares. Calyx liber vulgo 4-lobis v. integer v. destitutus. Corolla vulgo gamopetala vulgo 4-lobis v. dentibus interdum in petalis 4–0 libera. Stamina 2 corollæ affixa v. libera hypogyna. Filamenta elongata v. subnulla. Ovarium 2-loculare. Stylus simplex stigmate integro v. bilobo. Ovula in quoque ovarii loculo 2 (interdum usque ∞) anatropa v. amphitropa. Fructus capsularis v. drupacea. Albumen carnosum. Cotyledones planæ. Radicula supera.

Circiter 22 genera et 420 species in regionibus calidis et temperatis adsunt, inter eas 6 genera 24 species in Corea sponte nascent, quarum nnica Ligustrum patulum mihi ignota ab hoc opusculo exclusa.

（乙）屬 名 檢 索 表

CONSPECTUS GENERUM.

$\left\{\begin{array}{l}\text{Corollæ lobi imbricati. Corolla flava. Flores solitarii. Folia sim-}\\\text{plicia v. ternatipartita} \ldots\ldots\ldots\ldots\ldots\ldots\ldots\ldots\ldots\ldots\text{Forsythia, } \textit{Vahl.}\\\text{Corollæ lobi valvati. Corolla alba, rosea v. purpurea. Flores pani-}\\\text{culati} \ldots\ldots\ldots\ldots\ldots\ldots\ldots\ldots\ldots\ldots\ldots\ldots\ldots\ldots\ldots\text{Syringa, } (\textit{Lob.}) \textit{ L.}\end{array}\right.$

4

（丙）　各屬各種ノ記載並ニ圖解

第一屬　　ひとつばたご屬

灌木又ハ喬木分岐多シ。葉ハ一歳ニテ落ツ、對生、葉柄アリ、托葉ナ
ク單葉、全緣又ハ鋸齒アリ。複聚繖花序ハ枝ノ先端ニ生ジ、下垂スルモ
ノト直立スルモノトアリ、花梗及ビ小花梗ハ關節ス、花ハ雌雄異株、萼
ハ四裂ス、花冠ハ白色ニシテ深ク四裂シ裂片ハ細ク蕾ニアリテ摺曲ス、
雄蕋四個、花冠ノ裂片ト交互ニ生ズ、花糸ハ極メテ短小、葯ハ丸ク葯間
ハ抽出ス、子房ハ二室、各室ニ二個宛ノ下垂スル胚珠アリ、花柱ハ短カ
ク、柱頭ハ頭狀又ハ微凹頭ニ二叉ス。果實ハ核果樣ニシテ成熟スレバ黑
色トナリ通常一個ノ種子ヲ藏ス、胚乳ハ多肉ニシテ脂肪ニ富ム、子葉ハ
扁平ニシテ幼根ハ短カク上ニ向フ。

世界ニ三種アリ一ハ北米ニ產シ二種ハ東亞ニアリ、其中一種ハ朝鮮ニ
アリ。

Gn. 1. **Chionanthus,** *Royen* ex *L.* Gen. Pl. (1737) p. 335. *L.* Sp.
Pl. (1753) p. 8. *Miller* Gard. Dict. ed. IV. (1754) p. Ch. *Pers.* Syn.
Pl. I. p. 9 p.p. *DC.* Prodr. VIII. p. 295. *Endl.* Gen. Pl. p. 571 n.
3346. *A. Gray* Syn. Fl. Vol. II. i. (1886) p. 77. *Benth.* et *Hook.* Gen.
Pl. II. (1876) p. 677. *Knobl.* in Nat. Pflanzenf. IV. 2. (1895) p. 11.
Britton and *Brown* Illus. Fl. II. (1897) p. 603. *Small* Fl. Southeastern
U.S. (1903) p. 920. *Rehder* Stand. Cycl. II. (1914) p. 748.

Frutex v. arborea ramosissimus. Folia annua opposita petiolata exsti-
pullata simplicia integra v. serrulata. Panicula apice rami hornotini
terminalis pendula v. erecto-patens. Pedunculi et pedicelli articulati.
Flores dioici. Calyx 4-fidus. Corolla alte 4-partita, lobis linearibus in
alabastro basi distincte induplicatis. Stamina 4 inserta opposita et corollæ
lobis alterna. Filamenta perbrevia. Anthera rotundata connectivo pro-
ducto. Ovarium 2-loculare. Ovula in quoque loculo 2 pendula. Styli
perbreves. Stigma capitatum v. emarginato-bilobum. Drupa atra vulgo

1-sperma. Albumen carnosum oleiferum. Cotyledones planae. Radicula brevissima supera.

Species 3 in Asia orientali et America bor. incolæ, inter eas unica in Corea sponte crescit.

1. ひ と つ ば た ご

（第 一 圖 a-c）

喬木ニシテ高キハ三十米突ニ達スルアリ、幹ノ直徑モ七十珊ニ達ス、若枝ハ毛ナキト微毛アルト褐毛密生スルトアリ、葉ハ對生厚ク芽ニアリテハニ包旋ス、若キ側枝ニ生ズルモノハ鋭キ複鋸齒ヲ具ヘ廣橢圓形又ハ倒卵形、兩端トガリ、表面ハ中肋ニ微毛アル外ハ無毛ナレドモ裏面ハ葉脈ニ沿ヒテ褐毛又ハ白毛生ズ、葉柄ニハ微毛アリ。古枝ノ葉ハ橢圓形又ハ帶卵橢圓形又ハ帶橢圓披針形、表面ハ中肋ノミニ褐毛生ズレドモ裏面ニハ少クモ其一部分ニハ褐毛密生ス。花ハ聚繖花序ヲナシ毛ナシ、然レドモ支那産ノモノニハ毛アルモノアリ、花梗ハ皆其基部ニテ關節ス、蕚ハ四裂シ、裂片ハ狹披針形ニシテ蕾ニテハ鑷合狀ニ排列ス、永存性ナリ。花冠ハ白色ニシテ深ク四裂シ、裂片ハ狹長、蕾ニアリテハ摺曲スレドモ後展開ス、長サ 1.2 乃至 1.5 珊アリ。雄蕋ハ着生。核果ハ黑色ニシテ橢圓形長サ十糎許、種皮ハ褐色ニシテ膜質ナリ。

濟州島、全南、慶南ノ森林ニ生ズ。

（分布） 支那ノ中部、東部、南部、對馬。

一種葉ハ披針形ニシテ花冠ノ裂片ハ細ク幅一乃至一ミリ半ノモノアリ。（ながばひとつばたご）ト云フ。（第一圖 d）。

濟州島ニ稀ニ生ジ、同島ノ特産品ナリ。

1. **Chionanthus retusa**, *Lindley* et *Paxton*.

in *Paxton*'s Flow. Gard, III. (1853) p. 85. f. 273. *Walpers* Ann. V. (1858) p. 482. *Max.* in Mél. Biol. IX. (1877) p. 653. Gardner's Chron. Ser. 2. XXIII. (1886) p. 820. f. 178. *Forbes et Hemsl.* in Journ, Linn. Soc. XXVI. (1889) p. 88. *Knobl.* in Nat. Pflanzenf. IV. 2. (1895) p. 11. *Rehder* in *Bailley* Stand. Cycl. II. (1914) p. 748. in Rhodora VI. (1904) p. 19. f. 3 et 4. in Pl. Wils. II. (1916) p. 611. *Gilg* in *Engler* Bot Jahrb. XXIV. beiblatt p. 59. *Schneider* Illus. Handb. II. (1911) p 793. f. 497. t-y. f. 500. c. *Nakai* Fl. Kor. II. p. 87.

Linociera chinensis, *Fischer* apud *Maximowicz* Ind. Fl. Pek. in Prim. Fl. Amur. (1859) p. 474.

Chionanthus chinensis, (*Fischer*) *Maxim.* in Mél. Biol. IX. (1874) p. 393. *Fran. et Sav.* Enum. Pl. Jap. II. p. 435. *Shirai* in Tokyo Bot. Mag. VIII. (1895) p. 98 t. 3.

C. Duclouxii, *Hickel* in Bull. Soc. Dendr. Fr. (1914) p. 72. fig.

Arbor usque 30 metralis alta. Truncus diametro 0.7 metralis. Rami hornotini glabri, pilosi v. dense pubescentes. Folia opposita coriacea in gemma convoluta, rosularum argute subduplicato-serrulata late-elliptica v. obovata utrinque acuta v. acuminata, supra secus costas tantum adpresse pilosa, infra secus venas pilosa, petiolis pilosis, ramorum elliptica v. ovato-elliptica v. lanceolato-elliptica saepe serrulata, supra præter costas fusco-pilosas glaberrima, infra saltem partem fusco-tomentella. Inflorescentia paniculata glabra (sed in Chinense interdum pilosa) ramis articulatis. Calyx 4-partitus, lobis lineari-lanceolatis valvatis, persistens. Corolla alba alte 4-partita, lobis lineari-oblanceolatis, primo induplicatis demum patentibus apice acutis 1.2–1.5 cm. longis. Stamina inserta. Drupa atra oblonga 10 mm. longa. Testa seminis fusca membranacea.

Hab. in silvis Quelpært et Coreæ australis nec non Archipelagis Coreanae.

Distr. Tsusima et China.

var. **coreana** (*Lévl.*) *Nakai.*

Chionanthus coreanus, *Léveillé* in *Fedde* Rep. (1910) p. 385.

C. retusus, *Rehd.* in Pl. Wils. l. c. p. 11. p. p. ?

Folia lanceolata utrinque attenuata. Corollæ lobi lineares 1–1.5 mm. lati.

Hab. in silvis Quelpaert, rara.

Planta endemica.

第二屬 れんぎよう屬

灌木雌雄異株直立スルモノト枝ノ下垂スルモノトアリ、葉ハ一歳ニテ落ツ、單葉ニシテ往々三叉又ハ三裂ス、鋸齒アルモノトナキモノトアリ。雌雄異株。花ハ腋生ニシテ一個乃至三個、一芽中ニハ唯一個ノ花アリ。花梗ハ短カク、萼ハ四裂シ內外二個宛ニテ包旋ス、花冠ハ黃色四裂シ、

裂片ハ長橢圓形ニシテ萼片ヨリ長ク蕾ニアリテハ旋囘狀ニ相重ナル。雄
蕋二個、花冠ノ筒部ニ附着シ、花冠ノ裂片ト交互ニ生ズ、雌花ニテハ長
シ子房ハ二室雄花ニテハ退化シ小トナル、胚球ハ各室ニ四個乃至十個下
垂ス、果實ハ蒴、二裂シ、種子ニ翼アリ、胚乳ナシ、子葉ハ扁平ナリ。

世界ニ六種アリ。歐亞兩洲ノ産、其中三種ハ朝鮮ニ自生ス。

Gn. 2. **Forsythia**, *Vahl*. Enum. Pl. Hav. I. (1804) p. 39. *Endl.* Gen.
Pl. p. 573. n. 3356. *DC* Prodr. VIII. p. 281. *Benth.* et *Hook.* Gen.
Pl. II. p. 675. *Knobl.* in Nat. Pflanzenf. IV. 2. (1895) p. 7. *Schneid.*
Illus. Handb. Laubholzk. II. p. 768.

Syringa, (non *L.*) *Willdenow* Sp. Pl. I. 1. (1797) p. 48. p.p. *Pers.*
Syn. Pl. I. (1805) p. 9. p.p.

Frutex dioicus erectus v. ramis dependentibus sæpe angulato-striatis.
Folia annua simplicia, trifida v. trisecta sed non decomposita, serrata v.
subintegra. Flores axillares solitarii v. gemini squamis imbricatis in-
stricti. Pedunculi breves. Calyx 4–fidus, lobis oblongis v. rotundatis
convolutis. Corolla flava 4–fida, lobis oblongis v. lineari-oblongis calycem
multo superantibus in alabastro contortu-imbricatis. Stamina 2 corollæ
tubo affixa inserta, v. in floribus masculis subexerta lobis corollæ alterna.
Ovarium biloculare. Ovula in quoque loculo 4–10 pendula. Styli
elongati sed in floribus masculis abortivi abbreviati. Stigma emarginato-
bifidum. Capsula 2–valvis. Semina alata pendula. Albumen O. Cotyle-
dones plano-convexæ. Radicula supera.

Species 6 in Europa et Asia incolæ quarum tres in Corea sponte
nascent.

2. てうせんれんぎよう

カイタライ（京畿）、オーチユーホアナム（慶南）、

ケーナリナム（古名）。

（第 二 圖）

叢生ノ灌木雌雄異株ナリ、高サ一丈ニ達スルモノアリ、莖ハ彎曲シテ
下垂シ分岐アリ、古枝ハ灰褐色ナレドモ若技ハ綠色ヲ呈ス。葉ハ披針形
ニシテ兩端トガリ葉柄アリ。央以上ニ鋸齒アリテ毛ナシ、若キ長枝ニ生
ズル葉ハ往々三叉ス。花ハ葉ニ先チテ生ジ一葉腋ニ一個乃至三個宛生ズ
レドモ一芽中ニハ唯一個ノ花アリ、花ハ常ニ下垂ス。一花ノ苞ハ鱗片狀

ニシテ通例八個アリ、蕚ハ四裂シ緑色ナレドモ裂片ハ邊緣無色透明トナル、花冠ハ黃金色ヲ呈シ長サ 1.7 乃至 2.5 珊許、深ク四裂シ、筒部ハ鐘狀ニシテ裂片ハ長橢圓形、花時ハ側方ヨリ外ニ卷ク、雄蕊ハ二個ニシテ花冠ノ筒部ニツキ毛ナシ雄花ニテハ長シ、葯ノ基部ハ深キ凹ヲナシ、其底ニ花糸ノ先端ハ附着ス、葯ハ卵形ニシテ二室、黃色ナリ。柱頭ハ淺ク二叉ス。花柱及ビ子房ハ無毛ナリ、雄花ニテハ退化シ極メテ小形ナリ、蒴ハ卵形ニシテ扁平、先端著シク尖リ、長サ 1.5 乃至 2 珊、幅 7 乃至 10 粍、疣狀ノ突起アリ、種子ハ褐色、長サ 5 乃至 6 粍翼アリ。

平安南北、黃海、京畿ヨリ全南ニ亘リテ分布ス。

（分布）支那。

2. Forsythia viridissima, *Lindley*.

in Journ. Hort. Soc. London I. (1840) p. 226. II. p. 157. et in Bot. Regist. (1846) t. 39. *Walp.* Ann. I. p. 501. *Hance* in Journ. Bot. (1882) p. 39. *Hook.* et *John Smith* in Bot. Mag. (1851) t. 4587. *Forbes* et *Hemsley* in Journ. Linn. Soc. XXVI. p. 82. *Diels* in Bot. Jahrb. XXIX. p. 531. *Koehne* in Gartenflora (1906) p. 202. *Nakai* Fl. Kor. II. p. 89. *Schneid.* Illus. Handb. II. p. 770. f. 483 a-c. f. 484 c-d. *Rehder* in *Bailley* Stand. Cycl. III. (1915) p. 1269.

F. suspensa, (non *Vahl*) *Palibin* Consp. Fl. Kor. II. p. 9. *Nakai* Fl. Kor. II. p. 89.

Frutex dioicus caespitosus usque 3 m. altus. Caulis arcuato-dependens ramosus. Rami annotini saepe virides striato-angulati lenticellis minutis sparsim punctati. Folia vulgo lanceolata petiolem longum attenuata apice acuminata infra medium integra, supra medium serrulata glaberrima, infra venis elevatis, rosularum sæpe trifida v. trisecta. Flores precosi axillari 1–3, pedunculo unifloro, penduli v. nutantes, bracteis usque 8-paribus suffulti. Calyx 4–fida, lobis late ellipticis viridibus margine hyalinis et ciliolatis circ. 5 mm. longis. Corolla intense flava 1.7–2.5 cm. longa alte 4–partita tubo campanulato, lobis anguste oblongis primo contortu-imbricatis demum margine longitudine revolutis. Stamina 2 subexerta sed in floribus foemineis inserta, tubo corollæ affixa glaberrima. Filamenta in fundo sinuato baseos antheræ affixa. Connectivum productum. Antheræ conniventes ovatæ biloculares flavæ. Stigma emarginato-bilobum. Stylus et ovarium glaberrimum in floribus masculis abortiva. Pedicelli fructiferi arcuati. Capsula ovato-attenuata 1.5-2 cm. longa 7-10 mm. lata verrucosa, valvis medio impressis. Semina fusca 5-6 mm. longa alata.

Hab. in mediis et australibus partibus peninsulæ Koreanæ.

Distr. China.

3. ひろはれんぎよう
(第 三 圖)

高サ 1 乃至 1.5 米突分岐ス、樹膚ハ灰色又ハ暗灰色ニシテ皮目散點ス、若キ側枝ノ葉ハ廣卵形ニシテ基脚截形又ハ淺キ心臟形又ハトガル、先端ハ急ニトガリ無毛、深綠色ナリ、葉柄ハ長サ 8 乃至 12 糎、葉身ハ長サ 6.8 珊ニ達スルアリ、通例廣卵形ニシテ基脚截形、邊緣ニ鋸齒アリ、未ダ花ヲ見ズ。果實ハ 2 乃至 3 糎ノ柄ヲ有シ扁平ナル卵形ニシテ長クトガル、外面ハ滑ニシテ疣狀ノ突起ナシ。種子ハ數個アリテ多角形ヲナシ長サ 5 乃至 6 糎、幅 1.5 乃至 2 糎毛ナシ。

金剛山並ニ其附近ニ生ズ。

朝鮮特產品。

3. Forsythia ovata, *Nakai.*

in Tokyo Bot. Mag. XXXI. (1917) p. 104. et Veg. Diamond M'ts. p. 182. n. 256 (1918).

Frutex 1-1.5 metralis breviter ramosus. Cortex sordide cinereus v. sordide atro-cinereus lenticellis sparsim punctulatus. Folia ramorum innovationum latissime v. late ovata basi truncata v. subcordata v. acuta, apice subito acuminata viridissima glaberrima, petiolis 8-12 mm. longis 7.5 cm. longa 6.3 cm. lata (5.4-3.8, 6.8-6.0, 7.0-6.2 etc.) argute serrata v. subintegra, ramorum floriferorum late ovata basi truncata, apice attenuata argute serrata v. integra. Flores ignoti. Fructus stipite 2-3 mm. longo compresso-ovatus longe attenuatus medio sulcatus bilocularis, facie lucido. Semina nonnulla angulata 5-6 mm. longa 1.5-2 mm. lata glabra.

Hab. in montibus et in dumosis Kum-gang-san et ejus vicinitate.

Planta endemica !

4. いはれんぎよう

小灌木、岩上ニ生ズル故自生品ハ高サ五六寸ニスギザレドモ移植品ニ
テハ三尺余トナル、髓ハ薄板狀ヲナシ極メテ細シ、皮ハ微褐白色、皮目
ハ小ニシテ散點ス、若枝ニ毛ナシ。葉ハ卵形又ハ長卵形又ハ廣披針形ニ
シテ小鋸齒アリ、先端銳クトガル。葉柄ハ長サ 2-10 糎許始メ微毛アレ
ドモ後無毛トナル。葉身ノ表面ハ綠色無毛、葉脈ハ凹入ス、葉身ノ長サ
ハ 2-6 珊幅ハ 1-3 珊、葉裏ハ淡綠色ニシテ脈上ニ微毛アリ、花ハ前年
ノ枝ノ葉腋ニ生ズル故常ニ枝ニ側生ス、蕾ハ唯一個ノ花ヲ有シ多數ノ鱗
片ニテ包マル、花梗ハ長サ 1 糎許無毛、萼ハ長サ 3 糎、四裂ス、裂片
ハ鱗片樣ニシテ褐色、先端白シ、花冠ハ黃色長サ 13-15 糎、深ク四裂
シ、裂片ハ長サ 9-11 糎幅 3-4 糎、雄蕋ハ二個潛在ス、花柱ハ花筒ヨ
リ少ヌク長ク無毛ナリ。未ダ果實ヲ見ズ。

京畿道奧北漢山ニ產シ稀品ナリ。本府技手石戸谷勉氏ノ發見ニ係ハ
ル、本種ハ備中國ニ產スル（やまとれんぎよう）Forsythia japonica ニ最
モ近キ種ナルモ、髓ノ細キト、葉幅セマキト、毛ノ少ナキ事ト、花冠ノ
裂片ノ細キトニ依リ彼ヨリ異ル。

4. Forsythia saxatilis, *Nakai*. sp. nov.

F. japonica var. saxatilis, *Nakai* in Tokyo Bot. Mag. XXXII. p. 10.
(1919).

Differt a F. japonica, medullis angustissimis, foliis angustioribus minus
pubescentibus, lobis corollæ angustioribus.

Planta saxatilis, spontanea tantum 20 cm. alta sed culta 1 m. v. ultra
attingit. Ramus arcuato-dependens. Medulla lamellata sed angustissima.
Cortex cinereus leviter fuscescens, lenticellis minutis sparsis. Rami hornotini
glabri. Folia ovata v. late lanceolata argute minute serrulata acuminata.
Petioli pilosi 2–10 mm. longi demum glabrati. Lamina supra viridia glabra
venis impressis 2–6 cm. longi 1–3 cm. lati, infra pallida et secus venas
tantum pilosa. Flores laterales in axillis foliorum annotinorum axillares
in gemma solitarii. Gemmæ floriferæ squamis 5-seriales imbricatæ.
Pedicelli glabri 1 mm. longi. Calyx 4–lobatus, 3 mm. longus, lobis scariosis
fuscis apice albis. Corolla flava 13–15 mm. longa alte 4–partita, lobis
9 11 mm. longis 3-4 mm. latis. Stamina 2 inserta sessilia. Styli tubo

corollæ paullum longiores 5 mm. longi glabri.　Fructus ignotus.

Nom. Jap.　Iwa-rengyo.

Hab.　in monte Peukhansan circa Seoul.

第三屬　とねりこ屬

喬木又ハ小喬木、稀ニ灌木樣、通例雌雄異株、葉ハ對生一歳ニテ落ツ、通例羽狀複葉ナレドモ、外國產ニハ稀ニ單葉ノモノモアリ。羽片ニハ鋸齒アルモノト、ナキモノトアリ、複總狀花序ハ本年ノ枝ノ葉腋又ハ前年ノ葉腋ニ當ル所ヨリ生ズ、花ハ蕚ト花冠トヲ有スルモノト、花冠ナキモノト、全然花被ナキモノトアリ。花瓣ハ離生シ、花瓣アル花ニテハ四個ヲ常トスレドモ往々五個トナリ又ハ減數シテ一個乃至三個トナリ頗ル狹長ナリ。雄蕋ハ二個稀ニ四個又ハ三個、子房ハ二室ヲ常トスレドモ稀ニ三室又ハ四室トナル。胚珠ハ各室ニ二個宛ニシテ下垂ス、果實ハ先端翼狀ニ伸長シ、翅ハ長倒卵形又ハ倒披針形ヲ常トス、子葉ハ扁平ニシテ幼根ハ上向ス。

世界ニ約七十種アリ、其中朝鮮ニ三種アリ、次ノ二節ニ區分ス。

第一節　頂　生　花　序　類

花序ハ其年ノ枝ノ頂及ビ葉腋ニ生ズ、蕚ハ四裂ス、花瓣ハ二個乃至四個雄花又ハ雌花共ニ無瓣ナル事アリ、雄蕋ハ二個乃至四個又ハナシ。

朝鮮ニ次ノ二種アリ。

Gn. 3.　**Fraxinus,** (*Plinius*) *Tournefort* Instit. Rei Herb. (1700) p. 577. t. 343.　*Linné* Sp. Pl. (1753) p. 1056.　*Miller* Gard. Dict. ed. IV. (1754) Fr.　*Pers.* Syn. Pl. II. (1807) p. 604.　*Endl.* Gen. Pl. p. 573. *DC.* Prodr. VIII. p. 274.　*Benth.* et *Hook.* Gen. Pl. I. p. 676.　*Knobl.* in Nat. Pflanzenf. IV. 2. p. 5.　*Schneid.* Illus. Handb. Laubholzk. II. p. 810.

Ornus, *Pers.* apud *Endl.* l.c. *Benth.* et *Hook.* l.c. *Knobl.* l.c. *Schneid.* l.c.

Arbor v. arborea vulgo dioica.　Folia opposita annua vulgo pinnata (rarius simplicia).　Pinnulæ serrata v. integra.　Panicula in axillis foliorum hornotinorum v. annotinorum axillaris.　Flores dichlamydei v. monochlamydei v. achlamydei.　Petala si adsunt 4 rarius 5, interdum abortive 1–3 angusta.　Stamina 2 rarius 3–4.　Ovarium 2 (3–4) loculare.

Ovula in quoque loculo 2 pendula. Fructus apice alato-productus, alis oblanceolatis v. obovatis. Cotyledones planæ.

Circ. 70 species per totam orbem adsunt, quibus 3 species in Corea adsunt et in sequenti sectionibus dividuentur.

Sect. I. **Ornus**, *DC* in *DC* et *La Marck* Fl. Franc. ed. 3. III. (1805) p. 496. Prodr. VIII. (1844) p. 274. *Wenzig* in *Engl*. Bot. Jahrb. IV. (1883) p. 168. *Benth*. et *Hook*. Gen. Pl. II. p. 676. *Blume* in Mus. Bot. Lugd. Bot. I. (1850) p. 310. *Knobl*. in Nat. Pflanzenf. IV. 2. p. 5. *Lingels*. in *Engl*. Bot. Jahrb. XL. (1908) p. 212. *Schneid*. Illus. Handb. Laubholzk. II. p. 811.

Fraxinus ††. Ornus, *Pers*. Syn. Pl. II. (1807) p. 605. *A. Gray* Syn. Fl. II. 1. (1886) p. 73.

F. b. Melioides, *Endl*. Gen. Pl. p. 573.

F. c. Ornus, *Endl*. Gen. Pl. p. 573.

Ornus, *Necker* Elementa Bot. II. (1790) p. 375. *Pers*. Syn. Pl. I. (1805) p. 9. *Pursh* Fl. Americæ septentr. I. (1814) p. 8.

Inflorescentia in ramis hornotinis terminalis v. axillaris, Calyx 4-fidus. Petala 2–4 v. in floribus ♂ interdum in et ♂ et ♀ destituta. Stamina 2–4 v. destituta.

Petala semper destituta (in fl. ♀ interdum adsunt). Folia in axillis pinnarum saepe rufo-tomentosa. Pinnæ magna obovata v. late lanceolata. .... Fr. rhnchophylla, *Hance*.

Petala semper adsunt angusta. Folia in axillis pinnarum glabra v. adpresse ciliata. Pinnæ lanceolatæ v. late lanceolatæ...................... ....Fr. longicuspis, *S*. et *Z*.

5. てうせんとねりこ

モルレナモ（釜山）、ムンプレナム（平北）、ムプレナム
又ハ ムプレナモ（古名）

（第 四、五 圖）

喬木又ハ小喬木、雌雄異株又ハ兩全花ヲ混生ス、皮ハ第六圖ノ如シ、褐灰色又ハ暗灰色ヲナス、二年生ノ枝ニハ毛ナク暗褐灰色ニシテ皮目散點ス、一年生ノ枝ハ褐綠色又ハ帶紅褐綠色ニシテ後灰褐色トナル、芽ニハ褐毛又ハ白毛生ズルモノト無毛ノモノトアリ。芽ハ廣卵形ヲナス、葉ハ

對生ニシテ一乃至三對ノ奇數羽狀複葉ナリ。側生ノ長枝ニ生ズルモノハ葉柄ニ翼アルモノアリ。羽片ハ皆小葉柄ヲ具ヘ卵形又ハ廣卵形又ハ廣披針形又ハ披針形又ハ廣倒披針形稀ニ圓形、邊緣ニ波狀ノ鋸齒アリ。表面ハ綠色ニシテ裏面ハ淡綠又ハ稍白味アリ且中肋ニ沿ヒテ多毛アリ、羽片ノ出ヅル所ニハ褐色ノ毛密生ス、葉柄ノ基脚ハ肥厚シ往々帶紅色ナリ、複總狀花序ハ初年度ノ枝ハ先端並ニ葉腋ニ生ジ廣ク擴ガル、花ハ長キ小花梗ヲ具フ、蕚ハ四裂又ハ四叉シ又ハ殆ンド刻裂セザルモアリ、廣鐘狀又ハ盃狀、無毛又ハ微毛アリ、雄花ハ雄蕋ト蕚二個トヲ有ス、雌花ハ蕚ト雌蕋ヲ有ス、柱頭ハ二叉ス、兩全花ハ稀ニ存在シ蕚ト二個乃至四個ノ倒披針形ノ花瓣ト二個乃至四個ノ雄蕋ト雌蕋トヲ有ス、翅果ハ變化多ク第四圖ノ如シ。

　欝陵島ヲ除キ全道ノ山野ニ生ス。

　（分布）　滿洲、北支那。

5. Fraxinus rhynchophylla, *Hance.*

in Journ. Bot. VII. (1869) p. 164. *Fran.* Pl. Dav. (1884) p. 203. t. XVII. *Kom.* Fl. Mansh. III. p. 248. *Nakai* Fl. Kor. II. p. 86. Veg. Isl. Quelp. p. 73. Veg. Isl. Wangto p. 42. *Schneid.* Illus. Handb. II. (1912) p. 820.

　F. chinensis. *Roxb.* var. rhynchophylla, (*Hance*) *Hemsl.* in Journ. Linn. Soc. XXVI. (1889) p. 86. *A. Lingelsh.* in Pl. Wils. I. 4. (1914) p. 261. *Rehder* in *Baill.* Stand. Cycl. III. (1915) p. 1275.

　F. Bungeana, (non *DC*) *Maxim.* in Mél. Biol. IX. p. 396.

　F. chinensis, (non *Roxb.*) *Herder* in Act. Hort. Petrop. I. p. 422.

　Arbor dioica rarius polygama, cortice polygono-fisso, fusco-cinereo v. atro-cinereo. Ramus annotinus glaber sordide cinereo-fuscus lenticellis punctulatus. Ramus hornotinus fusco-viridis v. rubescenti-fusco-viridis demum cinereo-fuscus. Gemmæ rufo-puberulæ v. albido-puberulæ v. glabræ late ovatæ. Folia opposita 1–3 jugo imparipinnata, rosularum interdum petiolis alatis. Foliola omnia petiolulata ovata v. late ovata v. late lanceolata v. lanceolata v. late oblanccolata v. rotundata crenato-serrata supra viridia infra pallida v. interdum subglauca secus costas tomentella. In axillis pinnarum sæpe rufo-tomentellus. Basis petioli incrassata sæpe rubescens. Panicula axillaris et subterminalis atque terminalis divaricata glabra. Flores longe pedicellati. Calyx 4-fidus v.

4-dentatus v. subinteger, late campanulatus v. pelviformis glaber v. pilosus. Flos ♂ cum calyce et stamina dua. Flos ♀ cum calyce et gynæcio, stigmate bifido. Flos hermaphroditus cui rarius adest cum calyce petalis 2-4 oblanceolatis, staminibus 2-4 et gynæcio. Samara ut in figura tabulæ IV.

Hab. in tota Corea præter insulam Ooryongto.

Distr Manshuria et China bor.

6. こばのとねりこ、一名あをたご

ムルパレナム（濟州島）

（第 六 圖、第 七 圖）

灌木又ハ小喬木雌雄異株ニシテ分岐多シ。初年度ノ枝ハ灰色ニシテ無毛、次年度ノモノハ暗灰色ニシテ白キ皮目ノ班點アリ。芽ハ廣卵形又ハ卵形ニシテ毛ナシ。葉ハ 1 乃至 3 對奇數羽狀複數ニシテ羽片ハ先端ノモノハ長卵形又ハ廣披針形ニシテ小葉柄ヲ具フルモ側羽片ハ無柄ナルカ又ハ短カキ小葉柄ヲ具ヘ廣披針形又ハ披針形ナリ皆兩面共ニ毛ナク裏面ハ唯中肋ニ沿ヒテ毛アリ、表面ハ綠色又ハ帶紅綠色裏面ハ淡綠色又ハ稍白味アリ、邊緣ニハ鋸齒アルモノトナキモノトアリ、葉柄ノ基脚ハ肥厚ス、花序ハ初年度ノ枝ノ先端並ニ先端ニ近キ葉腋ニ生ズ、萼ハ極小ニシテ鋸齒アリ、花瓣ハ白色狹長ナリ、雄蕋ハ二個ニシテ花瓣ト殆ド同長ナリ、翅果ハ圖ニ示スガ如シ。

慶南、全南、南部ノ群島並ニ濟州島ニ自生ス。

（分布） 本道、四國、九州。

一種羽片ノ廣キ第七圖ノ如キヲ Fraxinus Sieboldiana, *Blume* ト云ヘドモ一ノ極端品ニシテ敢テ種又ハ變種トシテ區分スベキモノニ非ズ、其他 var. sambucina, var. subintegra, var. angustata 等ノ名ハ唯標本ノ上ノ區分ニノミ用ヰ得ベキモノナリ。

6. **Fraxinus longicuspis,** *Siebold* et *Zuccarini*.

Florae Japonicæ Familiæ naturales in Abhandlung Akad. Muench. IV. 3. (1846) p. 169. *Miq.* Prol. Fl. Jap. p. 152. *Fran.* et *Sav.* Enum. Pl. Jap. I. p. 310. *Wenzig* in Bot. Jahrb. IV. p. 171. *Matsum.* in Tokyo Bot. Mag. XIV. p. 36. *Palib.* Consp. Fl. Kor. II. p. 9. *Knobl.* in Nat. Pflanzenf. IV. 2. p. 5. *Lingels.* in Bot. Jahrb. XL. p. 214.

Nakai Fl. Kor. II. p. 87. Veg. Isl. Quelp. p. 73. n. 1025 Veg. **M't.** Chirisan p. 42. n. 377. *Schneid.* Illus. Handb. II. p. 816. *Rehder* in *Baill.* Stand. Cycl. III. (1915) p. 1275.

F. Sieboldiana, *Bl.* in Mus. Bot. Lugd. Bat. I. p. 311. *Knobl.* l.c. *Miq.* Prol. Fl. Jap. p. 152. *Fr.* et *Sav.* Enum. Pl. Jap. I. p. 310. *Wenzig.* l. c. p. 172.

Frutex v. arborea dioica ramosissima. Ramus annotinus sordide atro-fuscus lenticellis albis punctulatus, hornotinus cinereus glaber. Gemmæ late ovoideæ v. ovoideæ glabræ. Folia 1–3 jugo imparipinnata, foliolis terminalibus ovato-acuminatis v. late lanceolatiş petiolulatis, foliolis lateralibus breviter petiolulatis v. sessilibus late lanceolatis v. lanceolatis, omnibus utrinque glabris v. subtus tantum secus costas barbatis, supra viridibus v. rubescenti-viridibus infra pallidis v. glaucinis serrulatis v. crenatis v. integris. Petioli basi incrassati. Inflorescentia in apice rami hornotini terminalis ac axillaris. Calyx minimus dentatus. Petala alba linearia subclavata. Stamina 2 petalis fere æquilonga. Samara ut in figura tabulæ VI.

Hab. in silvis et montibus Coreæ australis nec non Quelpaert.

Distr. Hondo, Shikoku et Kiusiu.

F. Sieboldiana est forma quæ sensim in typica transit.

第 二 節 側 生 花 序 類

花序ハ次年ノ枝ニアリテ葉腋ニ當ル所ニ生ジ、蕚アルモノトナキモノトアリ、花瓣ナシ。朝鮮ニ次ノ一種アリ。

Sect. 2. **Fraxinaster,** *DC.* Prodr. VIII. (1844) p. 276, *A. Gray* Syn. Fl. II. 1. (1886) p. 74 *Benth.* et *Hook.* Gen. Pl. II. p. 676. *Knobl.* in Nat. Pflanzenf. IV. 2. p. 6. *Wenzig* in Bot. Jahrb. IV. (1883) p. 174. *Lingels.* in Bot. Jahrb. XL. p. 218. *Schneid.* Illus. Handb. II. p. 820.

Fraxinus a. Bumelioides et b. Melioides, *Endl.* Gen. Pl. p. 573.

Inflorescentia in axillis foliorum annotinorum axillaris. Calyx + v. —. Petala 0.

Species 1 in Corea adest.

7. や　ち　だ　も

トッルマイナム（咸北、咸南、江原）、

トッルミエイナム（平北）、ムルプリナム（全南）

（第　八　圖）

大形ノ喬木幹ノ直徑ハ二米突ニ達スルモノアリ、枝ハ太ク、初年度ノ皮ハ褐色ニシテ皮目散點シ、次年度ノ枝ハ灰褐色ナリ。葉ハ三乃至五對奇數羽狀ニシテ長キ葉柄ヲ有シ羽片ノ分岐點ニ褐色ノ密毛生ズ、羽片ハ披針形又ハ帶卵披針形又ハ狹披針形ニシテ兩端著シクトガリ表面ハ綠色ナレトモ裏面ハ淡綠色又ハ帶白色、長サハ 5 乃至 22 珊アリ。花序ハ前年ノ葉腋ヨリ生ジ複總狀ナリ。花ニ花被ナシ、雄花ハ二叉セル雄蕋ヨリ成リ、雌花ハ二個ノ雄蕋ト子房一個トヲ有ス、柱頭ハ二裂ス、翅果ハ大形ニシテ第八圖ニ示スガ如キ形ヲナス。

全南智異山以北ノ地ニ生ズ。

（分布）　北海道、本島ノ中部以北、樺太、滿洲、北支那。

7. Fraxiuns mandshurica, *Ruprecht.*

in Bull. Akad. Petrop. XV. (1857) p. 371. et in Mél. Biol. II. p. 551. *Maxim.* Prim. Fl. Amur. p. 194. et Mél Biol. IX. p. 395. cum var. Japonica. *Fr. Schmidt.* Fl. Amg. n. 281. Fl. Sachal. n. 325. *Regel* Tent. Fl. Uss. n. 332. *Herder* Act. Hort. Petrop. I. p. 421. *Korsch.* Act. Hort. Petrop. XII. p. 338. *Fr. et Sav.* Enum. Pl. Jap. II. p. 435. *Forbes et Hemsl.* in Journ. Linn. Soc. XXVI. p. 86. *Knobl.* in Nat. Pflanzenf. IV. 2. p. 6. *Wenzig* ih Bot. Jahrb. IV. p. 179. *Palib* Cousp. Fl. Kor. II. p. 9. *Kom.* Fl. Mansh. III. p. 346. *Nakai* Fl. Kor. II. p. 87. *Schneid.* Illus. Handb. II. p. 827. f. 520. b. f. 521. a-d. *Rehd.* in *Stand.* Cycl. III. p. 1276.

F. nigra v. mandshurica, *Lingelsch.* in Bot. Jahrb. XL. p. 223.

Arbor magna dioica trunco diametro usque 2 metrale. Ramus robustus. Cortex rami annotini cinereo-fuscus, hornotinus fuscus, lenticellis sparsim punctatus. Folia 3-5 jugo imparipinnata longe petiolata in axillis pinnarum rufo-tomentosa. Foliola lanceolata v. ovato-lanceolata v. lineari-lanceolata longe attenuata supra viridia infra pallida v. glaucina 5-22 cm. longa. Inflorescentia in axillis foliorum annotinorum axillaris paniculata. Flores achlamydei. Flos ♂ tantum cum staminibus bifurcatis. Flos ♀ cum staminibus 2 et gynaecio. Stigma bilobum. Samara magna ut in figura tabulæ VIII.

（やちだも）ノ大樹、
根ガ土砂ヲ包ミテ大ナル株ヲナセルニ注意セヨ。
平安南道順安

Hab. e montibus Chirisan versus boreale.

Distr. China bor., Manshuria, Sachalin, Yeso et Hondo bor.

第四屬　いぼたのき屬

灌木又ハ喬木、葉ハ一歳又ハ二歳ニテ落ツ、全緣ニシテ托葉ナシ、對生シ葉柄アリ、花ハ枝ノ先端ニ生ジ總狀花序又ハ複總狀花序ヲナス。萼ハ短カク鋸齒アルカ又ハ四裂片アリ、花冠ハ白色四裂片アリ、裂片ハ蕾ニアリテハ鑷合狀ニ排列シ花時ハ外反ス、雄蕋ハ二個ニシテ花冠ノ筒部ニ附着シ着生スルト抽出スルトアリ、裂片ト交互ニ生ズ、柱頭ハ花冠ノ筒部ヨリ短シ、柱頭ハ全緣又ハ二裂ス、子房ハ二室、胚珠ハ子房各室ニ二個宛アリテ下垂ス。果實ハ核果樣ニシテ黑色、種子ハ一個乃至三個、胚乳ハ多肉子葉ハ扁平、幼根ハ上ニ向フ。

　　歐亞兩州ノ產ニシテ約四十種アリ。其中六種ハ朝鮮ニ自生ス。

1 ｛常綠、葉ノ表面ハ光澤ニ富ム。……………………………………………… 2
　｛落葉性又ハ一部ノミ越年ス。…………………………………………… 3

2 ｛葉ハ大ニシテ通例七珊ヨリ長シ。………………… L. lucidum, *Ait.*
　｛葉ハ通例六珊ヨリ短カシ、雄蕋ハ花冠ノ裂片ヨリ長シ。
　｛　　　　　　　　　　　　　　　　　　　　　　 L. japonicom, *Thunb.*

3 ｛葉ハ一部落葉セズ、表面ノ葉脈ハ著シク凹ム、複總狀花序ハ大ナリ、
　｛　雄蕋ハ少シク抽出ス。………………… L. ovalifolium, *Hassk.*
　｛葉ハ皆落葉ス表面ノ葉脈ハ凹ミ方著シカラズ。………………… 4

4 ｛複總狀花序ハ大ナリ、雄蕋ハ花冠ノ裂片ヨリ短カシ。…………
　｛　　　　　　　　　　　　　　　　…… L. foliosum, *Nakai.*
　｛花ハ總狀花序又ハ短カキ複總狀花序ナリ。………………… 5

5 ｛雄蕋ハ長ク抽出シ花筒ハ花冠ノ裂片ヨリモ長シ、葉ハ兩端トガリ葉
　｛　柄長シ、花ハ總狀花序ヲナス。…………… L. salicinum, *Nakai.*
　｛雄蕋ハ抽出セズ、花筒ハ極メテ短カシ。………………… 6

6 ｛二年目ノ枝ハ秋期尙ホ毛アリ、花ハ短カキ總狀花序ヲナス。………
　｛　…………………… L. Ibota f. Tschonoskii, *Nakai.*
　｛二年目の枝ハ毛ナシ。…………………………………………… 7

7 ｛花ハ總狀花序ヲナスカ又ハ基部少シク分岐スル總狀花序ナリ、葉ハ
　｛　橢圓形又ハ倒披針形又ハ披針形ナリ（未ダ朝鮮ニ發見セズ）。……
　｛　……………………… L. Ibota f. ciliatum, *Nakai.*
　｛花ハ短カキ總狀花序ヲナス。…………………………………… 8

$8 \begin{cases}$ 葉ハ長サ 1 乃至 1.5 珊。......... L. Ibota f. microphyllum, *Nakai.* \\ 葉ハ長サ 2 珊以上アリ。...................... 9 $\end{cases}$

$9 \begin{cases}$ 葉ハ卵形又ハ橢圓形又ハ披針形、裏面ニハ少クモ中肋ニ毛アリ。... \\ .... L. Ibota typicm, *Nakai.* \\ 葉ハ橢圓形又ハ長橢圓形又ハ倒披針形。..................10 $\end{cases}$

$10 \begin{cases}$ 葉ハ裏面ニ少クモ中肋ニ毛アリ。...L. Ibota f. angustifolium, *Nakai.* \\ 葉ハ裏面ニ毛ナシ。...................... L. Ibota f. glabrum, *Nakai.* $\end{cases}$

Gd. 4. **Ligustrum**, (*Brunfels*) *Tournefort* Instit. Rei Herb. I. p. 596. t. 367. (1700). *Linné* Gen. Pl. n. 18. (1737). Sp. Pl. p. 7. (1753). *Miller* Gard. Dict. ed. IV. Li. (1754). *Gaertn.* Fruct. et Sem. II. p. 27. t. 92. *Endl.* Gen. Pl. p. 572. *DC.* Prodr. VIII. p. 293. *Benth.* et *Hook.* Gen. Pl. II. p. 679. *Schneider* Illus. Handb. II. p. 794.

Frutex v. arborea. Folia annua v. biennia integra exstipullata opposita petiolata. Flores in apice rami terminali v. axillari-paniculati v. racemosi. Calyx brevis dentatus v. 4-lobis. Corolla 4-loba alba lobis valvatis demum recurvis v. reflexis. Stamina 2 tubo corollæ affixa, lobis alterna inserta v. exerta. Styli inserti. Stigma integrum v. bilobum. Ovarium 2-loculare. Ovula in quoque loculo 2 ab apice pendula. Fructus drupaceus nigra. Semina 1–3 pendula. Albumen carnosum. Cotyledones planæ. Radicula supera.

Circ. 40 species in Eurasia indigenæ, inter eas 6 in Corea sponte nascent.

$1 \begin{cases}$ Folia sempervirentia supra lucida. .... 2 \\ Folia decidua supra haud lucida. .... 3 $\end{cases}$

$2 \begin{cases}$ Folia vulgo magna et lata 7 cm. longiora. Stamina lobis corollæ \\ fere æquilonga............................ L. lucidum, *Aiton.* \\ Folia vulgo 6 cm. breviora. Stamina lobos corollæ leviter superantia. .... L. japonicum, *Thunberg.* $\end{cases}$

$3 \begin{cases}$ Folia partim persistentia supra venis distincte impressis. Panicula \\ ampla. Stamina semiexerta. .... L. ovalifolium, *Hasskarl.* \\ Falia tota decidua, supra venis haud impressis. .... 4 $\end{cases}$

$4 \begin{cases}$ Panicula ampla foliosa. Stamina lobis corollæ breviora. .... \\ .... L. foliosum, *Nakai.* \\ Flores racemosi v. breviter paniculati. .... 5 $\end{cases}$

$\left\{\begin{array}{l}\text{Stamina distincte exerta. Filamenta lobos corollæ superantia.} \quad \text{Folia} \\ \text{distincte petiolata.} \quad \text{Flores racemosi.} \ldots\ldots\ldots \text{L. salicinum, } Nakai. \\ \text{Stamina non v. haud exerta.} \quad \text{Filamenta brevissima.} \ldots\ldots\ldots \text{6}\end{array}\right.$

5

$\left\{\begin{array}{l}\text{Ramus annotinus in auctumno pubescens.} \quad \text{Folia varia.} \quad \text{Flores vulgo} \\ \text{breviter paniculati.} \ldots\ldots\ldots \text{L. Ibota f. Tschonoskii, } Nakai. \\ \text{Ramus annotinus glaber.} \ldots\ldots\ldots \text{7}\end{array}\right.$

6

$\left\{\begin{array}{l}\text{Folia 1–1.5 cm. longa.} \ldots\ldots\ldots \text{L. Ibota f. microphyllum, } Nakai. \\ \text{Folia 2 cm. longiora.} \ldots\ldots\ldots \text{8}\end{array}\right.$

7

$\left\{\begin{array}{l}\text{Folia ovata v. elliptica v. lanceolata, subtus saltem secus costas pilosa.} \\ \ldots\ldots\ldots \text{L. Ibota f. typicum, } Nakai. \\ \text{Folia oblonga v. anguste-oblanga v. oblanceolata.} \ldots\ldots\ldots \text{9}\end{array}\right.$

8

$\left\{\begin{array}{l}\text{Folia subtus glaberrima.} \ldots\ldots\ldots \text{L. Ibota f. glabrum, } Nakai. \\ \text{Folia subtus saltem secus costas pilosa.} \ldots\ldots\ldots \\ \ldots\ldots\ldots \text{L. Ibota f. angustifolium, } Nakai.\end{array}\right.$

9

8. たうねずみもち
(第 九 圖)

小喬木高サ十米突ニ達シ分岐多シ、枝ハ無毛、皮ハ灰色ニシテ皮目點在ス。葉ハ對生、葉柄アリ長サ十三珊幅六珊ニ達スルモノアリ、卵形又ハ橢圓形先端トガリ全緣ニシテ表面ハ光澤アリテ肉厚シ、葉柄ノ長キハ二珊ニ達スルアリ通例帶紫色ナリ、複總狀花序ハ若技ノ先端ニ生ジ無毛ニシテ大ナリ、長サ二十珊ニ達スルモノアリ。小花梗ハ長サ 2 乃至 5 粍ニシテ無毛、蕚ハ杯狀ニシテ邊緣ハ波狀ヲナシ無毛ナリ、花冠ハ白色ニシテ長サ七粍許、筒部ハ二乃至三粍、裂片ハ卵形ニシテ外反ス、雄蕊ハ抽出ス、葯ハ橢圓形、果實ハ黑色ニシテ長サ七乃至十一粍幅五乃至六粍許。

濟州島ニ產シ稀ナリ。

（**分布**） 支那。

8. **Ligustrum lucidum**, *Aiton*.

Hortus Kewensis ed. I. (1789) p. 19. ed. II. (1810) p. 19. *Sims* in Bot. Mag. (1825) t. 2565. *Link* Enum. Pl. Hort. Berol. I. (1821) p. 33. *DC.* Prodr. VIII. p. 293. *Hance* in Journ. Linn. Soc. XIII. (1873) p. 82. *Knobl.* in Nat. Pflanzenf. IV. 2. p. 13. *Forbes* et *Hemsl.* in Journ. Linn. Soc. XXVI. (1889) p. 92. *Diels* in Bot. Jahrb. XXIX. p.532.

Schneid. Illus. Handb. II. p. 796. *Nakai* Veg. Isl. Quelp. (1914) p. 73. n. 1029. *Rehder* Pl. Wils. II. p. 603. et in Stand. Cycl. IV. (1916) p. 1861.

Phyllyrea paniculata, *Roxb.* Fl. Ind. I. (1820) p. 100. *Roem.* et *Schult.* Syst. Veg. mant. I. (1822) p. 82.

Olea clavata, *G. Don* Gen. Syst. IV. (1838) p. 49.

Ligustridium japonicum, *Spach* Hist. Veg. VIII. (1844) p. 289. p.p.

Ligustrum Roxburghii, (non *Clarke*) *Bl.* Mus. Bot. Lugd. Bat. I. (1850) p. 315.

L. sinense latifolium et robustum, *T. Moore* in Gard. Chron. new series. X. (1878) p. 752. f. 125.

Esquirolia sinensis, *Lévl.* in *Fedde* Rep. X. (1912) p. 441.

Arborea usque 10 metralis ramosissima. Ramus glaber cortice cinereo lenticellis punctatus. Folia opposita petiolata 6–13 cm. longa 3–6 cm. lata ovata v. oblonga acuta integra coriacea supra lucida petiolis usque 2 cm. longis saepe purpurascentibus. Panicula glabra ampla usque 20 cm. longa. Pedicelli 2–5 mm. longi glaberrimi. Calyx cupularis margine undulatus glaber. Corolla alba usque 7 mm. longa, tubo 2–3 mm. longo, lobis ovatis recurvis. Stamina exerta. Antheræ ellipticæ. Bacca nigra 7–11 mm. longa 5–6 mm. lata.

Hab. in Quelpært ubi rara.

Distr. China.

9. ねずみもち 一名たまつばき

クワンナム（濟州島）、チュイートゥルナム（莞島）

（第 十 圖）

高サ六米突ニ達スルアリ分岐多ク無毛、皮ハ灰色ニシテ白色ノ皮目點在ス。葉ハ二歳ニテ落ツ、葉柄ノ長サ 6 乃至 12 糎、葉身ハ卵形、又ハ披針形ヲ帶ベル卵形又ハ廣橢圓形又ハ倒卵形又ハ披針形、長サ 3 乃至 10 珊、幅 1.5 乃至 4.5 珊、全緣、先端ニ向ヒトガレドモ愈先端ニ至レバ急ニ丸クナル。基脚ハ楔形又ハトガリ稀ニ丸シ、複總狀花序ハ大ニシテ長サ 13 珊ニ達スルアリ。萼ハ杯狀ニシテ邊緣ハ截形又ハ波狀ヲナス、花冠ハ白色長サ 5 糎許、裂片ハ卵形又ハ橢圓形ニシテ初メ鑷合狀ニ排列スルモ後反轉ス、雄蕋ハ二個花冠ノ咽頭部ニ附キ少シク抽出ス、果

實ハ黒色ニシテ多少白味ヲ帶ブ。

濟州島、莞島等南方ノ島ニ生ズ。

（分布）本島、四國、九州、對馬。

9. Ligustrum japonicum, *Thunberg*.

Flora Japonica (1784) p. 17. t. 1.　*Pers.* Syn. Pl. I. (1805) p. 8.
DC. Prodr. VIII. p. 293.　*Bl.* Mus. Bot. Lugd. Bat. I. p. 313.　*Miq.*
Prol. Fl. Jap. p. 152.　*Fr.* et *Sav.* Enum. Pl. Jap. I. p. 213. II. p. 437.
Forbes et *Hemsl.* in Journ. Linn. Soc. XXVI. p. 91.　*Palib.* Consp. Fl.
Kor. II. p. 30.　*S.* et *Z.* Fl. Jap. Fam. Nat. in Abhandl. Ak. Muench.
IV. 3. (1846) p. 168.　*Schneid.* Illus. Handl. II. p. 795. f. 500. d.-k.
f. 501. d.-i.　*Nakai* Fl. Kor. II. p. 88. Veg. Isl. Quelp. p. 73. n. 1026.
a. Veg. Isl. Wangto p. 13. et in Tokyo. Bot. Mag. XXXII. p. 120 (1918).

L. Taquetii, *Lévl.* in *Fedde* Rep. (1912) p. 378.

Ligustridium japonicum, *Spach* Hist. Veg. VIII. (1839) p. 272.

Frutex usque 6 metralis ramosus glaber, cortice cinereo, lenticellis albis
punctulatis.　Folia biennia, petiolis 6–12 mm. longis, ovata v. lanceolato-
ovata v. late elliptica v. lanceolata interdum obovata v. lanceolata 3–10
cm. longa 1.5–4.5 cm. lata integerrima acuto-obtusa v. acuminato-obtusa
v. acuminata, basi cuneata v. acuta rarius fere rotundata, supra lucida
infra pallida in viva venis inconspicuis.　Panicula ampla usque 13 cm.
longa.　Calyx cupularis margine truncata v. undulata.　Corolla alba 5
mm. longa, lobis ovatis v. oblongis recurvis primo valvatis.　Stamina 2
fauce corollæ affixa exerta.　Bacca atra plus minus glaucescens.

Hab. in Quelpaert et Archipelago Koreano.

Distr. Hondo, Shikoku, Kiusiu et insula Tsusima.

10. たけしまいぼた
（第十一圖）

おほばいぼたノ近似品ニシテ葉ノ表面ノ葉脈ハおほばいぼたノ如ク凹
マズ又花序ニ葉多キヲ以テ一見區別シ得、且おほばいぼたニテハ葉ハ一
部越年スレトモ本種ニアリテハ全部完全ニ落葉ス。

落葉ノ灌木高サ 1 乃至 3 米突分岐多シ。皮ハ灰色ニシテ皮目ナキカ
又ハ少ナシ、若枝ニハ毛ナキヲ常トスレドモ往々短毛ノ生ゼルアリ、葉

ハ狭橢圓形又ハ披針形又ハ倒卵形又ハ倒卵橢圓形、先端トガリ基脚ハ尖
頭又ハ鋭頭、長サ 1 乃至 6 珊、幅 0.7 乃至 3 珊、無毛又ハ裏面ノ中
肋ニノミ微毛アリ。花ハ若枝ノ先端ニアリテ複總狀花序ヲナス、花梗ハ
短カク又ハ無柄花モアリ、花ニハ香氣アリ、萼ハ杯狀ニシテ長サ 1 乃
至 1.5 粍、邊緣ハ波狀ヲナス、花冠ハ白色ニシテ筒部ハ長サ 3 乃至 4 粍
凡テ 6 粍內外、裂片ハ披針形ニシテ反轉ス、雄蕋ハ二個抽出シ葯ハ狭
橢圓形ニシテ先端トガリ長サ 2 粍許、果實ハ長サ 6 乃至 7 粍長圓形
ニシテ黑色ナリ。

欝陵島ノ山ニ多生シ、同島ニ於ケル木犀科植物ハ本種ニテ代表ス。

一種葉ノ卵形ヲナスアリ、f. ovale ト云フ、何レモ同島ノ特產ナリ。

10. **Ligustrum foliosum**, *Nakai*.

in Tokyo Bot. Mag. XXXII. p. 12. (1918).

Affine L. ovalifolii, sed exquo foliis supra venis non impressis semper
deciduis dense collocatis, inflorescentia foliosa et multo densiflora.

Frutex usque 1–3 metralis e basi ramosissimus. Cortex cinereus lenti-
cellis nullis v. paucis. Ramus juvenilis glaberrimus v. adpresse incurvato-
ciliatus. Folia lineari-oblonga v. lanceolata v. obovata v. oblongo-elliptica
apice acuta v. acuminata basi mucronata v. acuta 1–6 cm. longa 6.7–3
cm. lata glaberrima v. infra secus costas pilosa. Inflorescentia in apice
rami hornotini thyrsoidea pyramidalis foliosa. Flores breviter pedicellati v.
sessiles glaberrimi suaveolentes. Calyx cupularis 1–1.5 mm. altus margine
undulatus. Corolla alba cum tubo 3–4 mm. longo 6 mm. longa, lobis lan-
ceolatis recurvis. Stamina 2 exerta antheris lineari-oblongis apice acutis 2
mm. longis. Drupa 6–7 mm. longa oblongo-sphærica atra.

Hab. in insula Ooryongto ubi vulgaris.

f. ovale, *Nakai*. l. c.

Folia late ovata v. ovata acutissima.

Hab. in monte 700 m. supra Dodong insulae Ooryongto.

Planta endemica !

11. お ほ ば い ぼ た
（第 十 二 圖）

高サ 5 乃至 6 米突ノ半常綠ノ灌木、分岐多シ、枝ハ灰色、葉ノ一部ハ

必ズ越年シ厚ク光澤アリ。長サ2乃至7珊、幅1.2乃至4珊、帶卵橢圓形又ハ倒卵形又ハ橢圓形又ハ帶卵球形ニシテトガリ、毛ナク、葉ノ表面ハ葉脈特ニ深ク凹ム、圓錐花叢ハ基部ニ葉ヲ交ヘ三寸以上ニ達スルヲ常トス、毛ナシ。花ハ殆ンド無柄又ハ僅ニ長サ1粍ノ花梗ヲ具フ、萼ハ無毛ニシテ長サ1乃至1.2粍杯狀ニシテ先端截形又ハ波狀ヲナス。花冠ノ筒部ハ4乃至4.5粍凡テニテ7乃至8粍許、白色、裂片ハ披針形ニシテ外反ス、雄蕊ハ抽出セズ。果實ハ5乃至8粍殆ンド球形又ハ長球形又ハ橢圓形。

木浦ノ海岸ヨリ濟州島ニ亘リ分布ス。

（分布）　本島、四國、九州。

11.　Ligustrum ovalifolium, *Hasskarl*.

Catalogus plantarum in Horto botanico Bogoriensi cultarum alter (1844) p. 119. *Walp.* Repert. VI. (1846) p. 462. *S.* et *Z.* in Abh. Akad. Münch. IV. 3. p. 167. *Koch.* Dendr. II. i. (1872) p. 273. *Koehne* Mitteilung Deutsch. Dendr. Gesells. XIII. (1904) p. 76. Festschrift Aschers. (1904) p. 204. *Schneid.* Illus. Handb. II. p. 807. fig. 509. a–e. f. 510. c–g. *Nakai* in Tokyo Bot. Mag. XXXII. p. 122. (1918).

Ligustrum japonicum var. ovalifolium, (*Hassk.*) *Blume* Mus. Bot. Lugd. Bat. I. p. 313. p. p. *Miq.* Prol. Fl. Jap. p. 152.

L. ciliatum var. heterophyllum, *Bl.* l. c. p. 313.

L. Ibota v. obovatum, *Bl.* l. c. p. 312.

L. medium, *Fran.* et *Sav.* Enum. Pl. Jap. II. p. 437.

Frutex usque 5–6 metralis ramosus. Ramus cinereus. Folia partim biennia ovato-oblonga v. obovata v. elliptica v. ovato-elliptica acuminata v. acuta 2–7 cm. longa 1.2–4 cm. lata glaberrima supra venis manifeste impressis. Panicula ampla v. parva in apice rami hornotini terminalis basi foliosa v. nuda ambitu conica glaberrima. Flores subsessiles v. pedicellis usque 1 m. m. longa. Calyx glaberrimus 1–1.2 m. m. longus cupularis apice truncatus v. leviter undulatus. Corolla tubo 4–4.5 m. m. longo 7–8 mm. longa, alba, lobis lanceolatis recurvis. Stamina semi-exerta. Drupa 5–8 mm. longa fere sphærica v. rotundato-oblonga v. ellipsoides.

Hab.　e Mokpo usque ad Quelpært.

Distr. Hondo, Shikoku et Kiusiu.

12. や な ぎ い ぼ た
（第 十 三 圖）

小灌木、皮ハ灰色ニシテ無毛、枝ノ先端ハ極メテ短毛生ズ。葉ハ披針
形又ハ倒披針形ニシテ毛ナク葉柄ハ長サ4乃至6粍、葉身ハ3.3乃至5.5
珊アリテ兩端トガリ、中肋ハ表面凹ミ裏面突起ス。花ハ總狀花序ヲナシ
枝ノ先端ニ生ズ。花軸ニハ短毛密生ス。小花梗ハ短カク毛ナシ、苞ハ小
ニシテ披針形ヲナシ1乃至2粍許。萼ハ杯狀ニシテ高サ1.5粍淺ク四裂
シ、裂片ハ銳ル。花冠ハ白色ニシテ長サ6粍、花筒ハ三粍、裂片ハ廣披
針形ニシテ花時ニハ外反ス。 雄蕋ハ二個ニシテ花冠ノ裂片ヨリモ長シ、
花糸ノ長サ3乃至3.5粍、葯ハ長サ2粍許ニシテ基部廣シ。未ダ果實ヲ
見ズ。

濟州島ノ特產ニシテ稀品ナリ。

12. **Ligustrum salicinum,** *Nakai.*

in Tokyo Bot. Mag. XXXII p. 122. (1918).

L. ciliatum v. salicinum, *Nakai* Veg. Isl. Quelp. (1914) p. 73. n. 1026 b.

Affine L. Ibota v. ciliatum, sed exquo foliis longius petiolatis utrinque
attenuatis, staminibus longe exertis dignoscendum.

Frutex. Cortex cinereus glaberrimus. Ramus apice adpressissime ciliolatus. Folia lanceolata v. oblanceolata glaberrima cum petiolis 4–6 mm.
longis 3.3–5.5 cm. longa, utrinque attenuata, costis supra impressis infra
elevatis. Racemus terminalis basi breviter ramosus. Axis inflorescentiæ
adpressissime ciliolata. Flores breviter pedicellati. Pedicelli glaberrimi.
Bracteæ parvæ lanceolatæ 1–2 mm. longæ. Calyx cupularis 1.5 mm.
altus brevissime 4–fidus, lobis brevissime mucronatis. Corolla alba 6 mm.
longa, tubo 3 mm. longo, lobis late oblanceolatis demum recurvis. Stamina 2 lobos patentes superantia, filamentis 3–3.5 mm. longis, antheris
2 mm. longis ad basin leviter dilatatis. Drupa ignota.

Hab. in silvis Hallasan, Quelpaert (*Faurie* n. 1873).

Planta endemica!

13. いぼたのき　　チユインナム（黄海）

本種ハ變化多キ種ニシテ毛ノ多少、葉ノ廣狹、大小等ニテ種々ノ名稱アリ。其中特ニいぼたのきト稱スベキハ第十四圖たんないぼたノ葉裏中肋ニ毛ノ生ゼルカ又ハ第十六圖けいぼたノ前年ノ枝ノ毛ヲ除キシガ如キ形ヲナスモノナリ。

灌木高サ2米突ニ達スルモノアリ分岐多シ。皮ハ白色ニシテ皮目ハ殆ンドナシ。若枝ニハ散生スル毛アリ。葉ハ橢圓形又ハ倒卵橢圓形又ハ倒披針形又ハ帶披針形橢圓、裏面ハ葉脈ニ沿ヒテ毛アリ。花ハ枝ノ先端ニアリテ總狀又ハ複總狀花序ヲナシ花軸ニ毛アリ。小花梗ニモ毛アリ。萼ニハ微毛アルト無毛ノモノトアリテ短ク四裂シ永存性ニシテ果實ニ伴フモノハ花時ノ二三倍ノ大サニ達ス。　花冠ハ白色ニシテ長サ4乃至6粍、花筒ハ2乃至3粍、裂片ハ外反ス。雄蕊ハ二個、着生、果實ハ黑色ニシテ長サ6乃至7粍許。

中部以南群島ニ至ル迄分布ス。

（分布）　本島、四國、九州。

一種葉ノ狹長橢圓形ナルカ又ハ狹倒披針形又ハ披針形ナルアリ。いぼたのきト區別スベキ程ノモノニモアラネド特ニ分チテながいぼたトスルモ可ナリ。*Blume* 氏ガ嘗テ Ligustrum Ibota v. angustifolium ト命ゼシモノ是ナリ。

全南智異山、京城附近、瑞興等ニテ採ル。

（分布）　本島、四國、九州。

又一種いぼたのき樣ニテ葉ニ全然毛ナキモノアリ、分岐特ニ多ク枝密ナリ。たんないぼたのきト謂ヒ、濟州島ニ多生ス。今迄ノ所同島以外ニ發見セズ。（第十四圖參照）キヤークンナム、コクワンナム（土名）。

又一種葉ノ長サ1乃至2珊ヲ出デズ。分岐多ク枝密ニ、花序短小ナルモノアリ。ひめいぼたのきト謂ヒ濟州島ノ特産ナリ。（第十五圖參照）。

又一種前年ノ枝卽ハチ二年生ノ枝ハ秋期ニ至ルモ尙ホ毛ヲ有シ其他ノ部モ一般ニ多毛ナルアリ。けいぼたのきト謂ヒ朝鮮中部以南濟州島迄分布ス。（第十六圖參照）。

（分布）　本島。

13. Ligustrum Ibota, *Sieb.* nom. nud.

Synopsis Plantarum Oeconomicarum in Verh. Bataav. Genootsch. XII.

(1830) p. 36 cum adnot. brev. *S. et Z.* Fl. Jap. Fam. Nat. in Abh. Akad. Münch. IV. 3. (1864) p. 167. n. 565 cum. diagn. *Bl.* Mus. Bot. Lugd. Bat. I. (1850) p. 312. *Miq.* Prol. Fl. Jap. p. 151. *Fran.* et *Sav.* Enum. Pl. Jap. I. p. 313. II. p. 456. *Dene.* Nouv. Arch. du Mus. Paris 2me Serie II. p. 17. *Forbes* et *Hemsl.* in Journ. Linn. Soc. XXVI. p. 91. *Shirasawa* Icon. t. 83. *Koehne* Festschrift Aschers. p. 194. et in Mitteilung Deut. Dendr. Gesells. XIII. p. 71. *Rehd.* Stand. Cycl. IV. (1916). p. 1861. *Palib.* Consp. Fl. Kor. II. p. 10. *Nakai* Fl. Kor. II. p. 88 et in Tokyo Bot. Mag. XXXII. p. 122. *Schneid.* Illus. Handb. II. p. 806 fig. 507 a–g. fig. 506 h–o.

L. vulgare, (non *L.*) *Thunb.* Fl. Jap. p. 17.

L. obtusifolium, *S.* et *Z.* l. c. p. 168. *Walp.* Ann. I. p. 500 *Koch.* Dendr. II. p. 274. *Dippel* Handb. I. p. 130 f. 80. *Koehne* Dendr. p. 501.

L. ciliatum var. β spathulatum, *Bl.* l. c. p. 313.

f. **typicum**, *Nakai* in Tokyo Bot. Mag. XXXII. p. 123. (1918).

Frutex usque 2 m. ramosus. Cortex cinereus lenticellis subnullis. Ramus hornotinus patentim pubescens. Folia oblonga v. elliptica v. obovatooblonga v. oblanceolata v. lanceolato-oblonga v. subtus secus venas pilosa. Panicula apice rami hornotini terminalis pubescens. Pedicelli pilosi. Calyx pilosus v. glaber breve 4–lobatus persistens in fructu 2–3 plo accrescens. Corolla alba 4–6 mm. longa, tubo 2–3 mm. longo, lobis reflexis. Stamina 2 inserta. Drupa atra usque 6–7 mm. longa.

Hab. in silvis v. in dumosis Coreæ mediæ et austr.

Dish. Hondo, Shikoku et Kiusiu.

f. **augustifolium**, (*Bl.*) *Nakai* in Tokyo Bot. Mag. XXXII. p. 123 (1918).

L. Ibota var. angustifolium, *Bl.* in Mus. Bot. Lugd. Bat I. p. 312.

Folia lineari-oblonga v. lineari-oblanceolata v. lanceolata. Ramus hornotinus pilosus. Inflorescentia paniculata.

Hab. ut antea.

Distr. Hondo, Shikoku et Kiusiu.

f. **glabrum**, *Nakai* in Tokyo Bot. Mag. XXXII. p. 123 (1918).

L. ciliatum v. glabrum, *Nakai* Veg. Isl. Quelp. (1914) p. 73. n. 1026. a.

Ramus hornotinus pilosus. Folia glaberrima lineari-oblonga. Inflorescentia racemosa.

Hab. in Quelpaert ubi vulgatissimum.

Planta endemica !

f. microphyllum, *Nakai* in Tokyo Bot. Mag. XXXII. p. 124.

L. Ibota v. microphyllum, *Nakai* Veg. Isl Quelp. p. 73. n. 1027.

Ramus hornotinus pubescens. Folia oblonga v. lineari-oblonga v. ob-lanceolata vulgo 1–2 cm. longa. Inflorescentia breviter paniculata.

Hab. in Quelpaert, sat vulgaris.

Planta endemica !

f. Tschonoskii, (*Dcne.*) *Nakai* in Tokyo Bot. Mag. XXXII. p. 124.

L. Tschonoskii, *Dcne.* in Nouv. Arch. Mus. d'Hist. Nat. Paris 2 ser. 2. (1878) p. 18. *Forbes* et *Hemsl.* in Journ. Linn. Soc. XXVI. p. 90 in nota sub L. Henryi. Palib. Consp. Fl. Kor. II. p. 11. *Koehne* Festschrift Aschers. p. 196.

L. Ibota v. Tschonoskii, *Nakai* El. Kor. II. p. 89.

Ramus annotinus etiam pubescens. Folia elliptica v. oblonga v. oblongo-linearia v. lanceolata, obtusa v. acuta. Inflorescentia paniculata.

Hab. in Corea media et austr. nec non Isl. Quelpaert.

Distra. Hondo.

第 五 屬　は し ど ひ 屬

灌木又ハ喬木、葉ハ托葉ナク、葉柄ヲ具ヘ單葉全緣ニシテ稀ニ羽狀ニ分叉ス。花ハ圓錐花叢ヲナシ前年ノ枝ノ先端又ハ若枝ノ先端ニ生ズ。但シ先年ノ枝ノ先端ニ生ズル際ニハ其頂芽ハ枯死シ頂芽ニ隣レル對生ノ腋芽ガ其儘花芽トナルヲ常トス。萼ハ短ク、通例杯狀ヲナシ四裂片ヲ有ス。花冠ハ筒部長キト短カクシテ萼筒ヨリ抽出セザルモノトアリ。四裂片ヲ有シ其色白、淡紅、紫、深紫色等アリ。裂片ハ蕾ニアリテハ鑷合狀ニ排列シ其先端ハ內方ニ向ヒ爪狀ノ突起ヲ出スモノアリ。雄蕋ハ二個ニシテ花冠ノ裂片ト交互ニ生ジ其筒部ノ或ハ上部ニ或ハ中部ニ着生シ通例花糸短少ナレドモ往々抽出スルモノモアリ。花柱ハ一本ニシテ柱頭ハ全緣又ハ二叉シ、子房ハ一個、二室ヲ有シ各室ニ二個ノ下垂スル胚珠ヲ有ス。果實ハ蒴ニシテ二裂片トナリ、表面ニハ皮目ノ點在スルモノ多シ。

欧亞大陸ノ產ニシテ約三十種アリ、其中九種ハ朝鮮ニ產ス、其區別下ノ如シ。

1 花冠ノ筒部ハ短カク萼筒內ニ潛在スルカ又ハ少シク抽出ス。雄蕋ハ著シク抽出ス ⋯⋯⋯⋯⋯⋯⋯⋯⋯⋯⋯⋯⋯⋯⋯ 2

Gn. 5. **Syringa,** (*Lobelius*) *Linné* Sp. Pl. (1753) p. 9. *Gœrtn.* Fruct. et Sem, I. p. 224 t. 49. *Endl.* Gen. Pl. p. 573. *Benth.* et *Hook.* Gen. Pl. II. p. 675. *Knobl.* in Nat. Pflanzenf. IV. 2. p. 8. *Schneid.* Illus. Handb. II. p. 771. *Nakai* in Tokyo Bot. Mag. XXXII. p. 124 (1918).

Lilac, (*Mattioli*) *Tournef.* Instit. Rei Herb. (1700) p. 601. t. 372. *Miller* Gard. Dict. ed. IV. (1754) p. Li. *Adanson* Familles des Plantes II. (1763) p. 223. *Jussieu* Genera Plantarum (1774) p. 105.

Liliacum, *Renault* Fl. Dép. Orne. (1800) p. 100.

Ligustrina, *Rupr.* Beiträge zur Kenntniss der Fl. Russl. XI. (1859) p. 55. et Decas Pl. Amur, t. IX.

Frutex. Folia simplicia integra v. pinnatifida petiolata exstipullata. Panicula in apice rami hornotini terminalis v. in apice rami annotini terminali-axillaris. Calyx 4–lobus v. subtruncatus cupularis. Corolla tubo nunc elongato nunc abbreviato, 4–lobis, alba v. rosea v. purpurea v. intense purpurea v. violacea, lobis in alabastro valvatis apice sæpe unguiculatis. Stamina 2 tubo corollæ affixa et lobis corollæ alterna, inclusa v. exerta. Styli 1 stigmate integro v. bilobo. Ovarium unicum biloculare. Ovula in quoque loculo 2 pendula. Capsula 2–valvis glabra v. verrucosa.

Circ. 30 species in Eurasia incolæ, quarum 9 in Corea sponte nascent.

1 {Corollæ tubus abbreviatus inclusus v. exertus. Stamina valde exerta.
. ... 2
Corollæ tubus elongatus tubulosus. Stamina inclusa.................. 4

2 {Folia lanceolata v. lineari-lanceolata. Fructus circ. 1 cm. longus....
....S. Fauriei, *Léveillé.*
Folia ovata v. elliptica. Fructus 2.0–2.5 cm. longus................. 3

3 {Folia glaberrima ....S. amurensis, *Rupr.* v. genuina, *Maxim.*
Folia subtus pilosa.......S. amurensis, *Rupr.* v. japonica, *Fr.* et *Sav.*

4 {Inflorescentia in apice rami hornotini terminalis dependens 5
Inflorescentia in apice rami annotini axillaris erecta 8

5 {Inflorescentia dependens v. nutans 6
Inflorescentia erecta, caulisque robusta 8

6 {
Axis inflorescentiæ et calyx glabra ....S. formosissima, *Nakai*.

Axis inflorescentiæ et calyx pubescens ....
....................S. formosissima var. hirsuta, *Nakai*.
}

7 {
Calyx et axis inflorescentiæ pubescens. Folia subtus velutina.........
....S. robusta, *Nakai*.

Calyx et axis inflorescentiæ pilosus. Folia subtus glabra v. secus
venas tantum pilosa...............S. robusta var. subhirsuta, *Nakai*.
}

8 {
Folia latissime ovata basi truncata v. leviter cordata, Fructus glaber
....S. dilatata, *Nakai*.

Folia elliptica v. ovata v. rotundata basi acuta. Fructus verrucosus.
.... 9
}

9 {
Flores parvi 6–7 mm. non superantes. Rami hornotini, petioli atque
folia subtus velutina.................................S. micrantha, *Nakai*.

Flores 7–15 mm. longi...10
}

10 {
Folia luciduscula supra venis valde impressis, infra valde elevatis.
Flores albi v. pallide violacei. Fructus 9–11 mm. longus apice
obtusus ....S. venosa, *Nakai*.

Folia opaqua supra venis leviter v. haud impressis. Fructus acutus...
....11
}

11 {
Folia subtus, petioli atque rami hornotini velutina. Fructus 10–17
mm. longi.................................S. velutina, *Komarov*.

Folia subtus secus venas pilosa v. glabra. Rami et calyx pilosuli v.
glabri 12
}

21 {
Flores dense dispositi. Folia rotundata apice subito acuminata. Corolla
cæruleo-violacea. Fructus 12–14 mm. longi...............................
.......................S. Palibiniana var. Kamibayashii, *Nakai*.

Flores laxius dispositi. Folia ovata v. elliptica utrinque acuta, subtus
secus venas primarias circa basin albo-pilosa. Fructus 7–12 mm.
longi...13
}

13 {
Corolla pallide violacea v. purpureo-violacea...S. Palibiniana, *Nakai*.

Corolla lactea ....S. Palibiniana, var. lactea, *Nakai*.
}

第 一 節 は し ど ひ 節

花序ハ前年ノ枝ノ先ニ腋生ス。花冠ノ筒部ハ短カク、雄蕊ハ長ク抽出

ス。喬木又ハ灌木、朝鮮ニ二種アリ。

Sect. I. **Ligustrina,** *Rupr.* in Bull. Phys.—Mathem. XV. (1857) p. 371. Mél. Biol. II. (1859) p. 551. *Maxim.* Prim. Fl. Amur. (1859) p. 194. *Nakai* in Tokyo Bot. Mag. XXXII. p. 125. (1918).

Syringa Sect. Ligustrina, *Maxim.* apud *Knoblauch* in Nat. Pflanzenf. IV. 2. p. 8.

S. Subgn. Ligustrina, (*Rupr.*) *Schneid.* Illus Handb. Laubholzk. II. p. 783.

Gn. Ligustrina, *Rupr.* Beiträge zur Kenntniss der Fl. Russl. XI (1859) p. 55.

Inflorescentia perulatæ rarius eperulatæ. Corollæ tubus brevis. Stamina longe exerta. Arbor v. frutex.——Species Coreanae 2.

14. まんしうはしどひ カイホイナム（平北）
（第 十 七 圖）

喬木ニシテ高サ10米突ニ達スルアリ分岐多シ。 樹膚ハ櫻樹ニ似光澤アリ。若枝ハ綠色又ハ帶紅綠色ニシテ白色ノ皮目點在ス。二年生ノ枝ハ灰色ナリ。葉ハ卵形又ハ廣卵形又ハ帶卵披針形又ハ披針形、基脚ハトガルモノト丸キモノト截リタチルガ如キトアリ。先端ハ著シクトガル、無毛ニシテ表面ハ綠色裏面ハ淡綠又ハ白綠色ニシテ葉柄長シ。花ハ圓錐花叢ヲナシ通例前年ノ枝ノ先ニ腋生ス。花ニ毛ナク直徑5乃至6糎、萼ハ杯狀ニシテ淺ク四裂ス。花冠ハ白ク四裂シ裂片ハ開ク。雄蕊ハ二個ニシテ花冠ノ筒部ニ附着シ著シク抽出ス。花柱ハ潛在シ、柱頭ハ棍棒狀又ハ線狀、蒴ハ2乃至2.5珊、皮目點在ス、種子ハ褐色ニシテ翼アリ。

京畿、江原、平安、咸鏡ノ樹林ニ生ズ。

（分布） 黑龍江省、滿州、北支那（直隷、山西）。

一種花序ニ綠色ノ細長キ苞多ク生ズルモノアリ、 forma **bracteata** ト云フ。余之ヲ京畿道光陵ノ始原林中ニ發見セリ。

又一種葉裏ニ微毛生ズルモノアリ、**はしどひ**是ナリ。余之ヲ智異山上並ニ元山ノ裏山ニテ探レリ、北海道並ニ本島中部ニ分布ス。

14. **Syringa amurensis,** *Ruprecht.*

in Bull. Akad. Pétersb. XV. p. 371. *Maxim.* Prim. Fl. Amur. p. 193. Suppl. Ind. Fl. Pek. p. 474. *Regel* Tent. Fl. Uss. n. 331. *Herder* in

Act. Hort. Petrop. I. p. 420. *Fr. Schmidt* Amg. n. 281. *Fran. et Sav.*
Enum. Pl. Jap. II. p. 435. *Franch.* Pl. Dav. p. 205. *Korsch.* in Act.

（まんしうはしどひ）ノ老木。 （A）
中央ニ簇生スルモノ是ナリ。 枝ノ上方ニ白色ノ花叢生セリ。
樹ノ高サ三丈許。 （平北江界郡牙得嶺）

(A) Syringa amurensis var. genuina in monte
Atobryöng, caule circ. 9 metralis alto.

Hort. Petrop. XII. p. 369. *Diels* in *Engl.* Bot. Jahrb. XXIX. p. 532.
Kom. Fl. Mansh. III. p. 250. *Nakai* Veg. Mt. Chirisan p. 43 n. 381.
Decaisne in Nouv. Arch. Mus. Paris. II. 2 p. 43. *J. D. Hooker.* in Bot.
Mag. (1897) t. 7534. *Hemsl.* in Journ. Linn. Soc. XXVI. p. 82.

S. japonica, (non *Max.*) *Nakai* Fl. Kor. II. p. 90.

S. rotundifolia, *Dcne* Monogr. p. 44

Ligustrina amurensis, *Rupr.* Beiträge zur Kenntniss der Fl. Russl. XI.
(1859) p. 55 et Decas Pl. Amur. t. IX. *Maxim.* in Bull. Akad. St.
Pétersb. XVI. (1874) p. 432 et in Mél. Biol. IX. (1877) p. 395. *Regel*
Gartenfl. XII. (1863) p. 115–6. Pl. 396.

var. **genuina,** *Maxim.* Prim. Fl. Amur. (1859) p. 193. *Nakai* in
Tokyo Bot. Mag. XXXII, p. 125. (1918).

Syringa amurensis v. mandshurica, (*Maxim.*) *Korsch.* in Act. Hort.
Petrop. XII. p. 369.

Ligustrina amurensis var. mandshurica, *Maxim.* in Bull. Akad. Pétersb.
XX. p. 432. et in Mél. Biol. IX. p. 395.

Arbor usque 10 metralis ramosus. Cortex cerasi lucidus. Ramus hor-
notinus rubescens v. viridis lenticellis albis punctatus, annotinus cinereus.
Folia ovata v. late ovata v. ovato-lanceolata v. lanceolata basi acuta v.
mucronata v. truncata v. rotundata apice acuminata v. attenuata v.
submucronata glaberrima supra viridia infra pallida longe petiolata.
Inflorescenita thyrsoidea basi efoliacea v. foliacea tum in apice rami
terminalis v. partim axillar[i]s. Flores glaberrimi diametro 5–6 mm.
Calyx cupularis breviter 4–lobus. Corolla alba 4–partita lobis patenti-
bus. Stamina 2 fauce corollæ affixa exerta. Styli angusti inclusi.
Stigmata elongato-clavatum v. lineare. Capsula 2–2.5 cm. longa lenticellis
punctata. Semina compressa alata.

Hab. in Corea media et septentrionali.

Distr. Amur, Manshuria et China bor. (Tschili, Shen-si).

f. **bracteata,** *Nakai* in Tokyo Bot. Mag. XXXII. p. 126.

Inflorescentia cum bracteis foliaceis oblanceolatis v. linearibus foliacea.

Hab. in Corea media.

var. **japonica,** (*Maxim.*) *Fran.* et *Sav.* Enum. Pl. Jap. II. p. 435.
Nakai in Tokyo Bot. Mag. XXXII. p. 126.

Ligustrina amurensis v. japonica, *Maxim*. l. c.

Syringa japonica, *Maxim*. apud *Dcne*. in Nouv. Arch. Mus. Paris II. 2. (1879) p. 44.

S. japonica, *Dcne*. apud *Schneider* Illus. Handb. Laubholzk. II. p. 783.

S. japonica, *Nakai* Fl. Kor. II. (1911) p. 90.

Foliorum forma ut var. genuina, sed subtus saltem circa basin pilosa. Inflorescentia in speciminibus Coreanis glabra sed in Japonica vulgo pubescens.

Hab. in Corea media et anstr.

Distr. Hondo media et bor., nec non Yeso.

15. ほ そ ば は し ど ひ

二年生ノ枝ハ褐色ニシテ小形ノ皮目散點ス。頂芽ハ發育セズ、最先端ノ腋芽ヨリ花序又ハ枝ヲ生ズ。葉ハ披針形又ハ廣披針形ノ表面ハ綠色無毛、裏面ハ葉脈上ニノミ微毛アリ。葉身ノ長サ3.2乃至8.7珊、幅ハ1.0乃至2.4珊、葉柄ハ長サ4乃至7粍無毛、花ハ圓錐花叢ヲナシ無毛、小花梗ノ長サハ0.2乃至0.1粍、蕚ハ無毛長サ1.0-1.5粍、花冠ハ白ク花筒ト蕚ト同長、裂片ハ長サ2粍、雄蕊ハ長ク抽出ス。果實ハ無毛ニシテトガリ長サ8乃至11粍。

江原道金剛山ニ生ジ稀品ナリ。故佛人フォーリー氏ノ採收ニ係ル。

朝鮮特產植物ナリ。

15. Syringa Fauriei, *Léveillé*.

iu *Fedde* Rep. VIII. p. 285 (1909). *Nakai* Fl. Kor. II. addenda p. 509.

S. amurensis var.? pekinensis? *Nakai* in Tokyo Bot. Mag. XXXII. p. 127 (1918).

Cum foliis lanceolatis hæc Syringa pekinensis accedit sed corollæ tubo breviore, fructibus minoribus distincta.

Rami annotini fusci lenticellis minutissimis sparsim punctulati. Gemmæ terminales non evolutæ. Folia lanceolata supra glabra subtus secus venas pilosa 1.0–2.4 cm. lata 3.2–8.7 cm. longa basi acuta v. acuminata apice attenuata, petiolis 4–7 mm. longis glabris. Gemmæ floriferæ termini-lateral multisquamatæ. Inflorescentia paniculata glaberrima. Pedicelli 0.2–1.0 mm. longi glabri. Calyx glaber 1.0–1.5 mm. longus. Corolla alba tubo calyce æquilongo, lobis ovatis 2 mm. longis. Stamina exerta. Fructus glaber acutus 8–11 mm. longus.

Nom. Jap. Hosoba-hashidoi.

Hab. in montibus Diamantis Coreæ mediæ (*Faurie* n. 714 et 722). in montibus Koseimen Coreæ septentrionalis (*T. Nakai*).

Planta endemica!

第 二 節　ライラック 節

花序ハ前年ノ枝ノ先ニ腋生ス。花ハ葉ニ先チテ出ヅルト共ニ出ヅルトアリ。「ライラック」ト稱シ園藝ニ利用スルハ此節ニ屬スル種ナリ。朝鮮ノモノモ亦皆此節ニ入ルベキハ園藝品種トナル。

Sect. II. **Vulgares,** *Schneider* in *Fedde* Rep. IX. (1910) p. 79. Illus. Handb. Laubholzk. II. p. 772. *Nakai* in Tokyo Bot. Mag. XXXII. p. 127 (1918).

Inflorescentia perulata ie. in apice rami annotini axillaris. Flores precoces v. cactanei suaveolentes. Species 6 in Corea adsunt.

16. ひ ろ は は し ど ひ
(第 十 八 圖)

本種ハ支那産ノ Syringa oblata ニ最近似ノ種ニシテ葉形ノミニテハ區別ニ苦シム、其區別法次ノ如シ。

Syringa oblata	ひろははしどひ
枝ハ太シ。	枝ハ細シ。
小花梗ハ萼ノ二倍ノ長サアリ。	小花梗ハ萼ト同長若クハ萼ヨリ短カシ。
花ハ淡紅色。	花ハ赤紫菫色。
果實ハ通例15乃至18粍 (11–20) 粍。	果實ハ通例10乃至12粍 (9–15粍)。

灌木ニシテ高サ六尺以內ヲ常トスレトモ稀ニ其以上トナル叢生シ且分岐多シ。皮ハ灰色ニシテ皮目不判然ナリ。若枝ハ帶褐灰色又ハ帶紅灰色、葉ハ對生シ葉柄ノ長サ2乃至2.5珊、葉身ハ廣卵形又ハ卵形ニシテ基脚ハ弱心臟形又ハ截形、先端ハ銳尖、表面ハ深綠色ニシテ裏面ハ綠色、長サ4.5乃至12珊、幅4乃至8.5珊、芽ハ卵形、圓錐花序ハ前年ノ枝ノ先ニ腋生シ一對又ハ獨生槪形ハ卵形ナリ。花軸ニ腺狀ノ微突起アリ。苞ハ下方ノモノハ倒卵形ニシテ先端色付キ上方ノモノハ極小ナリ。　小花梗ハ長サ0.2

乃至２粍、花ハ香氣ニ富ミ滿開時ハ芳香四邊ヲ拂フ。萼ハ四個ノトガレ
ル裂片ヲ具フ。花冠ハ赤紫菫色美シク賞美スルニ足ル。花筒ハ長サ10乃
至13粍、裂片ハ４乃至６粍、雄蕋ハ潛在ス。蒴ハ長サ９乃至15粍栗色ヲ
ナシ光澤ニ富ミ橢圓形ニシテ著シクトガル。

黃海、平安ノ山ニ生ズ、朝鮮特產ナリ。

16. **Syringa dilatata**, *Nakai*.

in Tokyo Bot. Mag. XXXII. p. 128 (1918).

S. amurensis, (non *Rupr.*) *Nakai* Fl. Kor. II. p. 91.

S. oblata, (non *Lindl.*) *Nakai* Fl. Kor. II. p. 517. *Lingelsh.* in
Pflanzenreich LXXII. p. 88 (1920).

Frutex usque 2 metralis e basi ramosus. Cortex cinereus lenticellis
obscuris. Rami hornotini fusco v. rubescenti-cinerei. Folia opposita
petiolis 2–2.5 cm. longis, latissime ovata v. ovata basi subcordata v.
truncata apice acuminata supra viridissima subtus viridia 4.5 cm. longa
4.5 cm. lata (7 : 6, 6.5 : 4.3, 12 : 8, 11 : 8.5, 7.5 : 7, 7 : 4 etc.) glaberrima.
Gemmæ ovoideæ. Inflorescentia erecta in apice rami annotini axillaris
vulgo paris ambitu ovoidea. Axis pulverulens. Bracteæ inferiores oblan-
ceolatæ apice coloratæ superiores minimæ. Pedicelli 0.2–2 mm. longi.
Flores suaveolentes. Calyx acute 4-dentatus pulverulens. Corolla pur-
pureo-violacea pulcherrima, tubo 10–13 mm. longo, lobis ovatis 4–6 mm.
longis. Stamina inserta. Capsula 9–15 mm. longa castanea lucida ob-
longo-acuminata.

Hab. in Corea boreali-occidentali.

Planta endemica !

17. ひめはしどひ
（第 十 九 圖）

灌木高サ２米突ヲ出デズ分岐多シ。枝ハ直立ス、皮ハ灰色皮目點在ス
若枝ハ絨毛密生ス。葉ハ卵形又ハ倒披針形又ハ倒卵形又ハ廣橢圓形、表
面ハ無毛ニシテ光澤アリ。裏面ハ一部ハ絨毛アリ、先端ハトガリ基脚ハ
丸キカ又ハトガル。花序ハ直立シ前年ノ枝ノ先端ニ腋生シ一個乃至三個
花軸ニ絨毛生ズ。苞ハ細ク且小ニシテ長サ１乃至３粍、萼ハ深キ杯狀、裂
片ハトガリ外面ニ微毛アリ。花冠ハ淡紅又ハ淡菫色、花筒ハ5乃至６粍、

裂片ハ2糎、先端ニハ爪狀ノ突起アリ。雄蕋ハ潜在ス。未ダ果實ヲ見ズ。

咸南豐山郡黃水院ノ山ニ多生シ、朝鮮特産ナリ。

17. **Syringa micrantha,** *Nakai.*

in Tokyo Bot. Mag. XXXII. p. 129 (1918).

S. microphylla et S. velutina intermedia, sed differt a primo foliis majoribus, floribus minoribus, et a secunda floribus triplo minoribus.

Frutex fide legitor usque 2 metralis cæspitosim ramosus. Ramus erectus. Cortex cinereus lenticellis punctulatus. Ramus hornotinus pubescens. Folia ovata v. oblanceolata v. obovata v. late elliptica supra glaberrima lucida infra partim velutina, apice acuta v. acuminata basi obtusa v. acuta. Inflorescentia erecta in apice rami annotini terminali-axillaris 1–3 paris, ramis pilosis. Bracteæ lineares minimæ 1–3 mm. longæ. Calyx alte cupularis acute 4–dentatus extus pilosus. Corolla lilacina v. pallide violacea, tubo 5–6 mm. longo, lobis 2 mm. longis apice unguiculato-inflexis. Stamina inclusa. Fructus ignotus.

Hab. in Corea sept.: in declivitate aprica Hoang-syu-uön.

Planta endemica!

18.　うすげはしどひ 一名 びろうどはしどひ
（第 二 十 圖）

高サ 4 米突ニモ達スル灌木ニシテ分岐多シ、枝ハ纖弱ナリ。皮ハ灰色ニシテ皮目點在ス。若枝ニハ毛多シ、葉柄並ニ葉裏ニ絨毛密生ス。葉身ハ楕圓形又ハ帶卵楕圓形又ハ卵形又ハ倒卵形又ハ圓形ニ近シ、表面ハ微毛散生ス。圓錐花叢ハ前年ノ枝ノ先端ニ腋生シ直立シ花軸ニ絨毛密生ス。花ハ無柄ニシテ香氣アリ、萼ハ倒卵形ニシテ絨毛ヲ生ジ四裂片アリ、花冠ハ淡紫紅色、花筒ハ 6 乃至 8 糎、裂片ハ楕圓形ニテ展開シ先端ニ爪狀ノ突起アリ、果實ハ下垂シ長サ 11 乃至 16 糎、披針形ニシテトガリ小ナル皮目アリテ光澤ニ富ム。

咸南長津郡ノ山ニアリテ朝鮮特産ナリ。

18. **Syringa velutina,** *Komarov.*

in Acta Horti Petropolitani XVIII (1901) p. 428. Fl. Mansh. III (1907) p. 255. t. 11. *Nakai* Fl. Kor. II. p. 91 et in Tokyo Bot. Mag. XXXII.

p. 129. *Schneid.* Illus. Handb. II. p. 778. fig. 488. e-h. fig. 489. m-o. *Lingelsheim* in Pflanzenreich LXXII. p. 86. (1920).

（うすげはしどひ）ノ自生。中央ニ叢生スルモノ（A）即チ是ナリ。

咸鏡南道三水郡魚面堡長蛇洞。

(A).　Syringa velutina in monte Chōdadō,

caule circ. 2 metralis alto.

Frutex usque 4 metralis altus ramosus. Ramus potius gracilis. Cortex cinereus lenticellis punctulatus. Ramus hornotinus pubescens. Petioli velutini. Folia oblonga v. ovato-lanceolata v. ovata v. obovata v. subrotundata v. elliptica supra sparsim brevissime pilosa, infra velutina. Inflorescentia erecta in apice rami annotini terminali-axillaris solitaria v. paris, ramis brevissime pilosis. Flores suaveolentes subsessiles. Calyx obovatus velutinus 4-dentatus. Corolla lilacina, tubo 6-8 mm. longo, lobis oblongis patentibus apice inflexis. Fructus nutans 11-16 mm. longus lanceolatus attenuatus minute verrucosus lucidus.

Hab. in silvis Ham-gyöng.

Planta endemica!

19. てうせんはしどひ

ノドゥルモック（全南）

（第 二 十 一 圖）

灌木高サ 4 米突ニ達スルニアリ。分岐多シ、樹膚ハ灰色ニシテ皮目點在ス、若枝ハ無毛又ハ微毛アリ、葉柄ニ微毛アリ、葉ハ橢圓形又ハ倒卵形又ハ殆ンド圓形ニシテ先端ハ銳クトガリ基脚ハ概ネ銳レドモ往々丸キモノアリ、表面ハ綠色無毛ニシテ主脈ハ少シク凹ム、裏面ハ淡綠色ニシテ主脈ノ基部ニ近ク毛アリ、圓錐花叢ハ前年ノ枝ノ先端ニ腋生シ疎ニシテ花軸ニ毛アルモノトナキモノトアリ。花ハ無柄又ハ殆ンド無柄ニシテ少シク香氣アリ、花ハ早落ス、萼ハ紫色ヲ帶ビ無毛又ハ基部ニ微毛アリ、萼齒ハ短カク且トガル、花冠ハ赤紫色又ハ淡菫色、花筒ハ長サ 7 乃至 9 糎、裂片ハ外卷ス、蒴ハ 7 乃至 12 糎小ナル皮目點在ス。

平安南道、江原道、京畿道、智異山等ニ產ス、朝鮮特產ナリ。

一種若枝ノ綠色ニシテ花ノ純白ナルアリ、白花てうせんはしどひト云フ、智異山華巖寺主山ニテ發見セリ。又一種葉廣ク、果實ノ先端丸キモノアリ、まるばはしどひ（第二十二圖）ト云フ、京畿道、道峯山ニテ上林敬次郎氏ノ採收ニ係ル。

19. Syringa Palibiniana, *Nakai.*

in Tokyo Bot. Mag. XXVII. p. 32. (1913).

S. Fauriei, (non *Léveillé*) *Nakai* in Tokyo Bot. Mag. XXXII. p. 120.

S. villosa, (non *Vahl*) *Nakai* Report Veg. M't Chirian (1915) p. 43. n. 384.

Frutex usque 4 metralis ramosus rectus v. arcuatus. Cortex cinereus lenticellis punctulatus. Ramus hornotinus glaber v. pilosus. Petioli pilosi. Folia oblonga v. elliptica v. obovata v. subrotunda apice acuminata basi acuta v. acuminata v. interdum rotundata supra viridia glabra, venis primariis leviter impressis, infra pallida ad basin secus costas et venas primarias pilosa. Inflorescentia in apice rami annotini axillaris paniculata. Panicula laxa ramis pilosis v. subglabris v. glaberrimis. Flores sessiles v. subsessiles leviter suaveolentes. bracteis caducis. Calyx purpureus glaber v. basi pilosus dentibus brevibus v. acutis. Corolla violacea v. pallide violacea, tubo 7–9 mm. longo, lobis recurvis. Capsula 7–12 mm. longa minute verrucosa.

Hab. in montibus Peninsulæ præter boreali-et australi-extremas.

var. **lactea**, *Nakai*.

Calyx viridis. Corolla lactea, tubo 10–13 mm. longo.

Hab. in monte Chirisan rara.

var. **Kamibayashii**, *Nakai*.

Syringa Kamibayashii, *Nakai* in Tokyo Bot. Mag. XXXII. p. 130.

Folia subrotunda. Inflorescentia densiflora. Fructus vulgo obtusus lenticellis magnis punctulatus.

Nom. Jap. Maruba-hashidoi.

Hab. in monte Dōhōzan Coreæ mediæ.

Plantæ endemicæ !

20. たけしまはしどひ
(第二十三圖)

四尺許ノ灌木ニシテ皮ハ灰色又ハ暗灰色又ハ褐灰色、皮目點在ス、葉柄ハ通例無毛ナレドモ稀ニ先端ニ微毛アリ、葉ハ圓形又ハ廣卵形、先端ハトガリ表面ハ綠色ニシテ無毛葉脈ハ著シク凹ミ、裏面ハ無毛ナルカ又ハ主脈ノ基部ニノミ毛アリテ葉脈ハ著シク突起ス、故ニ葉身ハ波狀ヲナス。圓錐花叢ハ前年ノ枝ノ先端ニ腋生シ通例相對シテ一個宛生ズ、花ハ稍疎ニ出ヅレドモ往々短縮シテ總狀花序ヲナス、花軸ハ全然無毛ナリ。花ハ無柄又ハ殆ンド無柄ニシテ香氣アリ、萼ハ無毛ニシテ四個ノ萼齒ヲ

有スルトキハ殆ンド先端截形ヲナストアリ、花冠ハ淡菫色又ハ菫色ニシテ花筒ハ 7 乃至 8 粍裂片ハ外卷ス、雄蕋ハ潛在ス、蒴ハ長サ 9 乃至 12 粍、先端丸ク皮目點在ス。

欝陵島ノ岩角上ニ生ジ同島ノ特產ナリ。

一種白花品アリ、美ナリ。**白花たけしまはしどひ**ト云フ。

20. Syringa venosa, *Nakai.*

in Tokyo Bot. Mag. XXII. p. 130.

S. Palibiniana affinis sed ramis et inflorescentia glaberrimis, foliis latioribus supra venis distincte (in vivis distinctius) impressis exqua distincta.

Frutex suque 1.5 metralis. Cortex cinereus v. atro-cinereus v. fuscente-cinereus lenticellis punctatus. Petioli glaberrimi v. circa apicem patentim pilosi. Folia rotundata v. late ovata apice mucronata v. acuminata, supra viridia glaberrima venis distincte impressis, infra glaberrima v. venis primariis circa basin barbatis atque venis distincte elevatis. Inflorescentia in apice rami annotini terminali-axillaris vulgo bina paniculata elongata laxa interdum abortive contracta et racemosa, ramis glaberrimis. Flores subsessiles v. sessiles leviter suaveolentes. Calyx glaberrimus 4-dentatus v. subtruncatus. Corolla pallide violacea v. violascens tubo 7–8 mm. longo, lobis recurvis. Stamina inserta. Capsula 9–12 mm. longa obtusa verrucosa.

Hab. in rupibus insulæ Ooryongto.

var. **lactea,** *Nakai* in Tokyo Bot. Mag. XXXII. p. 131 (1918).

Flores lactei.

Habitatio ut antea.

Planta endemica!

第三節　はなはしどひ節

圓錐花叢ハ若枝ノ先端ニ生ズ故ニ花ハ常ニ葉ヲ伴フ、花ニ香氣ナク反テ一種ノ嗅氣アリ。

此節ニハ朝鮮ニ次ノ二種ヲ產ス。

Sect. III. **Villosæ,** *Schneider* in *Fedde* Rep. IX. (1910) p. 80. nom. nud. Illus. Handb. Laubholzkunde II. p. 778. *Nakai* in Tokyo Bot.

Mag. XXXII. p. 131 (1918).

Inflorescentia in apice rami hornotini terminalis ita flores semper cætanei. Flores grave odorati.

21. は な は し ど ひ
(第 二 十 四 圖)

　高サ 3 乃至 4 米突許ノ灌木ナレドモ枝ハ彎曲シ爲メニ長サハ 4 乃至 5 米突ニ達スルモノアリ。皮ハ帶黄灰色、皮目點在ス、若枝ハ無毛ニシテ帶紫灰色ニシテ皮目多シ、葉ハ橢圓形又ハ長橢圓形又ハ倒卵形又ハ長卵形、長サ 14 珊許、葉柄ハ無毛ナリ、表面ニハ毛ナク緑色ニシテ裏面ハ淡緑ニシテ邊緣ニハ微小ナル毛一面ニ生ジ、兩端ハトガル、圓錐花叢ハ毛多ク長大ナリ、花ハ數個宛密生シ嗅氣アリ、花梗ハ長サ 3 糎以内ニシテ萼ト共ニ無毛萼ハ先端截形ナルト四個ノ萼齒アルトアリ。花冠ハ濃菫色又ハ濃赤紫色ニシテ花筒ハ長サ 10 乃至 12 糎、裂片ハ展開シ先端ニ爪狀ノ突起アリ、雄蕊ハ潛在ス。果實ハ長サ 10 乃至 13 糎ニシテ光澤アリ、先端ハ丸キモノトトガルモノトアリ。

　咸鏡南北道、平安南北道、江原道ニ生ジ七月ヨリ八月ニ亘リ開花シ極メテ美シ、朝鮮特産ナリ。

　一種花枝ニ微毛アリ、葉裏ハ少クモ一部分毛ヲ有シ、花軸ト萼トニ毛多キモノアリ。**けはなはしどひ**（第二十五圖）ト云フ。

　咸鏡南北道ノ山ニ生ズ。

　本種ハ北支那産ノ Syringa Bretschneideri ニ近似ノ種ニシテ其レヨリ次ノ如ク區別シ得。

S. Bretschneideri.	けはなはしどひ及ビ はなはしどひ
若枝ニハ皮目ナキカ又ハ極メテ少シ。	若枝ニハ皮目多シ。
圓錐花叢ハ直立ス。	圓錐花叢ハ下垂ス。
花ハ六月初旬ニ開ク、淡紅又ハ帶紅菫色。	花ハ七八兩月ニ亘リ開ク、濃赤紫色又ハ濃紫色。

　墺人 Schneider 氏ハ Syringa Bretschneider ヲ Syringa villosa ニ合スルトモ英人 N. E. Brown 氏ハ後者ノ葉ハ前者ヨリモ小サク且丸ク、花序小ク花又小ナルヲ以テ區別シ得ト云ヘリ。

は な は し ど ひ
咸鏡南道牙得嶺（大正三年七月五日）
Syringa formosissima cum floribus in monte Atokryöng.
Caulis cir. 3 metr. altus.

21. Syringa formosissima, *Nakai.*

in Tokyo Bot. Mag. XXXI. p. 105 (1917) et Veg Diamond m'ts. p.

182. n. 530 (1918). Tab. III. fig. a.

S. hirsuta var. formosissima, *Nakai* in Tokyo Bot. Mag. XXXII. p. 133.

An allied species of Syringa Bretschneideri, from which the present one is distinguished as follows.

S. Bretschneideri.	S. formosissima
Rami hornotini lenticellis distituti v. sparsissimi.	Rami hornotini lenticellis crebris punctati.
Inflorescentia erecta.	Inflorescentia dependens.
Flores in primo mensis Juni patent roseo-lilacini v. roseo-violacei.	Flores in mensis Julio-Augusto patent, intense purpurei v. violacei.

Schneider has reduced S. Bretschneider to S. villosa, but according to N. E. Brown the latter has more smaller and rounder leaves, less copious panicles and smaller flowers.

Frutex 3–4 metralis altus sed truncus apice arcuato-dependens et usque 4–5 metralis attingit. Cortex flavo-cinereus lenticellis punctulatus, horno-tinus glaber purpurascente-cinereus lenticellis crebri punctatus. Folia oblonga v. oblongo-elliptica v. obovata v. ovato-oblonga usque 14 cm. longa, petiolis glabris, supra glabra viridia infra pallida glabra margine minutissime ciliolata utrinque acuta v. acuminata. Panicula apice rami hornotini terminalis glabra. Flores glomeratim congesti grave odorati. Pedicelli 0–3 mm. longi cum calyce obovato glabri. Calyx truncatus v. 4-dentatus. Corolla intense purpurea v. violacea tubo 10–12 mm. longo, lobis patentibus apice unguiculatis inflexis. Stamina inserta. Fructus 10–13 mm. longus lucidus apice obtusus interdum attenuatus.

Nom. Jap. Hana-hashidoi.

Hab. in montibus Coreae mediae et septentrionalis.

var. **hirsuta,** *Nakai.*

Rami hornotini juveniles pilosi. Folia subtus venis pilosis. Pedicelli et calyx albo-villosi. Corolla tubo 8–10 mm. longo.

Nom. Jap. Ke-hana-hashidoi.

Hab. in montibus Coreae septentrionalis.

22. た ち は し ど ひ

茎ハ簇生シ高サ 3 乃至 5 米突壯大ナリ、必ズ直立ス、皮ハ帶褐灰色、稍長キ皮目散點シ、若枝ニハ微毛アリ。葉ハ大形ニシテ、葉柄ハ長サ 2 乃至 3 珊無毛又ハ微毛アリ。葉身ハ橢圓形又ハ帶卵橢圓形兩端トガリ、表面ハ無毛深綠色ナレドモ裏面ハ淡綠色且絨毛生ズ、緣ニハ微毛生ジ、長サ 7 乃至 25 珊、幅 2.5 乃至 16.5 珊許、花ハ密集シテ生ジ全體ニハ圓錐花叢ヲナス、微毛密生ズ、蕚ハ長サ 2 乃至 2.5 糎椀狀ヲナシ微毛密生ジ四齒アルモノト緣ノ波狀ノモノト截切セル如キトアリ。花冠ハ紫色長サ 8 乃至 11 糎無毛、四個ノ裂片アリ、花柱ノ長サハ 4 乃至 5 糎、果實ハ 10 乃至 12 糎無毛。

咸鏡南北、平安北道ノ山ニアリ、一種葉裏ハ葉脈上ニノミ毛アルモノアリ。**うすげたちはしどひ**ト云フ、又一種全然毛ナキモノアリ、**はだかたちはしどひ**ト云フたちはしどひト混生ス。

22. **Syringa robusta,** *Nakai.* sp. nov.

S. villosa, (non *Vahl*) *Komarov* Fl. Mansh. III. p. 253.

S. villosa var. hirsuta, *Schneider* in *Fedde* Rep. IX. p. 81. (1910) et Illust. Handb. Laubholzk. II. 780. *Lingelsheim* in Pflanzenreich LXXII. p. 80. (1920).

Syringa villosæ affinis sed robustior et folia majora.

Caulis vulgo cæspitosus 3–5 metralis robustus erectus. Cortex fusco-cinereus lenticellis oblongis v. obolngo-linearibus punctatus juvenilis pilosus. Folia magna petiolis 2–3 cm. longis pilosis v. glabris, laminis ellipticis v. ovato-oblongis apice mucronatis v. acuminatis basi acutis v. mucronatis supra viridibus venis impressis, infra pallidis fere tota velutinis, margine pilosis, 7–25 cm. longis 2.4–16.5 cm. latis. Inflorescentia erecta in apice rami hornotini terminalis pilosa densiflora, ramis velutinis paniculata. Calyx 2.0-2.5 mm. longus cupularis v. alte cupularis pilosus obscure 4-dentatus v. subtruncatus. Corolla purpurea 8–11 mm. longa glabra lobis patentibus apice incurvato-unguiculatis. Styli 4–5 mm. longi. Fructus 10–12 mm. longus glaber.

Nom. Jap. Tachi-hashidoi.

Hab. in montibus Coreæ septentrionalis.

f. **subhirsuta,** (*Schneider*) *Nakai*.

S. villosa var. typica **f.** subhirsuta, *Schneider* in *Engler* Bot Jahr-bücher XXXVI. Beiblatt LXXXII. p. 88. (1905). et Illus. Handb. Laub-holzk. II. p. 780.

Folia subtus venis tantum pilosis.

Nom. Jap. Usuge-tachi-hashidoi.

Hab. in montibus Coreæ septentrionalis.

f. **glabra,** *Nakai*.

Planta tota glabra.

Nom. Jap. Hadaka-tachi-hashidoi.

Hab. in montibus Coreæ septentrionalis.

Distr. sp. Manshuria et China bor.

第六屬　う　ち　は　の　き

小灌木、葉ハ對生、單葉、全緣、一年生、托葉ナシ。總狀花序ハ葉ヲ有セズ、苞及ビ小苞ハ極メテ小ニシテ鱗片樣ナリ。萼ハ四裂シ其中二裂片ハ他ノ二裂片ヨリ內側ニアリ、花冠ハ四裂シ裂片ハ旋回狀ニ排列ス、雄蕋ハ二個花筒ニツキ花冠ノ裂片ト互生ス、花糸ハ短シ、葯ハ外向、子房ハ二室、各室ノ背部ハ翼狀ニ突起ス、花柱ハ短シ、柱頭ハ二叉ス、胚珠ハ子房ノ各室ニ一個アリテ內壁ノ上部ニ附者シ下垂ス、果實ハ側扁、翼アリ、種子ハ下垂シ胚乳アリ、種皮ハ軟カシ、幼根ハ上向。

忠清南道鎭川郡龍亭里ノ岩石地ニ生ジ朝鮮特產ノ屬ナリ、次ノ一種ヲ有ス。

23.　う　ち　は　の　き
(第二十六圖)

高サ三尺許ノ小灌木、分岐ス。側枝ハ直立シ先端ハ彎曲シ葉ハ兩側ニ二列ニ排列ス、二年生又ハ其以上ノ枝ハ下垂ス、髓ハ平盤狀ニ相重ナル、一年生ノ枝ハ帶紅褐色又ハ褐色ニシテ四角ナリ、葉ハ對生スレドモ通例二列ニ並ブ、托葉ナシ、葉柄ハ長サ 2-5 粍、翼アリテ溝狀ニ凹ミ無毛ナリ、葉身ハ表面ハ淡綠又ハ深綠、微毛散生シ、裏面ハ淡綠ニテ毛アリ。葉身ノ長サ 8-52 粍、幅 5-30 粍、基脚ハ丸キカ又ハ截形ニシテ葉柄ニ

向ヒテ急ニトガル、先端ハトガル、中肋及ビ主側脈ハ上面ハ凹ミ下面ハ
高マリ且微毛アリ。縁ニハ始メ微毛アレドモ後無毛トナル、花ハ總狀花
序ヲナシ固有ノ花芽ヨリ出ヅ、花序ノ長サ 4-10 粍、小花梗ハ長サ半粍
許、苞ハ鱗片狀ニシテ對生シ、トガル、小苞ハ各花ニ二個宛アリテ苞ト同
形ナリ、蕚ハ鐘狀、永有性、長サ 3-3.5 粍、蕚筒ハ四角、蕚片ハ倒卵
形又ハ圓形四個アリ、花冠ハ蕚ヨリ長ク白色、四個ノ裂片ハ最初旋回狀
ニ相重ナル、雄蕋ハ二個、花筒ノ基部ニ附着シ潜在ス、殆ンド花糸ナシ。
葯ハ卵形ニシテ外側ニ開キ、葯間ハ突出ス、柱頭ハ二叉ス、果序ハ長サ
4-25 粍四角ナリ。小果梗ハ長サ 2-4 粍、果實ハ圓板狀長サ 18-28 粍、
幅 18-27 粍、先端ハ少シク彎入ス、二室、種子ハ各室ニ一個宛アリテ
下垂ス、胚乳アリ、子葉ハ橢圓形、扁平、幼根ハ上向。

忠淸北道鎭川郡龍亭里ノ産、世界ニ一屬一種ノ植物ナリ。

Gn. 6. **Abeliophyllum**, *Nakai* in Tokyo Bot. Mag. XXXIII. p. 153. (1919).

Frutex. Folia opposita exstipullata simplicia integra annua. Racemus in gemmis propriis. Bracteæ et bracteolæ minimæ. Calyx 4-lobus, lobis imbricatis. Duæ lobi ceteris exteriores. Corolla 4-loba, lobis spirale imbricatis. Stamina 2 basi corollæ affixa. Filamenta brevia. Antheræ extrorsæ. Ovarium biloculare, loculis dorso alato-productis. Styli breves. Stigmata emarginato-bifida papillosa. Ovula in loculis solitaria pendula. Fructus laterali-compressus alatus. Semina pendula albuminosa. Testa seminum membranacea. Radicula supera.

Species unica in Corea indigena.

23. **Abeliophyllum distichum**, *Nakai.*
in Tokyo Bot. Mag. XXXIII. p. 153. (1919).

Frutex usque 1 metralis e basi ramosus. Caulis hornotinus erectus apice laterali-curvatus ubi foliis distichis, biennis et perennis arcuato-dependens fuscenti-cinereus, cortice longitudine irregulariter fissa. Medulla lamellata. Ramus hornotinus rubescenti-fuscus v. fuscus quadrangularis lineis binis e basi marginale petioli percurrentibus. Folia opposita vel vulgo disticha. Stipullæ nullæ. Petioli virides 2-5 mm. longi alato-sulcati glabri. Lamina supra dilute vel intense virides, infra pallida utrinque setulosa sparsimque pilosa 8-52 mm. longa 5-30 mm. lata.

basi rotundata v. truncata in petiolem subito v. sensim cuspidata, apice acuta v. attenuata, costis et venis primariis supra sulcato-impressis, infra elevatis et pilosis, margine setuloso-pilosa demum glabrescentia. Flores in gemmis propriis decussato-racemosi. Inflorescentia 4–10 mm. longa. Pedicelli floriferi 0.5 mm. longi. Bracteæ oppositæ squamosæ attenuatæ. Bracteolæ bracteis conformes in quoque pedicello binæ oppositæ. Calyx persistens campanulatus 3.0–3.5 mm. longus, tubo subcarinato-quadrangulari, lobis 4 late obovatis v. rotundatis 1.5–2 mm. longis imbricatis, duæ oppositæ ceteris interiores et minores. Corolla calyce 2–3 plo longior alba tubo brevi 6 mm. longa, lobis 4 dextre spirale imbricatis. Stamina 2 corollæ basi affixæ inserta et lobis corollæ alterna et tubo corollæ longiora. Antheræ flavæ ovatæ extrorsæ, connectivo acuto producto. Styli breves. Stigma emarginato-bilobum. Infructescentia 4–25 mm. longa quadrangularis. Pedicelli fructiferi 2–4 mm. longi. Fructus rotundatus alato-compressus 18–28 mm. longus 18–27 mm. latus margine integer apice emarginatus bilocularis. Semen in quoque loculo 1 ab apice pendulum semi-ellipticum albuminosum. Radicula supera. Cotyledon plana oblonga alba.

Nom. Jap. Uchiwanoki.

Hab. in rupibus Chinsen, Corea media.

Planta endemica!

(六) 朝鮮產木犀科植物ノ和名、朝鮮名、學名ノ對稱

和　　　　名	朝　　鮮　　名	學　　　　名
ひとつばたご	・・・・・・・・・・・	Chionanthus retusa, *Lindley* et *Paxton.*
ながばひとつばたご	・・・・・・・・・・・	„　　　„　var. coreana,　(*Léveillé*) *Nakai.*
ひろはれんぎよう	・・・・・・・・・・・	Forsythia ovata, *Nakai.*
いはれんぎよう	・・・・・・・・・・・	Forsythia saxatilis, *Nakai.*
てうせんれんぎよう	カイタライ(京畿). オーチユーホアナム(慶南). ケーリナム(古名).	Forsythia viridissima, *Lindley.*
てうせんとねりこ	モルレナム(慶南). ムンプレナム(平北) ムプレナム, ムプレナモ(古名).	Fraxinus rhynchophylla, *Hance.*
こばのとねりこ	ムルパレナム(濟州). モルレナム(慶南)	Fraxinus longicuspis, *Siebold* et *Zuccarini.*
や　ち　だ　も	トウルマナナム(咸南北. 江原). トウルミエイナム(平北). ムルブリナム(全南).	Fraxinus mandshurica, *Ruprecht.*
い　ぼ　た　の　き	チュイトンナム(黃海).	Ligustrum Ibota, *Siebold* f. typicum, *Nakai.*
ながばいぼたのき	・・・・・・・・・・・	„　„　f. angustifolium (*Blume*) *Nakai.*
たんないぼたのき	キャークンナム. コクッンナム(濟州).	„　„　f. glabrum, *Nakai.*
ひめいぼたのき	・・・・・・・・・・・	„　„　f. microphyllum, *Nakai.*
けいぼたのき	・・・・・・・・・・・	„　„　f. Tschonoshii, (*Decasene*) *Nakai.*
たけしまいぼたのき	・・・・・・・・・・・	Ligustrum foliosum, *Nakai.*
まるばたけしまいぼたのき	・・・・・・・・・・・	„　„　f. ovale, *Nakai.*
ね　す　み　も　ち	クワンナム(濟州). チュイートウルナム(莞島).	Ligustrum japonicum, *Thunberg.*
たうねすみもち	・・・・・・・・・・・	Ligustrum lucidum, *Aiton.*
おほばいぼた	・・・・・・・・・・・	Ligustrum ovalifolium, *Hasskart.*
・・・・・・・・・・・	・・・・・・・・・・・	Ligustrum patulum, *Palibin.*
やなぎいぼた	・・・・・・・・・・・	Ligustrum salicinum, *Nakai.*
まんしうはしどひ	カイホイナム(平北).	Syringa amurensis, *Ruprecht* var. genuina, *Maximowicz*
は　し　ど　ひ	・・・・・・・・・・・	„　„　f. bracteata, *Nakai.*
ほそばはしどひ	・・・・・・・・・・・	„　„　var. japonica *Franchet* et *Savatier.*
ひろははしどひ	・・・・・・・・・・・	Syringa Fauriei, *Léveillé.*
はなはしどひ	・・・・・・・・・・・	Syringa dilatata, *Nakai.*
けはなはしどひ	・・・・・・・・・・・	Syringa formosissima, *Nakai.*
たちはしどひ	・・・・・・・・・・・	„　„　var. hirsuta, *Nakai.*
うすげたちはしどひ	・・・・・・・・・・・	Syringa robusta, *Nakai.*
はだかたちはしどひ	・・・・・・・・・・・	„　„　f. subhirsuta, (*Schneider*) *Nakai.*
ひめはしどひ	・・・・・・・・・・・	„　„　f. glabra, *Nakai.*
てうせんはしどひ	ノドウルモック(全南).	Syringa micrantha, *Nakai.*
白花てうせんはしどひ	・・・・・・・・・・・	Syringa Palibiniana, *Nakai.*
まるばはしどひ	・・・・・・・・・・・	„　„　var. lactea, *Nakai.*
うすげばしどひ	・・・・・・・・・・・	„　„　var. Kamibayashii, *Nakai.*
たけしまはしどひ	・・・・・・・・・・・	Syringa velutina, *Komaror.*
白花たけしまはしどひ	・・・・・・・・・・・	Syringa venosa, *Nakai.*
う　ち　は　の　き	・・・・・・・・・・・	„　„　var. lactea, *Nakai.*
		Abeliophyllum distichum, *Nakai.*

第 一 圖

a-c. ひとつばたご

Chionanthus retusa, *Lindley* **et** *Paxton.*

a. 花ヲ附クル枝（自然大）。
b. 花ヲ開キテ其内部ヲ見ル（廓大）。
c. 果實（自然大）。

d. ながばひとつばたご

Chionanthus retusa, *Lindley* **et** *Paxton*
var. **coreana,** (**Léveillé**) *Nakai.*

d. 花ヲ附クル枝（自然大）。

第 二 圖

てうせんれんぎよう

Forsythia viridissima, *Lindley.*

a. 花ヲ附クル枝（自然大）。

b. ヨク發育セル花ヲ附クル枝（自然大）。

c. 葉ヲ附クル枝（自然大）。

d. 壯大ナル側枝ニ生ズル三裂葉（自然大）。

e. 花ヲ開キテ其內部ヲ見ル（約自然大）。

第 三 圖

ひ ろ は れ ん ぎ よ う

Forsythia ovata, *Nakai.*

果實ヲ附クル枝（自然大）。

Terauchi, M. del.

S.Yamanaka, sculp.

第 四 圖

てうせんとねりこ

Fraxinus rhynchophylla, *Hance.*

a. 果實ヲ附クル枝（自然大）。

b. 雄花（廓大）。

c. 雌花（廓大）。

d. 種々ノ形ヲセル果實ヲ集ム（自然大）。

第四圖

d

a

b

c

Terauchi.M.del.

S Yamanaka,sculp.

第 五 圖

てうせんとねりこ

Fraxinus rhynchophylla, *Hance.*

樹膚（自然大）。

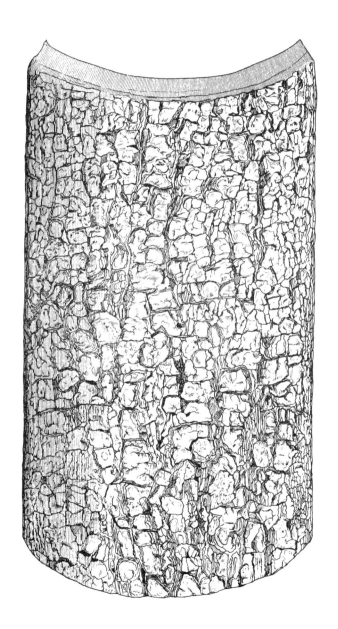

第 六 圖

こ ば の と ね り こ

Fraxinus longicuspis, *Siebold* et
Zuccarini (forma **lancea,** *Nakai.*)

a. 花ヲ附クル枝（**自然大**）。
b. 果實ヲ附クル枝（**自然大**）。
c. 雄花（**廓大**）。
d. 果實（**自然大**）。

第 七 圖

こ ば の と ね り こ

Fraxinus longicuspis, *Siebold* et *Zuccarini*.
(f. **Fraxinus Sieboldiana**, *Blume*).

a. 果實ヲ附クル枝（自然大）。
b. 羽片ヲ裏面ヨリ見ル（自然大）。
c. 果實（自然大）。

erauchi. M. del.

S.Yamanaka, sculp.

第 八 圖

や　ち　だ　も

Fraxinus mandshurica, *Ruprecht*

a.　枝ノ芽（自然大）。
b.　果實ヲ附クル枝（自然大）。
c.　果實（自然大）。

Terauchi,M. del.

S.Yamanaka, sculp.

第 九 圖

たうねずみもち

Ligustrum lucidum, *Aiton.*

a.　花ヲ附クル枝（自然大）。

b.　花ヲ開キテ其内部ヲ見ル（廓大）。

第 十 圖

ね ず み も ち

Ligustrum japonicum, *Thunberg.*

a. 花ヲ附クル枝（自然大）。

b. 花ヲ開キテ其内部ヲ見ル（廓大）。

c. 果實ヲ附クル枝（自然大）。

第 十 一 圖

た け し ま い ぼ た

Ligustrum foliosum, *Nakai.*

a. 蕾ヲ有スル花序（**自然大**）。
   特ニ花序ニ毛アルモノヲ撰ブ。

b. 花ヲ有スル花序（**自然大**）。
   特ニ花序ニ毛ナキモノヲ撰ブ。

c. 花ヲ開キテ其内部ヲ見ル（**廓大**）

d. 果實ヲ有スル枝（**自然大**）。
   特ニ若枝ニ毛アルモノヲ撰ブ。

e. 大形ノ葉（**自然大**）。

c

c

a

b

d

e

Terauchi, M. del.

S.Yamanaka, sculp.

第 十 二 圖

おほばいぼた

Ligustrum ovalifolium, *Hasskarl.*

a.　果實ヲ有スル枝（自然大）。

b.　花ヲ開キテ其內部ヲ見ル（廓大）。

第 十 二 圖

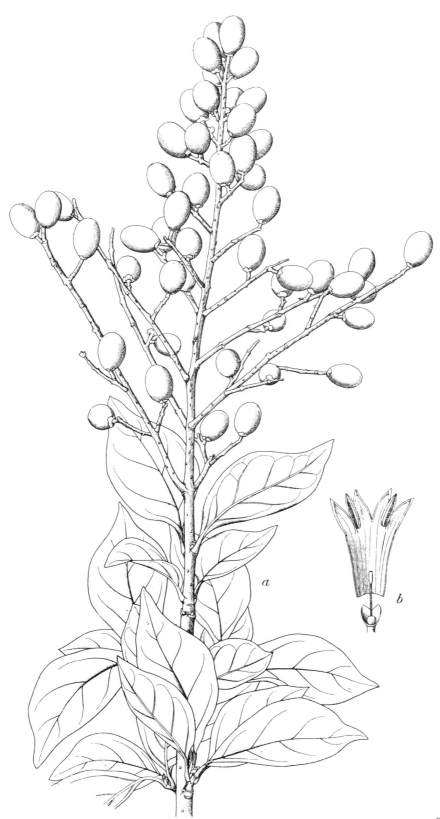

Terauchi, M. del.

S.Yamanaka, sculp.

第 十 三 圖

や　な　ぎ　い　ぼ　た

Ligustrum salicinum, *Nakai.*

a.　花ヲ附クル枝（自然大）。

b.　花ヲ開キテ其内部ヲ見ル（廓大）。

a

b

Terauchi, M. del.

S.Yamanaka, sculp.

第 十 四 圖

た ん な い ぼ た の き

Ligustrum Ibota, *Siebold.*

f. glabrum, *Nakai.*

a. 花ヲ附クル枝（自然大）。

b, 果實ヲ附クル枝（自然大）。

c. 花ヲ開キテ其内部ヲ見ル（廓大）。

a

b

c

Terauchi, M. del.

S.Yamanaka, sculp.

第十五圖

こ ば の い ぼ た の き

Ligustrum Ibota, *Siebold.*

f. microphyllum, *Nakai.*

a. 蕾ト葉トヲ附クル枝（自然大）。
b. 花ト葉トヲ附クル枝（自然大）。
c. 果實ト葉トヲ附クル枝（自然大）。
d. 花ヲ開キテ其內部ヲ見ル（廓大）。

第 十 六 圖

けいぼたのき

Ligustrum Ibota, *Siebold.*

f. **Tschonoskii,** *(Decaisne) Nakai.*

a. 花ト葉トヲ附クル枝（自然大）。
b. 果實ヲ附クル枝（自然大）。
c. 花ヲ開キテ其内部ヲ見ル（廓大）。

第 十 七 圖 （其一）

まんしうはしどひ

Syringa amurensis, *Ruprecht.*

var. **genuina,** *Maximowicz.*

a. 果實ト葉トヲ附クル枝（自然大）。
b. 花ト葉トヲ附クル枝（自然大）。
c. 花ヲ開キテ其内部ヲ見ル（廓大）。

Terauchi, M. del.

S.Yamanaka, sculp.

第十七圖 （其二）

まんしうはしどひ

Syringa amurensis, *Ruprecht.*
var. **genuina,** *Maximowicz.*

a. 幹ノ一部、其樹膚ヲ示ス（自然大）。
b. 幹ノ縱斷面（自然大）。
c. 幹ノ横斷面（自然大）。

第 十 七 圖（其二）

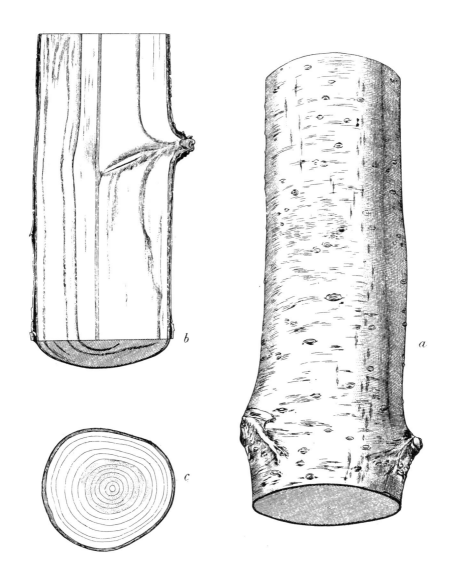

第 十 八 圖

ひ ろ は は し ど ひ

Syringa dilatata, *Nakai.*

a. 花ト葉トヲ附クル枝（自然大）。
b. 果實ヲ附クル花序（自然大）。
c. 葉ヲ附クル枝（自然大）。
d. 花ヲ開キテ其內部ヲ見ル（廓大）。

Terauchi, M. del.

S.Yamanaka, sculp.

第 十 九 圖

ひめはしどひ

Syringa micrantha, *Nakai.*

a. 花ト葉トヲ附クル枝（自然大）。
b. 花ヲ開キテ其内部ヲ見ル（廓大）。

Terauchi, M. del.

S. Yamanaka sculp

第 二 十 圖

うすげはしどひ

Syringa velutina, *Komarov.*

a. 花ト葉トヲ附クル枝（自然大）。

b. 果實ト葉トヲ附クル枝（自然大）。

c. 花ヲ開キテ其内部ヲ見ル（廓大）。

第 二 十 一 圖

てうせんはしどひ

Syringa Palibiniana, *Nakai.*

a.　花ト葉トヲ附クル枝（自然大）。有毛體。

b.　同上。殆ンド無毛體。

c.　花ヲ開キテ其内部ヲ見ル（廓大）。

d.　子房ノ横斷面（廓大）。

e.　果實群（自然大）。

第二十二圖

まるばはしどひ

Syringa Palibiniana, *Nakai.*

var. **Kamibayashii,** *Nakai.*

a. 花ト葉トヲ附クル枝（自然大）。
b. 花ヲ開キテ其内部ヲ見ル（廓大）。
c. 果實群（自然大）。

Terauchi, M. del.

S. Yamanaka, sculp.

第 二 十 三 圖

たけしまはしどひ

Syringa venosa, *Nakai.*

a. 葉ト花トヲ附クル枝（自然大）。
b. 花ヲ開キテ其内部ヲ見ル（廓大）。
c. 果實ト葉トヲ附クル枝（自然大）。

第 二 十 三 圖

Terauchi, M. del.

S.Yamanaka, sculp

第 二 十 四 圖

は な は し ど ひ

Syringa formosissima, *Nakai.*

a. 花ト葉トヲ附クル枝（自然大）。
b. 果實群（自然大）。
c. 花ヲ開キテ其內部ヲ見ル（廓大）。

第 二 十 五 圖

け は な は し ど ひ

Syringa formosissima, *Nakai.*

var. hirsuta, *Nakai.*

a. 花ト葉トヲ附クル枝（自然大）。

b. 葉ヲ裏面ヨリ見ル（自然大）。

c. 花ヲ開キテ其内部ヲ見ル（廓大）。

上

下

a

b

c

Terauchi, M. del.

S.Yamanaka, sculp.

第 二 十 六 圖

うちはのき

Abeliophyllum distichum, *Nakai.*

a. 果實ト葉トヲ附クル枝（自然大）。
b. 花序（自然大）。
c. 花ヲ側面ヨリ見ル（廓大）。
d. 雄蕋ヲ內側ヨリ見ル（廓大）。
e. 雄蕋ヲ外側ヨリ見ル（廓大）。
f. 蕚ト苞（廓大）。
g. 蕾ヲ開キテ內部ヲ見ル（廓大）。
h. 蕾內ノ雄蕋ヲ外側ヨリ見ル（廓大）。
i. 蕾內ノ雄蕋ヲ內側ヨリ見ル（廓大）。
j. 雄蕋（廓大）。
k. 子房ノ橫斷面（廓大）。

第 二 十 六 圖

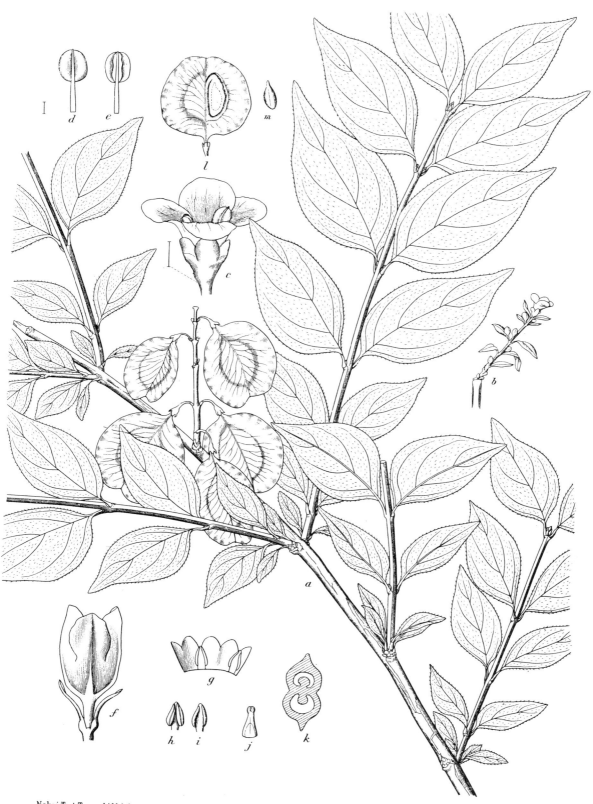

Nakai T.et Terauchi M.del

S.Yamanaka,sculp.

索　引

INDEX

第 3 巻

8 〜 10輯

INDEX TO LATIN NAMES

Latin names for the plants described in the text are shown in Roman type. Italic type letter is used to indicate synonyms. Roman type number shows the pages of the text and italic type number shows the numbers of figure plates.

In general, names are written as in the text, in some cases however, names are rewritten in accordance with the International Code of Plant Nomenclature (i.e., Pasania cuspidata β. Sieboldii → P. cuspidata var. sieboldii). Specific epithets are all written in small letters.

As for family names (which appear in CAP-ITALS), standard or customary names are added for some families, for example, Vitaceae for Sarmentaceae, Theaceae for Ternstroemiaceae, Scrophulariaceae for Rhinanthaceae etc.

和名索引 凡例

本文中の「各科の分類」の項に記載・解説されている植物の種名（亜種・変種を含む），属名，科名を，別名を含めて収録した。また図版の番号はイタリック数字で示してある。

原文では植物名は旧かなであるが，この索引では原文によるほかに新かな表示の名を加えて利用者の便をはかった。また科名については各巻でその科の記述の最初を示すとともに，「分類」の項で各科の一般的解説をしているページも併せて示している。原文では科名はほとんどが漢名で書かれているが，この索引では標準科名の新かな表示とし，若干の科については慣用の別名でも引けるようにしてある。

朝鮮名索引 凡例

本文中の「各科の分類」の項で和名に併記されている朝鮮語名を，その図版の番号（イタリック数字）とともに収録した。若干の巻では朝鮮語名が解説中に併記されず，別表で和名，学名と対照されている。これらについてはその対照表のページを示すとともに，それぞれに該当する植物の記述ページを（　）内に示して便をはかった。朝鮮名の表示は巻によって片かな書きとローマ字書きがあるが，この索引では新カナ書きに統一した。